Depuis plus de trente ans, **Stan Nicholls** est l'une des principales figures anglaises de la SF et de la Fantasy. Anthologiste, journaliste, critique, il a même été le premier manager de la mythique librairie londonienne *Forbidden Planet*. Sa trilogie *Orcs*, dont voici le premier tome, est un succès phénoménal dans le monde entier, si bien qu'une suite vient de paraître en grand format aux éditions Bragelonne.

Du même auteur, aux éditions Bragelonne :

Orcs – L'intégrale de la trilogie (2007)

La Revanche des orcs :
1. *Armes de destruction magique* (2008)

Les chroniques de Nightshade – L'intégrale (2008)

Vif-Argent :
1. *L'Éveil du Vif-Argent* (2004)
2. *Le Zénith du Vif-Argent* (2005)
3. *Le Crépuscule du Vif-Argent* (2007)

www.milady.fr

Stan Nicholls

La Compagnie de la foudre

Orcs – 1

Traduit de l'anglais (Grande-Bretagne) par Isabelle Troin

Bragelonne

Milady est un label des éditions Bragelonne

Cet ouvrage a été originellement publié en France par Bragelonne

Titre original : *Orcs, first blood book 1 : Bodyguard of Lightning*
Copyright © Stan Nicholls, 1999
Publié avec l'accord de l'auteur,
c/o BAROR INTERNATIONAL, INC.,
Armonk, New York, États-Unis

© Bragelonne 2001, pour la présente traduction.

Illustration de couverture :
© Didier Graffet

Carte :
Alain Janolle

ISBN : 978-2-8112-0014-5

Bragelonne – Milady
35, rue de la Bienfaisance – 75008 Paris

E-mail : info@milady.fr
Site Internet : http://www.milady.fr

Ce livre est bien entendu pour Anne et Marianne.

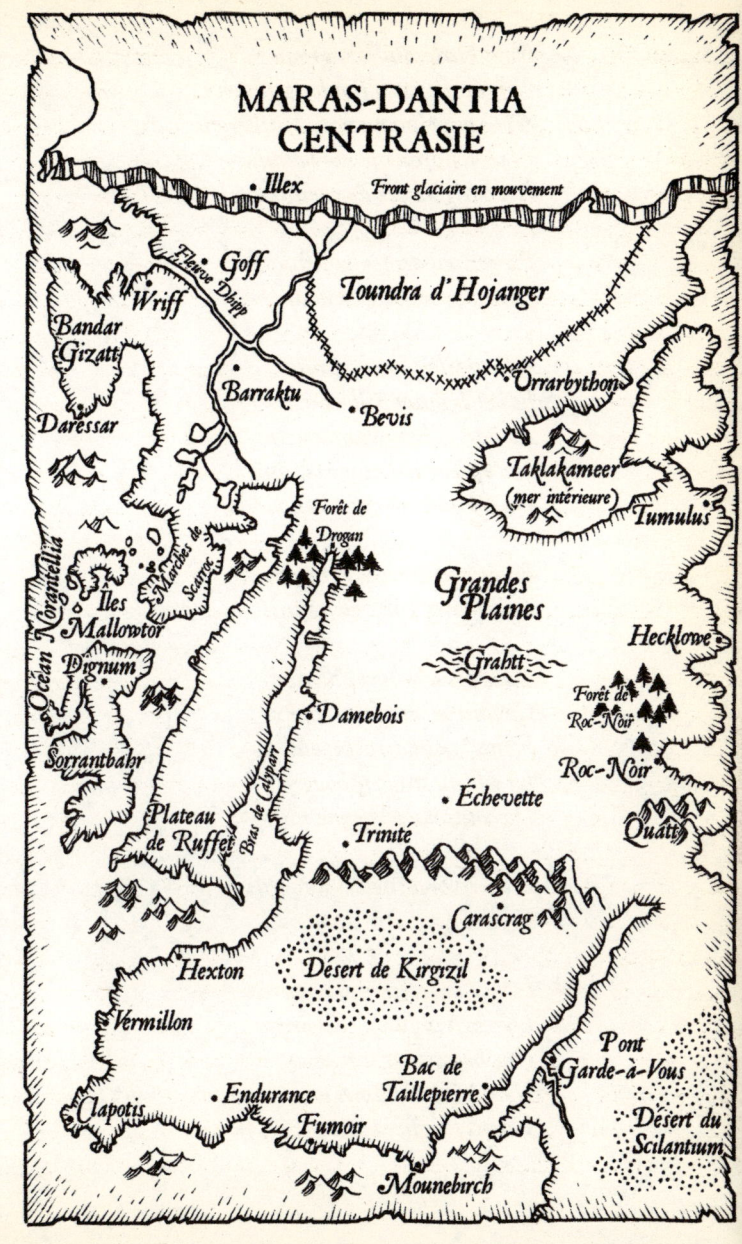

Nous hurlerons et rugirons
Comme de vrais combattants orcs
À pleins poumons nous braillerons
Et reviendrons de nos batailles
Ivres de gloire et de ripailles.

Prenez vos armes les Renards,
Et déployez votre étendard!

Adieu délectables putains
Et belles damoiselles orcs.
Invitées d'honneur au festin
Nos épées boiront tout le sang
Qui ruissellera dans les champs.

Prenez vos armes les Renards,
Et déployez votre étendard!

Nous brûlerons et pillerons
Comme savent faire les orcs
Féroces nous arracherons
La tête du tronc rabougri
De nos limaces d'ennemis!

Prenez vos armes les Renards,
Et déployez votre étendard!

Dans la première des contrées
Livrées à la fureur des orcs
Une haute tour se dressait
Nous l'incendiâmes promptement
Volant le calice et l'argent.

Prenez vos armes les Renards,
Et déployez votre étendard!

Un fermier et sa tendre femme
Tombés entre les mains des orcs
Du couteau ont connu la lame
L'homme son or nous a donné
Pendant que sa mie rôtissait.

Prenez vos armes les Renards,
Et déployez votre étendard!

Lève haut ta chope de bière
À ton triomphe guerrier orc
Et vide-la d'une main fière!
Les lances des vaillants Renards
Des humains perceront le lard!

Toujours plus riches et plus gras
Du monde nous serons les rois!

Chanson de marche orc
traditionnelle

Chapitre premier

Stryke ne distinguait plus le sol sous les cadavres. Les hurlements des blessés et le fracas de l'acier l'assourdissaient. En dépit du froid, la sueur lui picotait les yeux. Les muscles en feu, tout son corps lui faisait mal et son pourpoint de cuir était constellé de sang, de boue et de morceaux de cervelle.

Et voilà que deux autres haïssables créatures roses et molles avançaient vers lui, une lueur meurtrière dans les yeux !

Il savoura l'intensité de cet instant.

Le pas mal assuré, il trébucha et faillit tomber. L'instinct seul lui fit lever son épée pour parer la première attaque. Déséquilibré par la violence du choc, il parvint pourtant à dévier le coup.

Reculant d'un bond, il se ramassa sur lui-même, plongea sous la garde de son adversaire et lui enfonça son épée dans l'estomac. La lame remonta jusqu'aux côtes et des entrailles sanguinolentes dégoulinèrent de la plaie.

La créature regarda son ventre ouvert avec une infinie stupéfaction, puis s'écroula, raide morte.

Stryke n'eut pas le temps de célébrer cette victoire. Son second adversaire se jetait déjà sur lui, une épée large brandie à deux mains. Ayant vu tomber son compagnon, il redoubla de prudence et resta hors de portée de Stryke. Celui-ci passa à l'offensive, portant une violente série d'attaques.

Les deux combattants frappèrent et parèrent, exécutant une danse à la fois mortelle et pataude, car leurs bottes glissaient sur des cadavres d'amis et d'ennemis.

L'arme de Stryke était plus adaptée à un duel. Le poids et la taille de l'épée de la créature la rendaient difficile à utiliser en combat rapproché. Conçue pour trancher, elle contraignait le bretteur à décrire des arcs de cercle très larges. Au bout de quelques passes d'armes, il haletait de fatigue, et de petits nuages de vapeur glacée dansaient devant sa bouche. Stryke continua à le harceler à bonne distance en guettant une ouverture.

Désespérée, la créature tenta de le frapper au visage. Elle le manqua de si peu qu'il sentit le souffle de l'air qu'avait déplacé la lame.

Emporté par son élan, le bretteur leva les bras et découvrit sa poitrine. L'acier de Stryke plongea dans son cœur, faisant jaillir un flot de sang.

Le vaincu s'écroula et disparut, avalé par la mêlée.

Jetant un coup d'œil vers le pied de la colline, Stryke localisa le reste des Renards au cœur de la bataille qui faisait rage dans la plaine.

Il retourna au combat.

Coilla leva la tête et aperçut Stryke au sommet de la colline, pas très loin des murs de la colonie. Il était déjà en train de ferrailler contre un groupe de défenseurs.

Coilla maudit sa fichue impatience.

Pour le moment, leur chef se débrouillerait seul. Avant de le rejoindre, l'unité devrait venir à bout d'une sérieuse résistance.

Où que se pose le regard dans le chaudron bouillonnant

du champ de bataille, des grappes de combattants s'éventraient en hurlant. Les soldats et les montures affolées piétinaient ce qui, quelques heures plus tôt, était encore une récolte prometteuse. Les cris de guerre blessaient les tympans et l'odeur âcre de la mort laissait un atroce arrière-goût dans la gorge.

En formation triangulaire serrée, les trente Renards se frayaient un chemin dans la cohue semblable à un insecte géant aux innombrables dards d'acier. À leur tête, Coilla ouvrait le chemin en taillant à grands renforts de moulinets la chair ennemie qui faisait obstruction.

Une succession de tableaux vivants cauchemardesques défila sous ses yeux, trop vite pour qu'elle les assimile vraiment. Un défenseur avec une hachette enfoncée dans l'épaule ; un attaquant qui se couvrait les yeux de ses mains ensanglantées ; un autre qui poussait un cri muet en regardant son bras coupé ; un corps décapité qui titubait dans un geyser écarlate… Un visage tailladé par sa propre lame…

Une infinité d'horreurs plus tard, les Renards atteignirent le pied de la colline et commencèrent à la gravir sans cesser de se battre.

Un bref répit dans la boucherie permit à Stryke de vérifier la progression de son unité ; à mi-pente, elle avançait en massacrant les grappes de défenseurs qu'elle rencontrait.

Stryke regarda l'imposante forteresse de rondins, au sommet de la colline. Il leur restait pas mal de chemin à faire avant d'atteindre ses portes, et des dizaines d'ennemis à vaincre. Mais il semblait que leurs rangs s'éclaircissaient.

Remplissant ses poumons d'air glacial, Stryke savoura l'ivresse qu'on éprouve à être en vie quand la mort rôde alentour…

Coilla le rejoignit, haletante, le gros de l'unité sur ses talons.

— Vous avez pris votre temps, dit-il sèchement. J'ai cru que je devrais m'emparer seul de cet endroit.

Du pouce, Coilla désigna le chaos qui régnait en contrebas.

— Ils n'étaient pas chauds pour nous laisser passer.

Ils échangèrent un sourire carnassier.

La soif de sang l'a rendue à moitié folle, elle aussi, pensa Stryke. *C'est bien...*

Alfray, le porte-étendard des Renards, planta la hampe de son drapeau dans le sol gelé. Les deux douzaines de guerriers formèrent un cercle défensif autour de leurs officiers. Remarquant que l'un d'eux avait une vilaine blessure à la tête, Alfray tira un pansement de la sacoche qui lui battait la hanche et s'empressa d'étancher le sang.

Les sergents Haskeer et Jup bousculèrent leurs guerriers pour passer. Comme d'habitude, le premier était maussade et le second ne laissait rien paraître de ses sentiments.

— La promenade était bonne ? lança Stryke.

Jup ignora son ironie.

— Et maintenant, capitaine ? demanda-t-il sur un ton bourru.

— À ton avis, bas-du-cul ? On s'arrête pour cueillir des fleurs ? (Stryke foudroya du regard le plus petit de ses seconds.) On entre là-dedans et on fait notre boulot !

— Comment ?

Une main en visière, Coilla observait le ciel couleur de plomb.

— Un assaut frontal. Tu as une meilleure idée ?

— Non, admit Jup. Mais on se battra à découvert dans une position désavantageuse. Il y aura des pertes.

— Il y en a toujours. (Stryke cracha aux pieds de son sergent.) Si ça peut te rassurer, on va demander l'avis de notre stratège. Coilla, qu'en penses-tu ?

—Hein?

L'attention de Coilla restait rivée sur les nuages bas.

—Réveillez-vous, caporal! aboya Stryke. J'ai dit…

—Vous avez vu ça? coupa Coilla, montrant le ciel.

Un point noir descendait vers eux. À cette distance, ils ne pouvaient distinguer aucun détail, mais ils n'eurent pas de mal à deviner de quoi il s'agissait.

—Ça pourrait nous être utile, dit Stryke.

Coilla eut une moue dubitative.

—Possible… Tu sais combien ils peuvent se montrer capricieux. Mieux vaudrait nous mettre à couvert.

—Où ça? demanda Haskeer, qui étudiait déjà le terrain dégagé.

Le point ne cessait de grandir.

—Il vole plus vite qu'une cendre d'Hadès, commenta Jup.

—Et il plonge trop serré, ajouta Haskeer.

À présent, tous distinguaient le corps massif et les immenses ailes.

Aucun doute n'était permis.

La monstrueuse créature survola en rase-mottes la plaine où la bataille continuait. Les combattants, soudain pétrifiés, levèrent les yeux. Certains s'éparpillèrent dans l'ombre de la bête pendant qu'elle continuait à foncer vers la colline où les Renards avaient pris position.

—Quelqu'un arrive à voir le cavalier? demanda Stryke en plissant les yeux.

Ses compagnons secouèrent la tête.

Le projectile vivant fondait sur eux. Il ouvrit ses énormes mâchoires, révélant plusieurs rangées de crocs jaunes aussi gros que des casques de guerre. Ses yeux verts aux pupilles fendues lançaient des éclairs. En comparaison, le cavalier assis très droit sur son dos paraissait minuscule.

Stryke estima que la créature n'était plus qu'à trois battements d'ailes d'eux.

— Trop bas, chuchota Coilla.

— Tous à terre! rugit Haskeer.

Les guerriers obéirent promptement.

Roulant sur le dos, Stryke aperçut au-dessus de lui une peau grise à la texture de cuir et d'énormes pattes griffues. Il lui semblait qu'il aurait pu les toucher en tendant le bras.

Le dragon cracha un jet de flammes orange et brillantes.

Une seconde, Stryke fut aveuglé. Clignant des yeux, il s'attendit à voir la créature s'écraser. Mais elle redressa sa trajectoire au dernier moment.

Dans son sillage, elle laissait un spectacle de désolation. Touchés par son souffle, les défenseurs et certains attaquants étaient transformés en boules de feu ou gisaient sur le sol, déjà calcinés. Çà et là, la terre elle-même brûlait et bouillonnait.

Une odeur de chair rôtie emplit l'air, faisant saliver Stryke.

— Quelqu'un devrait rappeler aux maîtres des dragons de quel côté ils sont, grommela Haskeer.

— Mais celui-ci nous a facilité la tâche, dit Stryke en désignant les portes en flammes. (Il se releva et hurla :) Tous à moi!

Les Renards lancèrent leur cri de guerre et se ruèrent vers la forteresse.

Ils ne rencontrèrent qu'une résistance symbolique et hachèrent menu les quelques ennemis encore debout.

Quand il atteignit les portes léchées par les flammes, Stryke les jugea assez endommagées pour ne plus être un obstacle sérieux. Un des battants pendait lamentablement sur ses gonds, prêt à tomber.

Non loin de là, au sommet d'un poteau, sur une pancarte de bois noirci, on lisait encore deux mots peints d'une main malhabile : *Doux-Foyer*.

Haskeer rejoignit Stryke. Il remarqua la pancarte et lui flanqua un coup d'épée pour la décrocher du poteau. En touchant terre, elle se cassa en deux.

— Ils ont même colonisé notre langage, grogna le sergent.

Jup, Coilla et le reste de l'unité arrivèrent. Aidé par plusieurs guerriers, Stryke martela la porte affaiblie de coups de pied pour la faire tomber.

Ils franchirent le seuil et se retrouvèrent dans une grande cour.

Sur leur droite, un corral abritant du bétail. Sur leur gauche, une rangée d'arbres fruitiers. Un peu plus loin, dans le fond, une ferme en bois de bonne taille…

… devant laquelle s'alignaient des défenseurs deux fois plus nombreux que les Renards.

L'unité chargea.

Dans la mêlée qui suivit, ses membres firent preuve d'une discipline supérieure. N'ayant nulle part où fuir, leurs ennemis luttèrent sauvagement, mais succombèrent en quelques instants.

Les Renards en furent quittes pour quelques entailles qui ne suffirent pas à les ralentir ni à entamer le zèle avec lequel ils lardaient de coups la chair laiteuse de leurs adversaires.

Les quelques défenseurs encore en vie reculèrent et se massèrent devant l'entrée de la ferme. Stryke mena le dernier assaut, épaule contre épaule avec Coilla, Haskeer et Jup.

Arrachant sa lame des entrailles du dernier ennemi, il fit volte-face, balaya la cour du regard et repéra ce qu'il lui fallait sur la barrière du corral.

— Haskeer! Va chercher un de ces rondins pour qu'on s'en serve de bélier!

Le sergent s'éloigna en beuglant des ordres. Quelques guerriers s'élancèrent, saisissant la hachette pendue à leur ceinture.

Stryke fit signe à un de ses soldats, qui avança de deux pas avant de tomber comme une masse, une flèche dans la gorge.

— Des archers! cria Jup, agitant sa lame en direction de la ferme.

L'unité se dispersa quand une pluie de flèches venues d'une fenêtre s'abattit sur elle. Touché à la tête, un Renard tomba. Un autre fut atteint à l'épaule; ses camarades le traînèrent à couvert.

Coilla et Stryke, qui étaient les plus proches du bâtiment, coururent se réfugier sous le porche et se plaquèrent de chaque côté de la porte.

— Combien d'archers nous reste-t-il? demanda Coilla.
— Nous en avons perdu un… Donc, trois.

Stryke scruta la cour. Les hommes d'Haskeer encaissaient le plus gros des tirs. Alors que des flèches sifflaient autour d'eux, ils s'efforçaient de couper un des poteaux qui soutenaient les gros rondins de l'enclos à bétail.

Non loin de là, Jup et les autres avaient plongé à plat ventre. Bravant les projectiles ennemis, le caporal Alfray s'agenouilla pour soigner son camarade blessé à l'épaule. Stryke était sur le point de les appeler quand il vit les trois archers bander leurs arcs courts.

À plat ventre sur le sol, pas une position idéale pour tirer… Ils devaient soulever le torse et viser vers le haut.

Pourtant, ils décochèrent des volées de flèches nourries.

Dans leur refuge précaire, Stryke et Coilla ne pouvaient qu'observer les projectiles qui montaient et descendaient.

Après une minute ou deux, des vivats hésitants s'élevèrent de l'unité, sans doute pour saluer un premier succès des archers. Mais les flèches continuèrent à pleuvoir, confirmant qu'il restait au moins un défenseur à l'intérieur.

— Pourquoi ne pas enflammer les hampes de nos flèches ? proposa Coilla.

— Parce que nous ne voulons pas incendier cet endroit avant d'avoir trouvé ce que nous sommes venus chercher.

Un craquement monta du corral. L'unité d'Haskeer venait de dégager un rondin. Elle entreprit de le soulever tout en continuant à se méfier du feu ennemi, désormais moins nourri.

À un autre rugissement triomphant des guerriers, toujours plaqués au sol, répondit un bruit sourd à l'intérieur du bâtiment. Un archer bascula par la fenêtre ouverte et s'écrasa devant le porche où se dissimulaient Stryke et Coilla. La flèche qui dépassait de sa poitrine se brisa en deux sous l'impact.

Du côté du corral, Jup bondit sur ses pieds et signala qu'il ne restait plus personne à l'étage.

Portant le rondin, les guerriers d'Haskeer se précipitèrent. Les muscles tendus, le visage contracté par l'effort, ils percutèrent la porte avec leur bélier improvisé. Des échardes de bois jaillirent tout autour d'eux.

Une dizaine d'assauts plus tard, le battant explosa vers l'intérieur.

De l'autre côté, un trio de défenseurs attendait les Renards. L'un d'eux bondit et tua le premier guerrier d'un seul coup d'épée. Stryke lui plongea sa lame dans le ventre, enjamba le rondin tombé à terre et se jeta sur la créature suivante. Au terme d'une lutte brève mais acharnée, elle s'effondra, raide morte.

Le troisième défenseur profita de l'occasion pour se

rapprocher de Stryke, brandissant son épée avec l'intention de le décapiter.

Un couteau de jet s'enfonça dans sa poitrine. Il poussa un halètement rauque, lâcha son arme et tomba à la renverse.

Pour tout remerciement de son chef, Coilla obtint un vague grognement.

Elle récupéra son couteau dans le cadavre et en dégaina un autre de sa main libre : si elle devait se battre au corps à corps, elle préférait mettre toutes les chances de son côté.

Les Renards s'engouffrèrent dans la ferme. Devant eux, un grand escalier conduisait à l'étage.

— Haskeer ! Tu prends la moitié de la compagnie et tu nettoies le rez-de-chaussée, ordonna Stryke. Les autres, avec moi !

Le groupe d'Haskeer se déploya pendant que le second s'engageait dans l'escalier.

Ils avaient presque atteint le haut des marches quand deux créatures apparurent au-dessus d'eux. Ils les taillèrent en pièces, portés par leur fureur collective.

Coilla prit pied à l'étage la première et se retrouva face à un autre défenseur, qui la frappa au bras avec sa lame dentelée. Sans ralentir, elle le désarma et lui transperça la poitrine. La créature hurla, fracassa la rambarde et plongea dans le vide.

Stryke jeta un coup d'œil à la blessure de Coilla. Comme elle ne se plaignait pas, il s'intéressa à la disposition des lieux.

Ils avançaient dans un long couloir. La plupart des portes étaient ouvertes sur des pièces apparemment vides. Stryke envoya ses soldats les fouiller. Ils réapparurent peu après et secouèrent la tête.

La seule porte fermée était au bout du couloir. Ils s'en approchèrent et se placèrent des deux côtés du battant.

En bas, les bruits de combat s'estompaient. Bientôt, on n'entendit plus que les sons étouffés de la bataille qui continuait dans la plaine, et le halètement des Renards qui s'efforçaient de reprendre leur souffle.

Stryke regarda Coilla et Jup, puis fit signe à trois guerriers particulièrement costauds. Ils se jetèrent sur la porte, épaule en avant. Une fois, deux fois, trois fois… Quand le battant céda, ils se ruèrent dans la pièce, épée levée. Stryke et les autres officiers les suivirent.

Un défenseur armé d'une hache à double tranchant avança vers eux. Il succomba sous le nombre avant d'avoir pu blesser un seul adversaire.

La pièce était grande. Au fond, deux créatures s'efforçaient de protéger quelque chose. L'une appartenait à la race des défenseurs, l'autre à celle de Jup. La silhouette élancée de son compagnon soulignait sa stature courtaude et râblée.

La petite créature fit un pas en avant, une épée dans une main et une dague dans l'autre.

Les Renards voulurent lui régler son compte.

—Non! cria Jup. Celui-là est à moi!

—Laissez-les! ordonna Stryke.

Ses soldats baissèrent leurs armes.

Les deux adversaires restèrent face à face. Une dizaine de secondes, ils s'observèrent avec une franche expression de mépris et de haine.

Puis l'air résonna du fracas de leurs armes.

Jup parait les attaques ou les esquivait avec une fluidité née de l'expérience. Il ne lui fallut pas longtemps pour faire voler dans les airs la dague de son adversaire. Peu après, son épée suivit le même chemin.

Le sergent des Renards acheva le travail en plongeant sa lame dans les poumons du défenseur, qui tomba à genoux, bascula en avant, eut quelques convulsions et s'immobilisa.

Comme s'il s'arrachait à l'emprise hypnotique d'un sort, son camarade leva son épée et se prépara à mourir en combattant.

Les Renards s'aperçurent alors qu'il protégeait une femelle de sa race. Accroupie, des mèches de cheveux collées sur le front, elle serrait contre sa poitrine un nouveau-né dont la peau évoquait la couleur de l'aube.

Une flèche dépassait de la poitrine de la femelle. Un arc et des projectiles gisaient à ses pieds. À l'évidence, elle avait participé à la défense de la ferme.

Stryke fit signe aux Renards de ne pas bouger et traversa la pièce d'un pas nonchalant, car il n'avait plus rien à craindre. Contournant la flaque de sang qui s'élargissait sous le cadavre de l'adversaire de Jup, il s'arrêta devant le dernier défenseur. Leurs regards se croisèrent.

Un instant, il lui sembla que la créature allait parler.

Mais elle bondit vers lui et agita son épée avec un manque de précision pathétique.

Sans se troubler, Stryke dévia la lame et lui trancha la gorge, manquant de peu la décapiter.

La femelle aux vêtements imbibés de sang poussa un cri aigu à mi-chemin entre un couinement et une lamentation funèbre. Stryke avait déjà entendu ce son une ou deux fois.

Dans les yeux de la femelle, il vit briller une étincelle de défi. Mais la haine, la terreur et la souffrance dominaient. Pâle comme la mort, elle respirait avec difficulté. Essayant toujours de le sauver, elle serra le nouveau-né contre elle.

Puis ses forces l'abandonnèrent. Elle bascula lentement et tomba sur le sol. Morte.

Le nouveau-né glissa de ses bras et se mit aussitôt à pleurer.

Sans se soucier de lui, Stryke enjamba le corps de la femelle.

Il découvrit un autel Uni. Comme tous ceux qu'il avait vus, celui-ci était rudimentaire : une haute table couverte d'un tissu blanc à l'ourlet brodé de fils dorés. Deux chandeliers de plomb encadraient un morceau de fer forgé – deux baguettes montées sur un socle et soudées au milieu pour former un X que Stryke identifia comme le symbole du culte de ses ennemis.

L'objet posé au bord de l'autel retint son attention : un cylindre couleur cuivre, long comme son avant-bras, épais comme son poing et gravé de runes. À une extrémité, un sceau de cire rouge le fermait.

Coilla et Jup rejoignirent Stryke. La première tamponnait sa blessure avec un morceau de ouate ; le second essuyait sa lame ensanglantée avec un chiffon. Tous deux regardèrent le cylindre.

— C'est ça ? demanda Coilla.

— Oui. Ça correspond à la description qu'elle m'a faite.

— Ça n'a pas l'air de justifier un pareil carnage, dit Jup.

Stryke s'empara du cylindre et l'examina rapidement avant de le glisser à sa ceinture.

— Je ne suis qu'un humble capitaine. Notre maîtresse ne perd pas son temps à expliquer ses motivations à la piétaille.

— Je ne comprends pas pourquoi la dernière créature s'est sacrifiée pour protéger une femelle et son bébé, dit Coilla.

— Depuis quand les actes des humains ont-ils un sens ? répliqua Stryke. Ils n'ont pas une vision des choses aussi logique que les orcs.

Le nouveau-né continuait à s'époumoner.

Stryke se tourna vers lui, sa langue verte se dardant entre ses lèvres mouchetées.

— Vous n'auriez pas un petit creux, pas hasard ?

Sa plaisanterie suffit à dissiper la tension. Les autres éclatèrent de rire.

—C'est exactement ce qu'ils attendent de notre part, dit Coilla.

Elle se baissa, souleva le bébé par la peau du cou et le tint devant ses yeux pour observer ses prunelles bleues et ses joues rondes creusées d'une fossette.

—Dieux que ces choses sont laides…

—Tu l'as dit! approuva Stryke.

Chapitre 2

Flanqué de Jup, Stryke sortit de la pièce à la tête de ses orcs. Coilla suivait, portant le bébé d'un air dégoûté.

Haskeer les attendait au pied de l'escalier.

— Vous l'avez trouvé ? demanda-t-il.

Stryke hocha la tête et tapota le cylindre passé à sa ceinture.

— Brûlez cet endroit ! ordonna-t-il.

Puis il se dirigea vers la porte.

De l'index, Haskeer désigna deux guerriers.

— Toi et toi, au boulot. Les autres, dehors.

Coilla barra le passage à un bleu et lui fourra le nouveau-né dans les bras.

— Descends dans la plaine et laisse-le à un endroit où les humains le trouveront. Tâche de ne pas trop le malmener.

Soulagée, elle s'éloigna d'un bon pas. Le guerrier la suivit lentement. L'air un peu affolé, il tenait le bébé comme un sac plein d'œufs.

Les incendiaires désignés par Haskeer s'emparèrent de lanternes et répandirent leur huile sur le sol et les meubles. Quand ils eurent terminé, le sergent leur fit signe de partir et glissa une main dans sa botte pour prendre son briquet à silex. Il déchira une bande de tissu sur les vêtements d'un cadavre, l'imbiba d'huile, l'embrasa et la jeta loin de lui avant de sortir précipitamment.

Une boule de feu jaillit. Des rideaux de flammes s'élevèrent du sol.

Sans un regard en arrière, Haskeer traversa la cour et pressa le pas pour rattraper les autres.

Ils étaient rassemblés autour du caporal Alfray. Fidèle à son habitude de faire également office de médecin, il posait une attelle à un soldat blessé.

Stryke réclama un rapport détaillé sur l'état de l'unité.

Alfray désigna les cadavres de deux Renards, non loin de là.

— Nous avons perdu Slettal et Wrelbyd. Il y a trois blessés graves, mais qui s'en remettront, et une douzaine de blessés légers.

— Soit cinq guerriers hors course, ce qui nous laisse vingt-cinq combattants valides en comptant les officiers, calcula Stryke.

— Quelles sont les pertes acceptables pour une mission comme celle-là ? s'enquit Coilla.

— Vingt-neuf.

Même le soldat à l'attelle éclata de rire avec les autres. Pourtant, ils savaient que leur capitaine ne plaisantait pas.

Seule Coilla demeura impassible. Les narines frémissantes, elle se demandait si ses camarades se moquaient d'elle parce qu'elle était la dernière recrue.

Elle a encore beaucoup à apprendre, pensa Stryke. *Et il vaudrait mieux pour elle que ça aille vite.*

— Ça a l'air de se calmer, en bas, rapporta Alfray. Visiblement, la bataille a tourné en notre faveur.

— Comme prévu, marmonna Stryke, que ça n'eut pas l'air d'intéresser.

Alfray remarqua la blessure de Coilla.

— Tu veux que j'y jette un coup d'œil ?

— Ce n'est rien. Plus tard… Stryke, on ne devrait pas rester là !

— Je sais. Alfray, trouve un chariot pour les blessés. Abandonne les cadavres aux charognards. (Il se tourna vers les guerriers valides qui l'écoutaient.) Préparez-vous à une marche forcée. On rentre à Tumulus.

Les guerriers firent la grimace.

— La nuit ne va pas tarder à tomber, rappela Jup.

— Et alors ? Ça ne nous empêche pas de marcher, non ? À moins que vous ayez peur du noir…

— On est bien mal lotis, dans l'infanterie, grommela un soldat qui passait.

Stryke lui flanqua un magistral coup de pied dans le bas du dos.

— Tâche de ne pas oublier la leçon, misérable ver de terre !

Le guerrier glapit et détala sans demander son reste.

Cette fois, Coilla rit avec les autres.

Un tintamarre monta du corral, mélange de rugissements et de couinements. Stryke alla voir de quoi il s'agissait. Haskeer et Jup lui emboîtèrent le pas, Coilla restant avec Alfray.

Penchés sur la barrière de l'enclos, deux soldats observaient les animaux.

— Que se passe-t-il ? demanda Stryke.

— Ils ont peur, répondit un des guerriers. Ils ne devraient pas être enfermés comme ça. Ce n'est pas naturel.

Stryke fit quelques pas en avant.

La créature la plus proche était à moins d'une longueur d'épée de lui. Deux fois plus haute qu'un orc, elle se ramassait sur elle-même, ses puissantes pattes postérieures supportant tout le poids de son corps, les griffes enfoncées dans la terre battue. Sa poitrine féline, hérissée de courts poils couleur de sable, se soulevait au rythme de sa respiration. Sa tête d'aigle oscillant sans cesse, elle claquait nerveusement du bec. Contrastant avec son plumage clair, ses énormes yeux, pareils à deux orbes d'un noir d'encre, regardaient partout sans jamais se fixer plus d'une seconde sur un point. Ses oreilles dressées frémissaient.

Malgré son agitation, il se dégageait de la bête une curieuse noblesse. Derrière elle, une centaine de ses semblables – le gros du troupeau – se tenaient pour la plupart à quatre pattes, le dos arqué. Çà et là, dressées sur les pattes arrière, leurs longues queues se balançant en rythme, quelques créatures s'affrontaient, agitant leurs bras maigrichons terminés par des griffes acérées.

Une rafale de vent charria jusqu'aux narines des orcs l'odeur fétide des excréments de griffons.

— Gant a raison, dit Haskeer en désignant le guerrier qui venait de parler. Leur enclos, ce devrait être tout Maras-Dantia.

— Très poétique, sergent.

Comme il s'y attendait, l'ironie de Stryke blessa Haskeer. Il semblait aussi proche de… l'embarras… qu'un orc pouvait l'être.

— Je voulais juste dire qu'il est typique des humains d'enfermer des animaux faits pour vivre en liberté. Et nous savons qu'ils nous infligeraient le même traitement si nous les laissions faire.

— Tout ce que je sais, dit Jup, c'est que tes fabuleux griffons puent, mais qu'ils ont diantrement bon goût.

— Qui t'a demandé ton avis, sac à puces ? grogna Haskeer.

Jup sursauta et ouvrit la bouche pour répondre.

— La ferme, tous les deux ! cria Stryke. (Il se tourna vers

les guerriers.) Abattez-en quelques-uns pour le ravitaillement et délivrez les autres avant notre départ.

Il s'éloigna. Haskeer et Jup le suivirent en échangeant des regards assassins.

Derrière eux, l'incendie avait gagné toute la ferme. Des flammes jaillissaient des fenêtres et de la fumée s'échappait de l'accès principal.

Les orcs atteignirent les portes défoncées de la forteresse. À la vue de leur commandant, les gardes bombèrent le torse pour témoigner de leur vigilance. Stryke ne leur prêta aucune attention, bien plus intéressé par ce qui se passait dans la plaine. Le combat avait cessé ; les défenseurs qui n'avaient pas succombé s'étaient enfuis.

— C'est un bonus d'avoir remporté cette bataille, puisque c'était une simple diversion, dit Haskeer.

— Nous étions plus nombreux. Nous méritions de gagner. Mais ne va surtout pas parler de diversion à la troupe. La chair à pâtée doit ignorer que tout ça a été organisé pour couvrir notre mission.

Stryke porta la main à sa ceinture. Le cylindre était toujours là.

En contrebas, les équipes de charognards se faufilaient déjà entre les morts qu'ils dépouillaient de leurs armes, de leurs bottes et de tout ce qui pouvait être utile. D'autres groupes avaient reçu la mission peu ragoûtante d'achever les blessés ennemis et ceux de leur propre camp qu'ils jugeaient en trop mauvais état. Des bûchers funéraires brûlaient déjà dans la plaine.

La température ne cessait de baisser. À la lueur du crépuscule, un vent mordant giflait le visage de Stryke. Au-delà du champ de bataille, il distinguait d'autres plaines, et des collines dont les arbres ondulaient sous les rafales. Adoucie par les ombres qui s'allongeaient, cette scène avait dû être familière à ses aïeux. À l'exception de l'horizon lointain où, à cause des glaciers, se découpait une bande d'une lumineuse blancheur…

Pour la millième fois, Stryke maudit en silence les humains qui dévoraient la magie de Maras-Dantia.

Il chassa cette pensée pour revenir à des considérations pratiques. Il avait quelque chose à demander à Jup.

— Ça t'a fait quoi de tuer un compatriote, tout à l'heure ?

— La même chose que de tuer n'importe qui, répondit son sergent. Et je ne le considérais pas comme un compatriote. Je ne connaissais même pas sa tribu !

N'ayant pas assisté au duel, Haskeer se montra curieux.

— Tu as tué un autre nain ? Tu dois vraiment avoir besoin de faire tes preuves !

— Il s'est rangé du côté des humains, ça faisait de lui un ennemi. Et je n'ai rien à prouver.

— Vraiment ? Alors que la plupart des clans nains ont pris le parti des humains, et que tu es le seul de ton espèce parmi les Renards ? Moi, je trouve que tu as beaucoup à prouver.

Les veines du cou de Jup se tendirent, telles des cordes prêtes à se rompre.

— Que veux-tu dire ?

— Je me demande pourquoi nous avons besoin de… de gens comme toi dans nos rangs.

Je devrais mettre un terme à cette dispute, pensa Stryke, *mais elle couve depuis trop longtemps. Mieux vaut qu'ils en finissent une bonne fois pour toutes.*

— J'ai gagné mes galons de sergent dans cette unité ! cracha Jup, désignant les tatouages en forme de croissant de lune, sur ses joues empourprées par la rage. J'ai été assez bon pour ça !

—Vraiment ? lança Haskeer.

Attirés par les éclats de voix, Coilla, Alfray et quelques guerriers les rejoignirent. Plusieurs se réjouissaient déjà d'assister à une bagarre entre deux officiers… Ou à l'idée de voir perdre Jup ?

Les deux sergents échangèrent des insultes dont leurs ancêtres devinrent vite la cible principale. Indigné par une repartie du nain, Haskeer lui empoigna la barbe et tira dessus de toutes ses forces.

—Répète ça, espèce de minus à fourrure !

Jup se dégagea.

—Moi au moins, j'ai des poils ! Vos crânes d'orcs ressemblent à des culs d'humains !

Ils se foudroyèrent du regard, les poings serrés. De toute évidence, ils n'allaient pas tarder à en venir aux mains.

Un soldat se fraya un chemin dans la cohue.

—Capitaine ! Capitaine ! appela-t-il.

Cette interruption ne fut guère appréciée du public. Quelques grognements déçus en témoignèrent.

—Qu'y a-t-il ? soupira Stryke.

—Nous avons trouvé quelque chose. Vous feriez mieux de venir voir.

—Ça ne peut pas attendre ?

—Je crains que non, capitaine. Ça a l'air important.

—D'accord. Arrêtez, vous deux ! (Haskeer et Jup ne bronchèrent pas.) Ça suffit ! grogna Stryke.

Ils baissèrent les bras et reculèrent à contrecœur, bien que la haine ne les aurait nullement abandonnés, son aura sulfureuse presque visible…

Stryke ordonna aux gardes de ne laisser entrer personne, et aux autres de se remettre au boulot.

—J'espère pour toi que ça en vaut la peine, soldat, ajouta-t-il.

Il retourna dans la cour. Intrigués, Coilla, Jup, Alfray et Haskeer lui emboîtèrent le pas.

Des flammes couraient sur le toit de la ferme transformée en brasier. Dans le verger, en hauteur, les orcs sentaient une infernale chaleur.

Le soldat tourna à gauche. Les plus hautes branches des arbres brûlaient, chaque rafale de vent charriant des étincelles et des cendres.

De l'autre côté du verger se dressait une modeste grange à la double porte grande ouverte. À l'intérieur, un guerrier muni d'une torche examinait le contenu d'un sac en toile de jute ; un second était agenouillé près d'une trappe ouverte et sondait des profondeurs obscures.

Stryke s'accroupit près du premier orc et les autres firent cercle autour d'eux. Le sac était plein de minuscules cristaux translucides aux reflets violacés.

— Du pellucide, souffla Coilla.

Alfray se lécha un doigt, tapota un cristal et goûta la substance ainsi recueillie.

— De premier choix, constata-t-il.

— Regardez par ici, capitaine, dit le guerrier qui était venu les chercher.

Il désigna la trappe.

Stryke prit sa torche au soldat agenouillé. La lueur tremblotante révélait une petite cave au plafond juste assez haut pour qu'un orc s'y tienne debout sans se cogner la tête. Deux autres sacs reposaient sur le sol.

Jup émit un long sifflement.

— C'est plus que je n'en ai vu de toute ma vie.

Leur dispute momentanément oubliée, Haskeer demanda :

— Tu imagines pour combien il y en a ?

— Et si nous le goûtions ? proposa le nain, plein d'espoir.

— Ça ne pourrait pas faire de mal, renchérit Haskeer. Nous le méritons bien après avoir accompli cette mission, pas vrai, capitaine ?

— Je ne sais pas trop.

Coilla semblait dubitative, mais elle ne dit rien.

Alfray baissa les yeux sur le cylindre que Stryke portait à sa ceinture.

— Il ne serait pas sage de faire attendre notre reine trop longtemps, dit-il avec sa prudence coutumière.

Stryke parut ne pas l'entendre. Il prit une poignée de cristaux et les laissa glisser lentement entre ses doigts.

— Cette réserve vaut une petite fortune en argent et en pouvoir. Songez combien elle gonflerait les coffres de notre maîtresse.

— Tout à fait, approuva Jup. Mettez-vous à sa place. Nous avons accompli notre mission et remporté une victoire dans la plaine. Pour couronner le tout, nous lui rapportons une rançon royale en foudre de cristal. Elle vous donnera une promotion !

— Réfléchissez, capitaine, insista Haskeer. Une fois que nous lui aurons remis ce trésor, nous n'en reverrons jamais la couleur. Elle a assez de sang humain dans les veines pour que ça ne fasse aucun doute.

Cette remarque emporta la décision de Stryke.

Il se frotta les mains pour en faire tomber les cristaux.

— Ce qu'elle ignore ne peut pas lui nuire, et ça ne fera pas une grande différence que nous repartions dans une heure ou deux. Quand elle verra ce que nous lui rapportons, Jennesta ne pourra rien trouver à redire.

Chapitre 3

Certains supportent la frustration avec bonne grâce ; d'autres jugent intolérables les obstacles qui se dressent sur leur route.

Les premiers sont l'incarnation du stoïcisme.

Les seconds sont dangereux.

La reine Jennesta appartenait à la deuxième catégorie. Et elle s'impatientait.

Les Renards à qui elle avait confié une mission sacrée n'étaient pas rentrés à Tumulus. Jennesta savait que la bataille était terminée et qu'elle avait tourné en leur faveur ; pourtant, ses soldats ne lui avaient pas encore rapporté l'objet de sa convoitise.

Quand ils arriveraient, elle les ferait écorcher vifs. Et s'ils avaient échoué, le châtiment serait encore pire.

Un petit divertissement était prévu pour lui faire prendre son mal en patience. Amusant et cependant nécessaire, il promettait en outre de lui apporter un certain plaisir. Comme d'habitude, il aurait lieu dans son *sanctum sanctorum*, au cœur de ses appartements privés.

Située dans les profondeurs de son palais de Tumulus, la pièce aux murs de pierre avait un haut plafond voûté que soutenaient une douzaine de piliers. Quelques chandeliers fournissaient une chiche lumière, car Jennesta préférait la pénombre.

Les symboles cabalistiques qui ornaient les tapisseries étaient identiques à ceux qu'on retrouvait sur les épais tapis qui couvraient les blocs de granit usés par le temps.

Une chaise de bois à dossier sculpté, pas tout à fait un trône, se dressait près d'un brasero métallique où rougeoyaient des charbons ardents.

Deux choses attiraient le regard en cet endroit : un bloc de marbre noir qui tenait lieu d'autel et une sorte de longue table basse (ou de divan de marbre blanc) installée devant.

Un calice d'argent reposait sur l'autel à côté d'une dague à la lame gravée de runes et à la poignée incrustée d'or, et d'un petit marteau à la tête ronde ornementé de la même façon.

Le bloc de marbre blanc était équipé à chaque extrémité d'une paire de fers. Jennesta laissa courir ses doigts sur la surface immaculée, savourant le contact sensuel de la pierre lisse et froide.

Des coups frappés à la porte de chêne la tirèrent de sa rêverie.

— Entrez.

Deux gardes apparurent sur le seuil. De la pointe de leurs lances, ils poussaient un prisonnier humain aux pieds et aux poings enchaînés. Il était vêtu en tout et pour tout d'un pagne.

Âgé d'une trentaine d'années, il dépassait les orcs de la tête et des épaules, comme la plupart de ses semblables. Le visage contusionné, des croûtes de sang séché maculaient sa barbe et ses cheveux blonds. Il se déplaçait avec difficulté, en partie à cause de ses entraves, mais surtout des coups de fouet qu'on lui avait administrés après sa capture, pendant la bataille. Des plaies écarlates et boursouflées zébraient son dos.

— Je vois que mon invité est arrivé. Bienvenue, lança la reine d'une voix sirupeuse pleine de moquerie.

L'humain ne répondit pas.

Tandis qu'elle s'approchait de lui d'une démarche langoureuse, un des gardes imprima une secousse à la chaîne qui lui liait les poignets. L'homme frémit. Jennesta étudia sa silhouette robuste et musclée et décida qu'il conviendrait parfaitement pour ce qu'elle avait à l'esprit.

Le prisonnier l'examina aussi, et parut stupéfait par ce qu'il vit.

Quelque chose clochait dans la forme du visage de Jennesta. Il était un peu trop plat, un soupçon trop large au niveau des tempes, avec un menton beaucoup plus pointu que la moyenne. Ses cheveux d'ébène cascadaient jusqu'à sa taille, si brillants qu'on les aurait crus mouillés. L'éclat de ses yeux sombres, pareils à deux puits sans fond, était accentué par ses cils d'une longueur extraordinaire. Elle avait en outre une bouche large et un nez légèrement aquilin.

Rien de tout ça n'était déplaisant. On aurait plutôt dit que ses traits s'étaient éloignés des normes imposées par la nature pour suivre une évolution qui n'appartenait qu'à eux. Le résultat était stupéfiant.

Même sa peau avait une couleur inhabituelle. Dans la lueur vacillante des bougies, elle oscillait entre une teinte émeraude et un lustre argenté.

Les pieds nus, Jennesta portait une longue robe écarlate qui dénudait ses épaules et soulignait les courbes voluptueuses de son corps.

À n'en pas douter, elle était très séduisante. Mais sa beauté avait quelque chose d'alarmant. Elle accélérait les battements de cœur du prisonnier… tout en éveillant chez lui un vague dégoût. Dans un monde pourtant peuplé de multiples races, il n'avait jamais rencontré personne de semblable à Jennesta.

— Vous ne me manifestez pas la déférence appropriée, dit-elle.

Ses yeux hypnotisaient le prisonnier, lui donnant l'impression qu'il ne pouvait rien leur dissimuler.

L'humain s'arracha à ce regard dévorant. Malgré sa douleur, il eut un sourire cynique. Du menton, il désigna ses chaînes et prit la parole pour la première fois.

— Je ne le pourrais pas, même si je le voulais.

Jennesta eut un sourire inquiétant.

— Mes gardes seront ravis de vous y aider.

Les soldats forcèrent le prisonnier à s'agenouiller.

— C'est mieux, approuva Jennesta d'une voix mielleuse.

Haletant, l'humain remarqua ses mains aux doigts minces anormalement longs et ses ongles pointus comme des griffes.

Jennesta fit un pas sur le côté pour effleurer les plaies qu'il avait dans le dos. Quand elle les caressa du bout des ongles, il sentit son sang recommencer à couler. Il poussa un grognement. Jennesta ne fit aucun effort pour cacher sa satisfaction.

— Maudite sois-tu, putain hérétique ! cria le prisonnier.

Jennesta éclata de rire.

— Un Uni typique. Toute personne qui rejette vos croyances est forcément un hérétique. Pourtant, c'est vous qui vous êtes rebellés en nous jetant à la tête vos fantasmes d'un dieu unique.

— Alors que vous vénérez les anciens dieux morts de ces créatures, dit le prisonnier en désignant les gardes orcs du regard.

— Comme vous êtes ignorant… La foi Multi concerne des dieux beaucoup plus anciens encore. Des dieux vivants, contrairement au mensonge auquel vous vous raccrochez.

L'homme fut secoué par une quinte de toux pathétique.

— Vous vous considérez comme une Multi ? s'étonna-t-il.
— Où est le problème ?
— Les Multis se trompent, mais au moins, ils sont humains.
— Ne l'étant pas, je ne peux pas embrasser leur cause ? Pauvre fermier, il y a assez de naïveté en vous pour remplir les douves de ce château ! La voie de la Multiplicité est ouverte à tous. Et de toute façon, je suis partiellement humaine.

Le prisonnier haussa les sourcils.

— Vous n'aviez jamais rencontré d'hybride ? (Sans attendre sa réponse, elle continua :) Visiblement pas. Je suis de sangs nyadd et humain mêlés, et j'ai pris les meilleures qualités des deux races.

— Une telle union est une… une abomination ! cria le prisonnier.

Jennesta dut trouver cela follement amusant, car elle éclata de rire.

— Assez ! Je ne vous ai pas fait venir pour engager un débat théologique. (Elle adressa un signe de tête à ses gardes.) Préparez-le.

L'humain sentit qu'on le relevait de force et qu'on le poussait sans douceur vers l'autel. Puis les soldats le soulevèrent et le laissèrent tomber sur le bloc de marbre blanc. Il cria de douleur et se raidit, haletant, des larmes plein les yeux, pendant que les gardes lui ôtaient ses chaînes pour lui passer les fers.

Jennesta congédia ses orcs, qui s'inclinèrent et sortirent.

La reine approcha du brasero et répandit de la poudre d'encens sur les charbons ardents. Un parfum entêtant flotta dans la pièce. Sur l'autel, Jennesta prit le calice et la dague cérémonielle.

Au prix d'un gros effort, l'humain tourna la tête vers elle.

— Accordez-moi au moins la miséricorde d'une mort rapide, implora-t-il.

Couteau à la main, Jennesta se pencha sur lui. Il prit une inspiration étranglée et récita une prière, la panique lui faisant avaler les mots au point de les rendre incompréhensibles.

— Vous racontez n'importe quoi, grogna Jennesta. Taisez-vous.

D'un geste vif, elle trancha…

… le pagne du prisonnier. Puis elle s'en saisit et le jeta au loin. Enfin, elle posa sa dague au bord du bloc de marbre et contempla la nudité de l'humain.

Qui en resta bouche bée.

— Que… ? balbutia-t-il, rouge d'embarras.

Il déglutit et se débattit dans ses liens.

— Les Unis ont une attitude contre nature vis-à-vis de leur corps, dit Jennesta. Ils éprouvent de la honte sans raison.

Glissant une main sous la nuque du prisonnier, elle lui souleva la tête et approcha le calice de ses lèvres.

— Buvez, ordonna-t-elle.

Une partie de la potion coula dans la gorge de l'homme avant qu'il s'étrangle et referme ses dents sur le bord du récipient. Jennesta l'écarta, laissant l'humain tousser et cracher. Un peu de liquide couleur d'urine goutta aux coins de sa bouche.

Les effets de la potion se manifestant rapidement mais ne durant guère, Jennesta ne perdit pas de temps. Elle défit les attaches de sa robe et la laissa tomber sur le sol.

Le prisonnier la fixa, les yeux écarquillés de stupeur. Son regard se posa sur ses seins généreux, glissa le long de son ventre musclé jusqu'à la cambrure plaisante de ses reins et à sa toison pubienne luxuriante.

La perfection physique de Jennesta combinait les charmes d'une humaine avec l'héritage génétique complexe de ses ancêtres hybrides. Jamais il n'avait contemplé pareille femme.

La reine se délecta de la bataille que se livraient en lui la pruderie de son éducation Uni et les instincts primitifs présents chez n'importe quel mâle. L'aphrodisiaque ferait pencher la balance du bon côté et apaiserait la douleur des mauvais traitements infligés par les orcs. En cas de besoin, elle pourrait même faire appel à sa sorcellerie. Mais elle doutait que ce soit nécessaire.

Jennesta approcha son visage de celui du prisonnier. L'odeur douceâtre et musquée de son haleine lui donna la chair de poule. Elle lui souffla doucement dans l'oreille avant de lui murmurer des phrases explicites et choquantes. Le prisonnier s'empourpra de nouveau. Mais cette fois, l'embarras n'était pas le seul responsable.

Enfin, il retrouva la parole.

— Pourquoi me tourmentez-vous ainsi ?

— Vous vous tourmentez tout seul en vous refusant les plaisirs de la chair, répondit Jennesta d'une voix rauque d'excitation.

— Putain !

Elle gloussa et se pencha sur lui jusqu'à ce que la pointe de ses seins lui chatouille la poitrine. Puis elle fit mine de l'embrasser, mais recula au dernier moment. Portant ses doigts à sa bouche pour les humecter, elle lui titilla les mamelons jusqu'à ce qu'ils durcissent.

La respiration du prisonnier devint haletante. La potion commençait à agir. Il déglutit avec difficulté et parvint à dire :

— L'idée de m'accoupler avec vous me répugne.

— Vraiment ?

Jennesta l'enjamba, le chevaucha, lui frottant sa toison pubienne contre l'abdomen. L'homme tira sur ses liens, mais sans force ni conviction.

Jennesta savourait son humiliation et la lente destruction de sa volonté. Cela l'excitait encore plus. Écartant les lèvres, elle darda une langue qui paraissait bien trop longue et se révéla râpeuse quand elle commença à lui lécher la gorge et les épaules.

Le prisonnier sentit monter une érection. Jennesta pressa ses jambes contre ses flancs couverts d'une pellicule de sueur et le caressa avec une ardeur renouvelée. Les émotions se succédèrent rapidement sur le visage de l'humain : désir, répulsion, fascination, impatience… Peur.

— Non ! cria-t-il.

— Mais tu en as envie, susurra Jennesta. Sinon, pourquoi te préparerais-tu à me prendre ?

Elle se souleva légèrement et, passant une main entre les cuisses de l'homme pour saisir sa virilité, le guida en elle.

Puis elle bougea, sa silhouette voluptueuse ondulant à un rythme délibérément paresseux. La tête du prisonnier roulait sur le marbre ; un voile s'était abattu devant ses yeux et il avait la bouche grande ouverte.

Quand Jennesta accéléra, il se tortilla et gémit. Contre sa volonté, il réagit et souleva son bassin pour plonger en elle de plus en plus fort et de plus en plus profondément. Elle rejeta ses cheveux en arrière ; le nuage de boucles noires capta des points lumineux qui, un instant, la nimbèrent d'une aura de feu.

Consciente que la semence était sur le point de jaillir, Jennesta s'empala sur l'humain avec une frénésie croissante. Il fut parcouru par un spasme…

Alors elle empoigna la dague à deux mains et la brandit au-dessus de sa tête.

L'orgasme et la terreur vinrent en même temps.

La lame plongea dans la poitrine du prisonnier, qui poussa un cri hideux, s'arrachant la peau des poignets en luttant pour se dégager des fers.

Jennesta continua à le larder de coups.

Les hurlements de l'humain se transformèrent en gargouillis. Puis sa tête retomba sur le marbre avec un bruit sourd, et il s'immobilisa.

Jennesta lâcha la dague et plongea ses deux mains dans la cavité ensanglantée. Quand elle eut exposé les côtes, elle saisit le marteau posé sur l'autel et l'abattit sur la cage thoracique. Des éclats d'os blanc volèrent alentour. Cet obstacle pulvérisé, elle lâcha son marteau et déchiqueta les chairs jusqu'à ce que ses mains se referment sur le cœur du prisonnier, qui battait encore faiblement. D'un coup sec, elle tira dessus et l'arracha.

Puis elle porta l'organe poisseux de sang à sa bouche, l'ouvrit en grand, et plongea les dents dans sa tiédeur moelleuse.

Aussi intense qu'ait été le plaisir physique, ce n'était rien comparé à la plénitude que Jennesta éprouvait en cet instant. À chaque bouchée, elle sentait les forces vitales de sa victime s'ajouter aux siennes, flux revigorant qui alimentait la source où elle puisait son énergie magique.

Assise en tailleur sur la poitrine du cadavre, le visage, les mains et les seins couverts de sang, elle festoya allègrement.

Enfin, elle se sentit repue. Pour le moment.

Alors qu'elle suçait les dernières gouttes de fluide sur ses doigts, une jeune chatte noire et blanche émergea d'un coin sombre de la pièce et miaula.

— Ici, Saphir, roucoula Jennesta en tapotant sa cuisse.

L'animal lui sauta dessus gracieusement pour se faire caresser. Il renifla le corps mutilé et lécha la plaie béante.

Avec un sourire indulgent, Jennesta descendit du bloc de marbre blanc et s'approcha d'un cordon de velours sur lequel elle tira.

Les gardes orcs répondirent aussitôt à son appel. S'ils éprouvèrent quelque émotion à la vue de la scène macabre, ils n'en laissèrent rien paraître.

— Débarrassez-moi de la carcasse! leur ordonna Jennesta.

À leur approche, la chatte s'enfuit pour regagner les ombres. Ils se mirent en devoir d'ouvrir les fers.

— Des nouvelles des Renards?

— Aucune, ma dame, répondit un des soldats en évitant le regard de Jennesta.

Ce n'était pas ce qu'elle voulait entendre. Déjà, le bénéfice du petit divertissement s'évanouissait, cédant la place à un mécontentement royal.

Jennesta se jura que la mort des Renards serait dix fois plus atroce que leurs pires cauchemars.

Adossés à un arbre, deux fantassins orcs semblaient hypnotisés par la nuée de fées minuscules qui folâtraient au-dessus de leurs têtes. Une douce lumière multicolore scintillait sur leurs ailes, et leur chant mélodieux résonnait dans l'air nocturne.

Sans crier gare, un des orcs tendit une main et la referma sur une poignée de créatures qui émirent des couinements pathétiques. Il les fourra dans sa bouche et les mâcha bruyamment.

— Sales petites pestes, marmonna son compagnon.

— C'est vrai, dit sagement le premier soldat. Mais elles sont bonnes à manger.

— Et complètement stupides, ajouta l'autre tandis que l'essaim se reformait.

Il les observa un moment, puis décida qu'un petit casse-croûte ne lui ferait pas de mal non plus.

Les deux orcs restèrent assis à mâcher en silence, et à observer les ruines fumantes de la ferme, de l'autre côté de la cour.

Un moment passa, puis le premier reprit la parole.

—On vient vraiment de faire ça?

—De faire quoi?

—De bouffer ces fées.

—Les fées? De sales petites pestes.

—C'est vrai, mais elles sont bonnes à…

Un léger coup de botte contre son mollet interrompit leur conversation.

Ils n'avaient pas remarqué qu'un autre fantassin s'était approché d'eux. Le soldat s'accroupit, grogna «Tenez», et leur passa une pipe de terre cuite. Puis il se releva et s'éloigna d'un pas un peu chancelant.

Le premier soldat porta la pipe à ses lèvres et tira une longue bouffée.

Son camarade fit claquer sa langue. D'un ongle à la propreté douteuse, il délogea la minuscule aile scintillante coincée entre ses canines. Il haussa les épaules et la jeta dans l'herbe, puis prit le cristal de pellucide que lui tendait l'autre orc.

Plus près des ruines de la maison, Stryke, Coilla, Jup et Alfray partageaient également une pipe autour d'un feu de camp. Avec un bâton, Haskeer remuait le contenu d'une marmite noire suspendue au-dessus de flammes crépitantes.

—Je vais vous le répéter une dernière fois, grogna Stryke. (Il désigna le cylindre posé sur son giron.) Cet objet a été dérobé à une caravane par des Unis qui ont tué les gardes. Voilà l'histoire. (Sa voix était de plus en plus pâteuse.) Et Jennesta veut le récupérer.

—Mais pourquoi? demanda Jup en tirant sur la pipe. Après tout, ce n'est qu'un émui à tessage. Je veux dire… Ce n'est qu'un étui à message.

Clignant des yeux, il passa la pipe à Coilla.

—Ça, on le sait, lâcha Stryke. (Il agita vaguement la main.)

Ça doit être un message important. On s'en fiche. Ça ne nous regarde pas.

Tout en versant un liquide fumant d'un blanc laiteux dans des chopes en étain, Haskeer marmonna :

— Je parie que ce pellucide aussi faisait partie de la cargaison.

Toujours à cheval sur les convenances malgré son état comateux, Alfray tenta une fois encore de rappeler ses responsabilités à son chef.

— Nous ne devrions pas nous attarder trop longtemps, capitaine. Si la reine…

— Tu ne peux pas changer de chanson ? coupa Stryke. Crois-moi, notre maîtresse nous accueillera à bras ouverts. Tu t'inquiètes trop, scieur-d'os.

Alfray se replongea dans un silence maussade. Haskeer lui offrit une tasse d'infusion de drogue, mais il secoua la tête. Stryke accepta une chope qu'il vida d'un trait.

Sous l'influence du pellucide, Coilla somnolait à demi, le regard vide. Mais elle prit pourtant la parole.

— Alfray n'a pas tort. S'exposer aux foudres de Jennesta n'est jamais une bonne idée.

— Toi aussi, tu comptes me harceler ? demanda Stryke en remplissant de nouveau sa chope. Ne t'inquiète pas : nous nous mettrons bientôt en route. À moins que tu veuilles leur refuser ce petit plaisir…

Il jeta un coup d'œil en direction du verger, où la plupart des Renards avaient pris leurs aises.

Les fantassins étaient affalés autour d'un feu plus gros d'où montaient des rires gras et des chansons paillardes. Certains faisaient un bras de fer ou jouaient aux dés.

Stryke regarda Coilla. Mais la scène avait complètement changé. La femelle orc était roulée en boule sur le sol, les yeux fermés. Tous les autres semblaient frappés de stupeur ; quelques-uns ronflaient. Le feu était mort depuis longtemps.

De nouveau, Stryke observa les fantassins. Eux aussi dormaient. Et de leur feu, il ne restait que des cendres.

Au plus profond de la nuit, une traînée d'étoiles scintillantes piquetait le ciel.

Il avait l'impression qu'un instant s'était écoulé, mais ce n'était qu'une illusion.

Il aurait dû réveiller ses compagnons puis distribuer ses ordres pour le retour à Tumulus. Et il le ferait. Il le ferait certainement. Mais d'abord, il avait besoin de se reposer et de laisser se dissiper le voile qui embrumait son cerveau. Une minute ou deux devraient suffire. Alors, il se mettrait au travail.

La tête de Stryke tomba sur sa poitrine.

Une tiède stupeur l'envahit. Il était si dur de garder les yeux ouverts…

Il s'abandonna aux ténèbres.

Chapitre 4

Il ouvrit les yeux.

Le soleil brillait au-dessus de sa tête. Il souleva une main pour se protéger de la lumière et, battant des paupières, se mit lentement debout. Le tapis de gazon luxuriant était moelleux sous ses pieds.

Au loin se dressait une chaîne de collines en pente douce. À l'aplomb, des nuages d'un blanc immaculé dérivaient sereinement dans un ciel d'un azur parfait. Le paysage verdoyant était d'une pureté absolue.

Dans un coin de son cerveau, Stryke se demandait vaguement ce qu'il était advenu de la nuit. Il n'avait aucune idée de l'endroit où pouvaient être les autres Renards. Mais ces questions effleurèrent seulement son esprit...

Puis il lui sembla entendre d'autres bruits, au-delà de l'eau qui cascadait. Des bruits qui ressemblaient à des voix, plus le roulement rythmique mais étouffé d'un tambour.

Leur source était soit dans sa tête, soit en aval du torrent.

Il entra dans l'eau et suivit son cours, ses bottes faisant crisser les cailloux polis par un flux incessant. Sur son passage, les clapotis provoquèrent la fuite de minuscules créatures dans la végétation qui festonnait la berge.

Une brise agréablement tiède lui caressait le visage. L'air frais et pur lui faisait presque tourner la tête.

Il atteignit l'endroit où le torrent décrivait une courbe. Alors qu'il la franchissait, les voix se firent plus fortes et plus distinctes.

Il était devant l'entrée d'une petite vallée. Le cours d'eau serpentait entre des huttes de bois circulaires au toit de chaume. Un long pavillon rectangulaire s'étendait sur un côté, orné des boucliers d'un clan que Stryke ne put identifier. Des trophées de guerre étaient également suspendus aux cloisons : épées larges, lances, crânes blanchis de loups à dents de sabre. Une odeur de bois fumé et de gibier rôti planait dans l'air.

Autour des chevaux attachés, le bétail et la volaille erraient librement.

Et les orcs fourmillaient.

Des mâles, des femelles, des jeunes. Ils effectuaient des corvées, allumaient des feux, coupaient du bois ou bavardaient. Dans la clairière, devant le pavillon, un groupe de guerriers se battaient avec des épées ou des bâtons, le roulement d'un tambour de peau rythmant leur entraînement.

Personne ne prêta attention à Stryke pendant qu'il entrait dans le village. Tous les orcs qu'il croisa portaient des armes, comme il convenait aux membres de leur espèce. Mais bien qu'il ne connaisse pas leur clan, il ne se sentit pas menacé, simplement curieux.

Une femelle avança vers lui. Sa démarche trahissant son assurance, elle ne fit pas un geste pour saisir l'épée qui lui battait la hanche. Le capitaine estima qu'elle mesurait une tête de moins que lui, même si sa coiffe de plumes écarlates striées d'or compensait leur différence de taille. Se tenant très droite, elle avait une silhouette agréablement musclée.

Elle ne manifesta aucun étonnement en le voyant. Son expression était presque passive… Pour autant qu'un visage pareil puisse avoir une expression passive. En s'approchant de lui, elle eut un sourire franc et chaleureux. Il prit conscience d'une vague agitation aux alentours de son bas-ventre.

— Enchantée ! lança-t-elle.

Il était si fasciné par sa beauté qu'il ne répondit pas immédiatement.

— En… enchanté, lâcha-t-il enfin, hésitant.
— Je ne vous connais pas.
— Moi non plus.
— À quel clan appartenez-vous ?

Il le lui apprit.

— Ça ne me dit rien. Mais il y en a tellement…

Stryke regarda les boucliers qui décoraient les cloisons du pavillon.

— Le vôtre aussi m'est inconnu. (Il marqua une pause, fasciné par ses yeux, avant d'ajouter :) Ça ne vous inquiète pas de parler avec un étranger ?

La femelle eut l'air étonné.

— Pourquoi, ça devrait ? Nos clans sont-ils en conflit ?
— Pas que je sache.

De nouveau, elle découvrit ses ravissantes dents jaunes et pointues.

— Dans ce cas, inutile de faire assaut de prudence. À moins que vous veniez armé de mauvaises intentions.
— Non, je viens en paix. Mais vous montreriez-vous aussi accueillante si j'étais un troll ? Ou un gobelin ? Ou un nain d'allégeance inconnue ?

Elle le dévisagea sans comprendre.

— Un troll ? Un gobelin ? Un nain ? Qu'est-ce que c'est ?
— Vous n'avez jamais entendu parler des nains ?

Elle secoua la tête.

— Ni des gremlins, des trolls et des elfes ? Aucune des races aînées ?
— Les races aînées ? Non.

— Ou… des humains ?

— Je ne sais pas ce qu'ils sont, mais je suis certaine qu'il n'y en a pas.

— Vous voulez dire, qu'il n'y en a pas dans le coin ?

— Je veux dire que je ne comprends rien à ce que vous racontez. Vous êtes bizarre.

— Et vous, vous parlez par énigmes. Dans quelle partie de Maras-Dantia sommes-nous, pour que vous ignoriez tout des races aînées ou des humains ?

— Vous devez venir de loin, étranger, puisque votre royaume porte un nom que je n'ai jamais entendu.

Il sursauta.

— Vous ne savez pas comment se nomme votre monde ?

— Il ne s'appelle pas Maras-Dantia ! Au moins, pas ici. Et je n'ai jamais connu d'autre orc convaincu que nous le partageons avec des… races aînées et des… humains.

— Donc, les orcs contrôlent leur destinée, ici ? Ils font la guerre comme il leur plaît ? Il n'y a pas d'humains ni… ?

La femelle éclata de rire.

— Quand en a-t-il été autrement ?

Stryke plissa le front.

— Il en est ainsi depuis l'éclosion du père de mon père. Enfin, je le pensais…

— Vous avez peut-être marché trop longtemps en plein soleil.

Stryke leva les yeux.

— La chaleur, réalisa-t-il. Il n'y a pas de vent froid.

— Pourquoi y en aurait-il ? Nous ne sommes pas en hiver.

— Et la glace, continua-t-il, ignorant la remarque. Je n'ai pas vu la glace qui avançait.

— Où ça ?

— Au nord, bien entendu.

À sa grande surprise, la femelle lui saisit la main.

— Venez.

Malgré sa confusion, Stryke avait une conscience aiguë de la paume fraîche et moite de la femelle dans la sienne. Il se laissa entraîner.

Ils suivirent le torrent vers l'aval jusqu'à ce que le village disparaisse derrière eux. Puis ils arrivèrent à un endroit où le sol se dérobait. En s'approchant du bord d'une falaise de granit, ils virent le cours d'eau se jeter vers la vallée, en contrebas, et aller s'écraser sur les rochers.

Le ruban argenté d'une rivière prenait naissance quelque part au pied de la falaise et se déroulait le long des plaines couleur d'olive qui s'étendaient à perte de vue dans toutes les directions. Seule une immense forêt, sur leur droite, endiguait cet océan végétal. Les troupeaux de bétail qui paissaient là auraient suffi à nourrir une tribu d'orcs pendant une ou deux générations.

La femelle tendit un doigt.

— Le nord est là.

Il n'y avait pas de glaciers qui approchaient et pas de ciel d'ardoise menaçant. Stryke ne distingua qu'une étendue ininterrompue de feuillage. Un grouillement de vie!

Alors, il éprouva une étrange émotion. Il n'aurait su dire pourquoi, mais tout ça lui semblait curieusement familier, comme s'il avait déjà contemplé cette scène paisible et humé cet air dont rien ne venait souiller la pureté.

— Vartania? *souffla-t-il.*

— Le paradis? (*La femelle eut un sourire énigmatique.*) Peut-être. Si c'est ce que vous choisissez d'en faire.

Jouant sur la brume du torrent, les rayons de soleil donnèrent naissance à un arc-en-ciel.

En silence, ils se délectèrent de sa splendeur multicolore.

Et le roulement de l'eau, pour l'esprit troublé de Stryke, avait l'effet apaisant d'un baume...

Il ouvrit les yeux.

Un bleu était en train d'uriner dans les cendres du feu.

Stryke se réveilla en sursaut.

— Qu'est-ce que tu fiches, crétin ? rugit-il.

Tel un chien ébouillanté, le soldat s'en fut la queue entre les jambes en s'efforçant maladroitement de refermer son pantalon.

Encore sous l'emprise de son rêve – ou de sa vision ? –, Stryke mit un moment à constater que le soleil s'était levé.

L'aube était déjà loin.

— Dieux ! jura-t-il en se relevant.

Il vérifia que le cylindre était toujours accroché à sa ceinture, puis jeta un regard à la ronde. Si deux ou trois Renards exploraient prudemment la notion d'état de veille, les autres, à commencer par les sentinelles postées à l'entrée du fortin, étaient encore vautrés sur le sol.

Stryke courut vers le groupe de soldats avachis le plus proche et distribua force coups de pied.

— Debout, bande de fainéants ! rugit-il. Debout ! Remuez-vous !

Certains orcs roulèrent sur eux-mêmes pour échapper à l'ire de leur capitaine. D'autres dégainèrent sans réfléchir, puis frémirent en reconnaissant leur chef. Haskeer était parmi eux, mais il ne se sentait pas d'humeur à trembler devant son supérieur. Il fronça les sourcils et rangea son couteau dans sa botte avec une lenteur insolente.

— Qu'est-ce qui te prend ? grogna-t-il.

— Qu'est-ce qui me prend, sac à merde ? Il me prend que c'est demain ! cria Stryke en désignant le ciel. Le soleil est déjà haut, et nous moisissons encore ici !

— À qui la faute ? demanda Haskeer.

Stryke plissa les yeux, l'air menaçant. Il se rapprocha suffisamment de son sergent pour sentir son haleine fétide.

— Comment ? siffla-t-il.

— Tu nous accuses, mais c'est toi le responsable.

Les autres Renards se massèrent autour d'eux – à bonne distance, cependant…

Haskeer soutint le regard de Stryke. Sa main se porta vers le fourreau de son épée.

— Stryke !

Alfray et Jup sur les talons, Coilla se frayait à coups de coude un chemin entre les fantassins.

— Nous n'avons plus de temps à perdre ! rugit-elle.

Les deux officiers ne lui prêtèrent aucune attention.

— La reine, Stryke, rappela Alfray. Nous devons rentrer à Tumulus. Jennesta…

Ce nom produisit l'effet escompté.

— Je sais ! cria Stryke.

Il jeta un dernier regard chargé de mépris à Haskeer et se détourna. Le sergent recula et, en guise de compensation, coula un regard venimeux à Jup.

Stryke s'adressa à l'ensemble de l'unité.

— Pour une fois, nous n'allons pas marcher, mais chevaucher. Darig, Liffin, Reafdaw, Kestix : trouvez des chevaux pour nous tous. Seafe et Noskaa, dégotez-nous deux ou trois mules. Finje, Bhose, rassemblez des provisions. Juste de quoi voyager léger. Gant, prends qui tu veux et allez libérer les griffons. Les autres, faites les paquetages. Et que ça saute !

Les fantassins se dispersèrent sans demander leur reste.

Étudiant ses officiers, Stryke vit qu'Alfray, Jup, Haskeer et Coilla avaient les yeux aussi cernés que devaient l'être les siens.

— Haskeer, assure-toi qu'ils ne perdent pas de temps avec les chevaux et les mules. Toi aussi, Jup. Et je ne veux pas de bagarre aujourd'hui, c'est bien compris ?

Il les congédia d'un signe de tête. Les deux officiers

s'éloignèrent au trot, prenant soin de maintenir une bonne distance entre eux.

— Que veux-tu que nous fassions ? lança Alfray.

— Demande à un ou deux bleus de t'aider à répartir le pellucide en autant de parts égales que nous avons de soldats, ordonna Stryke. Il sera plus facile à transporter ainsi. Mais dis-leur bien qu'ils doivent le convoyer, pas le consommer. Et s'ils s'avisent d'y toucher, gare à eux !

Alfray hocha la tête et s'en fut.

Seule Coilla s'attarda auprès de Stryke.

— Tu as l'air bizarre… Tout va bien ?

— Non, caporal, tout ne va pas bien. Au cas où vous ne l'auriez pas remarqué, ça fait des heures que nous aurions dû nous présenter au rapport. Ça signifie que Jennesta risque de tous nous égorger. Et maintenant, faites ce qu'on vous dit !

Coilla obéit sans discuter.

Des lambeaux de la vision dérivant encore dans son esprit, Stryke maudit le soleil levant.

Ils laissèrent derrière eux les ruines de la colonie humaine et le champ de bataille piétiné, en contrebas, pour prendre la direction du nord-est.

Bientôt, la piste passa au-dessus des plaines où s'égaillaient les griffons.

Coilla, qui chevauchait près de Stryke, en tête de la colonne, désigna les créatures et demanda :

— Tu ne les envies pas ?

— Quoi, ces bestioles ?

— Elles sont plus libres que nous.

Cette remarque le surprit. C'était la première fois que Coilla évoquait, fût-ce indirectement, la position pathétique à laquelle leur race était réduite. Mais il résista à l'envie de se lancer dans ce débat. En cette époque troublée, un orc avisé tenait sa langue, car les opinions avaient une fâcheuse tendance à tomber dans les oreilles auxquelles elles n'étaient pas destinées.

Stryke se contenta de lâcher un grognement indistinct.

Coilla le dévisagea puis laissa tomber le sujet. Ils chevauchèrent dans un silence maussade, aussi vite qu'ils l'osaient sur ce terrain inégal.

En milieu de matinée, ils atteignirent une piste sinueuse qui traversait un ravin étroit et profond dont les parois couvertes d'herbe montaient en pente douce. Les Renards ne pourraient pas y chevaucher à plus de deux de front. La plupart préférèrent s'engager sur le chemin de graviers. Cela les força à ralentir pour se remettre au trot.

Frustré par ce contretemps, Stryke jura d'abondance.

— Nous devons avancer plus vite !

— Emprunter ce chemin nous fera gagner une demi-journée, lui rappela Coilla. Nous rattraperons notre retard une fois de l'autre côté.

— Chaque minute supplémentaire gâte un peu plus l'humeur de Jennesta.

— Nous lui rapportons ce qu'elle désirait, et une cargaison de pellucide en plus. Cela ne compte-t-il pas ?

— Pour notre maîtresse ? Tu connais la réponse à cette question…

— Il suffira de dire que nous avons rencontré des humains en route, ou que nous avons eu du mal à localiser le cylindre.

— Peu importe ce que nous raconterons : nous ne sommes pas là, et ça lui suffit.

Stryke jeta un coup d'œil par-dessus son épaule. Les autres étaient assez loin pour ne pas l'entendre.

— Je refuserais de l'admettre devant l'unité, dit-il en baissant la voix, mais Haskeer avait raison. C'est ma faute si nous sommes en retard.

— Ne sois pas trop dur avec toi-même. Nous voulions tous...

— Attention ! Droit devant !

Quelque chose venait à leur rencontre, à l'autre bout du ravin.

Stryke leva une main pour faire arrêter l'unité. Il plissa les yeux, tentant d'identifier la grande silhouette trapue qui avançait vers eux. Visiblement, c'était une bête de somme, et elle portait un cavalier. Bientôt, d'autres apparurent à sa suite.

À l'arrière de la colonne, Jup passa les rênes de sa monture à un soldat et mit pied à terre, puis courut rejoindre Stryke.

— Que se passe-t-il, capitaine ?

— Je n'en suis pas certain... (Alors, il reconnut les animaux.) Malédiction ! Des vipères kirgizils !

Bien qu'on les appelle couramment ainsi, les kirgizils n'étaient pas des vipères, mais des lézards du désert, plus petits au garrot que les chevaux, dont ils égalaient néanmoins la masse. Le dos large, les pattes musclées, les yeux blancs et roses d'albinos, ils avaient une langue fourchue aussi longue que le bras d'un orc. Leurs crocs pointus comme des dagues libéraient un venin mortel, et leur queue dentelée était assez puissante pour briser la colonne vertébrale d'un bipède. Redoutables chasseurs, ils étaient connus pour leurs accélérations stupéfiantes.

Et une seule race les utilisait comme montures de guerre.

Les kirgizils étaient assez près pour qu'il ne subsiste plus le moindre doute. Chacun était monté par un kobold. Plus petites que les orcs, et même que les nains, ces créatures totalement imberbes à la peau grisâtre paraissaient à la limite du rachitisme. Mais les apparences sont souvent trompeuses : malgré leurs bras et leurs jambes maigres et leur visage aux traits presque délicats, c'étaient des combattants obstinés et voraces.

Leur grosse tête, disproportionnée par rapport à leur corps, arborait des oreilles effilées. Leur bouche, une fente dépourvue de lèvres, était remplie de minuscules dents pointues. Leur nez ressemblait à celui d'un félin, leurs yeux évoquant des orbes dorés brillant de mépris et de cupidité.

Des colliers de cuir enveloppaient leur cou allongé. Leurs poignets chétifs étaient hérissés de bracelets à pointes, et ils brandissaient des lances et de petits cimeterres.

En matière de vol et de pillage, les kobolds avaient peu d'égaux sur Maras-Dantia. Question vice et irritabilité, ils n'en avaient aucun.

— Une embuscade ! hurla Jup.

D'autres avertissements retentirent le long de la colonne. Les orcs levèrent la tête. Des kobolds montés sur des kirgizils dévalaient les pentes du ravin. Debout dans ses étriers, Stryke les vit se déployer pour leur barrer le passage.

— Un piège classique, gronda-t-il.

Coilla empoigna une paire de couteaux de lancer.

— Et nous nous sommes jetés dedans la tête la première.

Alfray déroula leur bannière de guerre. Les chevaux hennirent et se dressèrent sur leurs pattes arrière, faisant rouler des gravillons sous leurs sabots. Dégainant leurs armes, les orcs pivotèrent pour faire face à l'ennemi.

Abrutis par le pellucide et l'alcool consommés la veille, ils étaient en infériorité numérique et n'avaient pas la place de manœuvrer.

Leurs lames brillant au soleil, les kobolds passèrent à l'attaque.

Stryke rugit un cri de guerre que toute l'unité reprit en chœur.

Puis la première vague les atteignit.

Chapitre 5

Stryke n'attendit pas que les kobolds lui tombent dessus. Enfonçant les talons dans les flancs de sa monture, il l'éperonna pour lui faire charger le pillard de tête, puis dévia vers la gauche comme s'il voulait longer son kirgizil. Le cheval renâcla, mais Stryke le maintint sur sa trajectoire et enroula solidement les rênes autour d'une de ses mains. De l'autre, il brandit son épée.

Surpris par la rapidité de son adversaire, le kobold tenta d'esquiver. Trop tard.

La lame de Stryke siffla dans l'air ; la tête de la créature sauta de ses épaules, tomba sur le côté et rebondit en heurtant la piste. Un geyser de sang jaillit du cou tranché tandis que l'élan du kirgizil, désormais fou, emportait le cadavre décapité.

Stryke se tourna vers un nouvel adversaire.

Coilla lança un couteau sur le pillard le plus proche. L'arme se planta dans sa joue ; le kobold dégringola du dos de sa monture en hurlant.

Coilla choisit une autre cible et lança son deuxième couteau. Le pillard qu'elle visait tira sur les rênes de son kirgizil, qui releva la tête. Le projectile s'enfonça dans son œil blanc et rose. Rugissant de douleur, l'animal bascula sur le côté, son cavalier écrasé sous sa masse.

Coilla calma son cheval et saisit d'autres couteaux.

N'ayant pas pu remonter en selle avant l'attaque des pillards, Jup s'était emparé d'une hache qu'il tenait à deux mains. Un kobold désarçonné par le coup d'épée d'un autre Renard s'approcha de lui en titubant. Jup lui fendit le crâne.

Un autre kobold, toujours perché sur son kirgizil, voulut lui porter un coup au flanc. Jup pivota et abattit sa hache sur la cuisse de son adversaire, qu'il trancha proprement.

Partout dans le ravin, les orcs étaient engagés dans des duels sanglants. Un tiers avaient vidé les étriers. Les archers avaient réussi à tendre la corde de leurs arcs et décochaient des volées de flèches aux pillards. Mais la mêlée était trop dense pour qu'ils puissent continuer longtemps.

Haskeer fut vite cerné. Un de ses adversaires le harcelait du côté piste, un autre faisant pleuvoir des coups d'épée sur lui depuis la pente du ravin où son kirgizil s'agrippait. Effrayé par les reptiles géants, le cheval d'Haskeer hennissait de panique pendant que son cavalier distribuait des coups à gauche et à droite.

Une flèche orc se planta dans la poitrine du kobold qui se tenait sur la pente et le fit basculer du dos de sa monture. Haskeer se concentra sur son autre adversaire. Leurs lames s'entrechoquèrent, se dégagèrent, s'entrechoquèrent de nouveau.

La pointe de l'épée du kobold entailla le menton d'Haskeer. Ce n'était pas une blessure grave, mais elle suffit à désarçonner l'orc, qui lâcha son épée. Alors qu'il roulait sur lui-même pour éviter les sabots des chevaux et les coups de queue des kirgizils, quelqu'un lança un javelot dans sa direction. L'arme se planta tout près de lui. Il se releva avec difficulté et l'arracha du sol.

Le kobold qui l'avait jeté à terre se rapprocha pour lui

porter le coup de grâce. Haskeer n'eut pas le temps de resserrer sa prise sur la lance. Il la leva pour parer le coup. La lame coupa en deux la hampe de bois. Haskeer se débarrassa de la plus petite moitié et, balançant l'autre comme une massue, frappa le kobold au visage. Assommé par l'impact, celui-ci s'écrasa sur le sol.

Haskeer courut vers lui et lui flanqua une série de coups de pied dans la tête. Pour faire bonne mesure, il lui sauta à pieds joints sur la poitrine. La cage thoracique du kobold céda ; du sang jaillit de sa bouche et de son nez.

Alfray se battait pour conserver la bannière des Renards. Debout dans ses étriers, un kobold avait agrippé la hampe et tentait de la lui arracher. Mais Alfray s'y accrochait si fort que ses jointures avaient blanchi sur le bois. Pour une créature aussi malingre, le kobold était tenace. Plissant ses yeux de fouine et découvrant ses dents pointues, il lâcha un horrible sifflement.

Il était tout près d'atteindre son but quand Alfray lui donna un baiser d'orc. Plongeant en avant, il flanqua un fabuleux coup de tête dans le front osseux du kobold. Projeté en arrière, le kobold lâcha la hampe comme si elle avait été un tisonnier chauffé à blanc. Alfray lui enfonça l'extrémité pointue dans l'abdomen. Puis il pivota, prêt à infliger le même traitement à tout ennemi passant à sa portée.

Non loin de là, un bleu échangeait des coups avec un pillard, et il ne semblait pas avoir le dessus. Profitant d'une ouverture, le kobold se jeta sur lui et, avec son cimeterre, lui dessina un X sanglant sur la poitrine. Le soldat s'effondra.

Alfray éperonna son cheval et chargea, tenant la hampe de son drapeau comme une lance. Elle pénétra dans l'estomac de la créature et ressortit dans son dos, accompagnée d'une bouillie d'entrailles.

Stryke progressait le long de la piste, avançant vers son

quatrième ou cinquième adversaire. Il avait perdu le compte. En fait, il se souciait rarement d'en tenir un. Deux ou trois kobolds plus tôt, il avait lâché les rênes de son cheval, car il préférait avoir les mains libres pour se battre. Désormais, il se maintenait en selle et dirigeait sa monture par de simples pressions des genoux : un vieux truc orc qu'il maîtrisait à la perfection.

Le kobold dont il s'approchait était, à sa connaissance, le seul de la bande qui porte un bouclier. Sans doute le chef… Mais peu importait la signification du bouclier ! Stryke s'inquiétait plus de l'obstacle qu'il représentait pour la pointe de son épée.

Il décida d'adopter une stratégie différente.

Juste avant d'arriver au niveau du kirgizil, le capitaine empoigna la crinière de son cheval et tira violemment pour le faire ralentir. Puis il se pencha, saisit le harnais qui muselait le kirgizil et, prenant soin d'éviter la langue fourchue de l'animal, tira la longe vers le haut de toutes ses forces.

À demi étranglé, le reptile agita la queue, ses pattes griffues raclant le sol. Puis il se tordit le cou pour tenter de respirer.

Stryke éperonna son cheval pour le faire avancer. La pauvre bête lutta contre le poids conjugué de son cavalier et du kirgizil. Incapable de contrôler sa monture, le kobold se pencha sur sa selle pour porter un coup d'épée à Stryke. Mais celui-ci était hors d'atteinte.

Le cou tordu, le kirgizil bascula sur le côté. Son cavalier poussa un glapissement d'effroi et se laissa glisser à terre, abandonnant son bouclier. Stryke lâcha le harnais. Ignorant le reptile qui tentait de se relever, il fit pivoter sa monture pour affronter le pillard. De nouveau, il tira sur la crinière de son cheval, qui se cabra.

Le kobold était encore à genoux quand les sabots de l'animal s'abattirent, lui défonçant le crâne.

Jetant un coup d'œil en arrière, Stryke aperçut Coilla. Elle avait mis pied à terre et semblait en difficulté, cernée par plusieurs pillards privés de leurs kirgizils. Cette fois, elle ne pourrait pas les maintenir à distance en lançant ses couteaux : elle allait devoir se battre au corps à corps. Utilisant ses armes de jet comme des dagues, elle frappa et trancha, bondissant pour esquiver les coups d'épée ou de lance de ses adversaires.

Un kobold s'écroula, la gorge ouverte. Un autre bondit aussitôt pour prendre sa place. Alors qu'il brandissait son épée, Coilla plongea sous sa garde et lui porta deux coups rapides au cœur. Il s'effondra à son tour. Un troisième pillard apparut devant la femelle orc et la maintint à distance avec sa lance, histoire qu'elle ne puisse pas le toucher directement, ni en lui lançant un couteau. Le regard rivé sur la pointe menaçante, Coilla recula lentement.

Une hachette s'abattit sur l'épaule du kobold, lui tranchant le bras dans un jaillissement de sang. Le kobold s'écroula en poussant un atroce cri de douleur.

Relevant sa hache maculée de sang, Jup rejoignit Coilla.

—Nous ne tiendrons plus très longtemps ! cria-t-il.

—Continue à te battre !

Ils luttèrent dos à dos.

Alfray flanqua un coup de pied à un kobold tombé à terre, puis croisa le fer avec un autre, toujours monté sur son kirgizil. Le lézard faisant claquer ses mâchoires devant le museau du cheval, Alfray avait le plus grand mal à maîtriser la pauvre bête. Non loin de là, deux bleus découpaient en morceaux un pillard solitaire.

L'épée qu'Haskeer venait à peine de récupérer lui fut promptement arrachée des mains par un cavalier ennemi. Un autre kobold toisa d'un air mauvais le Renard aux mains vides. Haskeer lui plongea dessus et lui lança son poing dans la figure.

De sa main libre, il saisit le poignet droit de son adversaire et le tordit jusqu'à ce que les os cèdent. Le pillard cria comme un cochon qu'on égorge, mais Haskeer continua à le bourrer de coups de poing jusqu'à ce qu'il lâche son épée.

Puis il la ramassa et la lui plongea dans le ventre.

Cédant à la soif de sang, il se tourna vers un kobold toujours monté sur son kirgizil. La créature observait un duel, lui tournant le dos. Haskeer la saisit à bras-le-corps, l'arracha à sa monture et entreprit de la rosser méthodiquement. Ses bras et ses jambes se brisèrent comme des brindilles.

La queue d'un kirgizil atteignit de plein fouet un soldat qui fut projeté au milieu d'un amas de combattants. Les orcs et les kobolds s'effondrèrent comme des quilles dans un fouillis de bras et de jambes.

Le dernier pillard qui bloquait le chemin de Stryke se révéla aussi doué que tenace. Au lieu de lui porter des coups décisifs, le capitaine fut obligé d'engager un duel.

La monture de son adversaire étant moins haute que la sienne, il devait se pencher pour croiser le fer avec lui. Ce handicap, combiné avec l'agilité du kobold, l'empêchait d'en finir vite. Et le pillard parait patiemment chacune de ses attaques.

Après une minute de combat à l'issue incertaine, la lame du kobold réussit à passer la première et entama le haut du bras de Stryke, faisant couler son sang.

Furieux, l'orc redoubla de férocité. Il fit pleuvoir les coups, s'efforçant de faire primer sa force sur l'adresse de son adversaire : une tactique qui manquait de finesse, mais qui ne tarda pas à porter ses fruits. Face à cette tempête d'acier, les défenses du kobold faiblirent et ses réactions se firent plus lentes.

La lame de Stryke trancha une des oreilles pointues de la créature, qui brailla de douleur. L'attaque suivante lui ouvrit l'épaule et lui arracha un nouveau cri.

Stryke l'acheva d'un coup précis à la tempe.

Haletant, les membres en feu, le capitaine orc s'affaissa sur sa selle. Devant lui, il ne restait plus de kobolds sur la piste.

Quelque chose heurta son cheval par-derrière. L'animal fit un bond involontaire. Avant que Stryke puisse se retourner, il sentit un impact dans son dos. Une main griffue passa sous son aisselle et s'enfonça dans sa poitrine. Un souffle chaud lui balaya la nuque. L'autre main de son agresseur apparut ; elle tenait une dague qui descendait vers sa gorge. Au dernier moment, Stryke parvint à lui saisir le poignet et à le dévier vers le haut.

Privé du contrôle de son maître, le cheval galopait dans le ravin. Du coin de l'œil, Stryke vit qu'ils dépassaient un kirgizil sans cavalier : sans doute la monture de son agresseur.

L'orc tordit le poignet du pillard pour le briser, puis lui enfonça son coude dans le plexus. Il entendit un gémissement guttural, son agresseur lâchant la dague.

Un autre reptile géant apparut sur sa droite. Son cavalier brandissait un cimeterre.

Stryke lui flanqua un coup de pied ; sa botte heurta l'épaule osseuse de la créature avec un bruit mat. Mais cette diversion l'avait contraint à lâcher sa prise sur son passager clandestin, qui en profita pour se dégager.

L'orc lui flanqua un nouveau coup de coude tout en décochant une ruade à son second adversaire. Cette fois, il le manqua.

Le cheval galopait de plus belle, mais le kirgizil ne se laissa pas distancer et prit même un peu d'avance sur lui.

Les mains griffues avaient maintenant empoigné la ceinture de Stryke. Il se retourna à demi sur sa selle pour frapper le kobold. Mais ses phalanges lui effleurèrent le visage sans lui faire grand mal.

Les mains du kobold entourèrent sa taille et tâtonnèrent. On aurait dit qu'elle cherchait quelque chose.

Soudain, Stryke comprit ce que voulaient les pillards.

Le cylindre !

Cette pensée venait de traverser son esprit quand le kobold atteignit son but. Avec un sifflement de triomphe, il referma ses mains sur le cylindre et le tira de sa ceinture.

Comprenant que son butin lui échappait, Stryke eut l'impression que le temps ralentissait. La seconde suivante parut s'étirer à l'infini, les images se décomposant sous ses yeux comme dans un rêve.

Plusieurs choses se produisirent simultanément.

Stryke reprit les rênes de sa monture et tira dessus de toutes ses forces. La tête du cheval partit violemment en arrière et un frisson parcourut tout son corps.

Le kobold monté sur son lézard géant se dressa lentement sur sa selle, un bras tendu, sa main griffue grande ouverte.

Un objet vola par-dessus l'épaule droite de Stryke et tourna sur lui-même, sa surface polie reflétant les rayons du soleil.

Alors, le temps accéléra de nouveau.

Le cavalier attrapa le cylindre au vol.

Le cheval de Stryke s'effondra.

L'orc heurta le sol le premier et roula sur toute la largeur de la piste. Le kobold qui avait sauté en croupe sur son cheval atterrit une douzaine de pas plus loin. Le souffle coupé, Stryke eut vaguement conscience que sa monture se relevait et galopait vers l'extrémité du goulet, dans la direction prise par le pillard qui emportait le cylindre.

Le kobold qui était tombé en même temps que lui lâcha un grognement. Pris d'une rage meurtrière, Stryke se traîna vers lui. Pour se soulager, il s'agenouilla sur sa poitrine et lui martela le visage de coups de poing, le réduisant en bouillie.

Un son aigu déchira l'air.

Stryke leva la tête. Au loin, le pillard en fuite venait de porter à ses lèvres un petit cor couleur de cuivre.

Quand la note unique atteignit les oreilles des kobolds qui se battaient encore contre Coilla et Jup, ils reculèrent, tournèrent les talons et partirent en courant. Jup porta une dernière attaque à son adversaire et s'écria :

— Regardez !

Tous les kobolds battaient en retraite. La plupart s'enfuyaient à pied. Quelques autres se précipitaient vers leur monture.

Ils détalèrent vers l'extrémité du ravin ou s'élancèrent le long de ses parois. Certains orcs tentèrent de les harceler, mais la plupart étaient trop occupés à panser leurs blessures.

Coilla vit Stryke boitiller vers eux.

— Viens, dit-elle à Jup.

Ils coururent rejoindre leur capitaine.

— Le cylindre ! cracha celui-ci, fou de rage.

Ils n'eurent pas besoin d'autre explication. Ce qui venait de se passer leur apparut comme une sinistre évidence.

Jup continua à courir le long de la piste, une main en visière pour voir plus loin. Il distingua le kirgizil et son cavalier, qui escaladaient une des parois du goulet. Au sommet, leurs silhouettes se découpèrent un instant contre le ciel avant de disparaître.

Jup revint en trottinant vers Stryke et Coilla.

— Disparus, annonça-t-il, l'air sombre.

Stryke était au comble de la fureur. Sans un mot, il se détourna et se dirigea vers le reste de l'unité. Avant de le suivre, le caporal et le sergent échangèrent un regard morne.

À l'endroit où le combat avait été le plus intense, le sol était jonché de kobolds morts ou blessés, de chevaux et de kirgizils. Six ou sept orcs avaient des blessures profondes, mais ils tenaient toujours debout. Un autre, étendu sur le sol, était entouré par ses camarades.

Les Renards aperçurent leur chef et se tournèrent vers lui. Les yeux lançant des éclairs, Stryke se planta devant Alfray.

— Les pertes ! aboya-t-il.

— Laissez-moi une minute, capitaine, je n'ai pas fini de vérifier.

— Donne-moi une approximation, exigea Stryke. Je te rappelle que tu es notre foutu médecin !

Alfray se rembrunit mais n'osa pas protester, considérant l'humeur de son chef.

— Nous n'avons pas de morts, même si Meklun est dans un sale état, dit-il en désignant le fantassin allongé sur le sol. Certains ont des blessures assez sérieuses, mais ils tiendront le coup.

— On a eu une sacrée chance, dit Haskeer en essuyant du sang sur son menton.

Stryke le foudroya du regard.

— De la chance ? Ces salauds ont emporté le cylindre !

— Sales petits voleurs, s'indigna Haskeer. Courons-leur après !

Les Renards manifestèrent bruyamment leur approbation.

— Réfléchis un peu ! rugit Stryke. Le temps que nous ayons rassemblé les chevaux et soigné les blessés...

— Pourquoi ne pas envoyer quelques-uns d'entre nous à leur poursuite ? proposa Coilla. Les autres les rejoindront plus tard.

— Ils seraient en trop grande infériorité numérique. Et les kirgizils peuvent emprunter des chemins inaccessibles aux chevaux. De toute façon, la piste est déjà froide...

— Il nous reste leurs blessés, rappela Haskeer. Nous n'avons qu'à les faire parler.

Il dégaina un couteau et passa le pouce sur le tranchant de la lame pour souligner ses propos.

— Tu comprends leur langue, peut-être ? grogna Stryke. Et vous autres ? Non plus ? (Les Renards secouèrent la tête.) C'est bien ce qu'il me semblait. Je ne vois pas à quoi ça nous avancerait de les torturer...

— Nous n'aurions pas dû entrer dans cette vallée sans envoyer des éclaireurs, grommela Haskeer.

— Je ne suis pas d'humeur à supporter tes critiques ! cracha Stryke. Si tu as des commentaires sur la façon dont je dirige cette unité, je t'écoute.

Haskeer leva les mains, apaisant.

— Non, chef. (Il s'arracha une grimace forcée.) Je réfléchissais à voix haute, c'est tout.

— La réflexion n'a jamais été votre fort, sergent. Si ça ne vous fait rien, je continuerai à m'en charger. Et c'est également valable pour les autres !

Un silence tendu s'abattit sur l'unité.

Ce fut Alfray qui le rompit.

— Que devons-nous faire, capitaine ?

— Commencez par rassembler autant de chevaux que possible. Si Meklun ne peut pas monter en selle, fabriquez-lui une civière. (Stryke désigna le sol.) Ne laissez aucun kobold vivant. Coupez-leur la gorge. Plus vite que ça !

Les Renards s'éparpillèrent.

Coilla resta auprès de son chef.

— Inutile de le dire, fit Stryke. Je le sais : si nous ne rapportons pas ce maudit cylindre à Jennesta, nous sommes morts !

Chapitre 6

Jennesta se tenait sur le plus haut balcon de la plus haute tour de son palais.

Tournant le dos à l'océan, elle observait le nord-ouest où une brume jaune montait au-dessus de la mer intérieure de Taklakameer. Au-delà, on distinguait les aiguilles de la cité d'Urrarbython, à la frontière du Hojanger. À son tour, la toundra cédait la place au champ de glace qui dominait l'horizon, le soleil lui conférant un éclat écarlate.

Aux yeux de Jennesta, il ressemblait à un raz de marée sanglant.

Une brise froide, coupante comme une lame, agita les lourdes tentures couleur cerise qui masquaient la porte-fenêtre. Jennesta s'enveloppa étroitement dans sa cape blanche en fourrure de loup à dents de sabre. La température était anormale pour la saison. Chaque année, cela empirait.

L'avancée des glaciers imitait celle des humains et les vents hivernaux étaient leurs hérauts. Comme eux, ils ne cessaient d'affirmer leur emprise sur Maras-Dantia, déchirant son cœur, détruisant son équilibre et dévorant sa magie.

Dans le Sud, là où les humains grouillaient et où la sorcellerie produisait de piètres résultats, les humains avaient même abandonné ce nom pour rebaptiser le monde Centrasie.

Même si c'était l'œuvre des seuls Unis, ils étaient plus nombreux que les Multis…

Jennesta se demanda une nouvelle fois ce que sa mère, Vermegram, aurait pensé de ce schisme. Sans nul doute, elle aurait favorisé les Fidèles de la Multiplicité. Après tout, ils professaient des principes polythéistes similaires à ceux des races aînées. Jennesta les soutenait à cause de ça, et elle continuerait à le faire aussi longtemps que cela l'arrangerait.

En revanche, il n'était pas certain que sa mère – une nyadd – aurait apprécié qu'elle prenne ouvertement le parti d'un groupe d'envahisseurs, même si elle s'était choisi un consort humain.

Et *lui* ? Le père de Jennesta aurait-il approuvé l'Unité et son stupide credo monothéiste ?

Chaque fois qu'elle s'interrogeait sur ce sujet, Jennesta se heurtait à l'ambiguïté de ses origines hybrides. Inévitablement, elle finissait par penser à Adpar et à Sanara, et la colère montait en elle.

Elle se força à se concentrer sur le cylindre, un artefact qui était la clé de ses ambitions et de sa victoire… et qui lui échappait un peu plus à chaque seconde.

Jennesta se détourna et regagna sa chambre.

Un domestique s'avança pour la débarrasser de sa cape. Petit et menu, il avait le teint pâle et un visage délicat. Ses cheveux couleur de sable, ses yeux d'un bleu poudré aux longs cils dorés, son petit nez et ses lèvres sensuelles étaient typiquement… androgynes.

Jennesta, qui venait de l'engager, ne savait pas s'il s'agissait d'un mâle ou d'une femelle. Mais tout le monde avait le même problème avec les elfes.

— Le général Kysthan est ici, Votre Majesté, annonça-t-il (ou elle) d'une voix chantante. Il attend depuis… hum… un certain temps.

— Très bien. Je vais le recevoir.

L'elfe fit entrer le visiteur, s'inclina discrètement et sortit.

Kysthan, d'un âge déjà avancé, était plutôt distingué selon les critères orcs. D'une raideur toute militaire, l'accumulation de tatouages entrecroisés sur ses joues témoignait de son grade élevé. Son expression trahissait de la gêne, et plus qu'un soupçon d'appréhension.

Jennesta se dispensa des politesses d'usage.

— Je lis sur votre visage qu'ils ne sont pas revenus, lâcha-t-elle, contenant à grand-peine son mécontentement.

— Non, Votre Majesté. (Kysthan évita son regard.) Peut-être ont-ils rencontré une opposition plus forte que prévu.

— Les rapports que j'ai reçus sur cette bataille n'y font pas allusion.

Le général ne répondit pas.

— Que proposez-vous de faire pour y remédier ?

— Je compte charger un détachement de découvrir ce qui leur est arrivé, ma dame.

— Avons-nous affaire à une trahison ? demanda Jennesta.

— Nous n'avons jamais eu la moindre raison de douter de la loyauté des Renards. Leurs états de service sont excellents, et…

— Je le sais déjà, coupa Jennesta. Sinon, je ne leur aurais pas confié une mission aussi délicate. Vous me prenez pour une imbécile ?

Kysthan étudia le bout de ses bottes avec grand intérêt.

— Non, ma dame.

— « Non, ma dame », répéta Jennesta, sarcastique. Parlez-moi de leur chef… Le fameux Stryke.

Le général sortit des feuilles de parchemin de son pourpoint de cuir. Jennesta remarqua que ses mains tremblaient.

— J'ai rarement eu affaire à lui, Votre Majesté. Mais je sais qu'il vient d'un clan réputé. Il suit un entraînement militaire depuis son plus jeune âge, et il est très intelligent.

— Pour un orc.

— Si vous le dites, grommela Kysthan. (Il se racla la gorge et consulta ses documents.) Apparemment, il a décidé d'améliorer ses chances de promotion en accomplissant avec un zèle sans faille toutes les missions qu'on lui confiait. Ses supérieurs rapportent qu'il a toujours exécuté les ordres sur-le-champ et supporté les coups sans broncher.

— Intelligent et ambitieux, donc, résuma Jennesta.

— Oui, ma dame. (Le général feuilleta ses notes : un travail que ses mains de soldat étaient trop gauches pour exécuter avec grâce.) En fait, dans le cadre de sa première affectation, il…

— De quoi s'agissait-il ?

— Je vous demande pardon ?

— Sa première affectation… De quoi s'agissait-il ?

— On l'a affecté au service des Seigneurs des Dragons. Il devait nettoyer les enclos, plus précisément… (Kysthan étudia son parchemin)… pelleter les excréments.

Jennesta lui fit signe de continuer.

— À cette époque, il attira l'attention d'un officier, qui suggéra qu'on l'élève au rang de fantassin. Comme il se débrouilla bien, il fut rapidement nommé caporal, puis sergent et capitaine. Le tout en quatre ans.

— Très impressionnant.

— Oui, ma dame. Bien entendu, jusque-là, il avait servi exclusivement dans le Corps Expéditionnaire des Clans Orcs Unis…

— … qui est loin de représenter tous les clans orcs, et qui offre rarement un front uni. (Jennesta sourit avec toute la chaleur d'une araignée des fosses du Scilantium.) N'est-ce pas, général ?

— En effet, ma dame.

La reine savoura l'humiliation du soldat.

—Comme vous le savez, dit Kysthan, le Conseil de Guerre Suprême, à court d'argent pour nourrir et équiper ses troupes, a été forcé d'envisager certaines économies. L'une d'entre elles impliquait que plusieurs milliers de guerriers soient, eh bien…

—Le mot que vous cherchez est «vendus», général. À moi. Et vous faisiez partie du lot, pour autant que je m'en souvienne.

—Oui, Votre Majesté. Comme Stryke. Nous sommes entrés à votre gracieux service en même temps.

—Ne bavez pas. Je déteste les lèche-bottes.

À force d'embarras, les pommettes de Kysthan se teintèrent d'un vert céruléen.

—Combien de temps faudra-t-il à votre détachement pour nous faire son rapport? demanda Jennesta.

—Environ cinq jours… À condition que mes hommes ne rencontrent pas de problèmes.

—Dans ce cas, qu'ils prennent garde à les éviter. Très bien. Je veux qu'on me ramène ce pelleteur d'excréments dans cinq jours au maximum. Mais soyons clairs, général: ce qu'il détient est à moi, et j'entends mettre la main dessus. Je désire ce cylindre par-dessus tout. Ramener les Renards pour qu'ils reçoivent leur châtiment est secondaire. *Tout* est secondaire par rapport à ce cylindre. Y compris la vie de Stryke et de son unité.

—Oui, ma dame.

—Et la vie des soldats qu'on enverra à leur poursuite.

Kysthan hésita avant de répondre:

—Je comprends, ma dame.

—Je l'espère. (Jennesta décrivit des arabesques dans l'air.) Et pour que vous ne l'oubliiez pas…

Le général baissa les yeux. Son uniforme fumait. Puis

le tissu prit feu. Les flammes enveloppèrent son pourpoint et gagnèrent ses bras et ses jambes. Une chaleur intolérable l'enveloppa.

Les narines frémissantes, écœuré par l'odeur de sa propre chair qui grillait, Kysthan voulut étouffer les flammes avec ses mains. Mais ses paumes se couvrirent de cloques. Le feu bondit sur ses épaules, son cou et son visage. Sa peau noircit. Une douleur atroce s'empara de lui.

Il cria.

Jennesta fit une nouvelle série de gestes, l'air presque nonchalant.

Il n'y avait pas de feu. Les vêtements n'étaient pas brûlés. L'odeur avait disparu, et les mains du militaire étaient intactes. Même la douleur s'était évanouie.

Kysthan en resta bouche bée.

— Si vous ou vos subalternes me décevez, dit Jennesta, voilà un avant-goût de la punition qui vous attend.

L'embarras, la honte et surtout la peur défilèrent sur le visage du général.

— Oui, Votre Majesté, chuchota-t-il.

Jennesta trouva sa réaction gratifiante. Elle adorait faire trembler un orc adulte et le réduire à l'état de loque pantelante.

— Vous pouvez disposer.

Kysthan s'inclina et se dirigea vers la porte.

Lorsqu'il fut parti, Jennesta soupira et se laissa tomber sur les coussins moelleux de son divan. Elle se sentait épuisée. Les sources d'énergie naturelle étant près de se tarir, lancer une simple illusion nécessitait un effort considérable. Mais ça en valait la peine, s'il s'agissait d'affirmer son contrôle sur ses sujets.

Maintenant, elle allait devoir régénérer ses pouvoirs.

Elle se souvint du domestique elfe...

… et décida que ce serait un moyen agréable d'y parvenir.

Dans le couloir des appartements de sa reine, Kysthan s'adossa au mur, les jambes flageolantes. Il ferma les yeux et expira lentement l'air qu'il avait retenu jusque-là.

Mieux valait qu'on ne le voie pas dans cet état. Il lutta pour se reprendre.

Bombant le torse, il passa une main sur son front couvert d'une pellicule de sueur. Puis il se remit en marche d'une allure mesurée.

Le passage incurvé conduisait à une antichambre. Un jeune officier se mit au garde-à-vous en voyant le général.

— Repos.

Le capitaine se détendit à peine.

— Vous devez partir immédiatement, annonça Kysthan.

— De combien de temps disposons-nous ?

— Cinq jours au maximum.

— Ce sera juste, général.

— C'est tout ce que j'ai pu obtenir. Je vais être direct avec vous, Delorran : vous devez rapporter cet artefact coûte que coûte. Si vous ramenez également les Renards, tant mieux. Mais s'ils refusent de coopérer, Jennesta se contentera de leurs têtes. Connaissant vos antécédents avec Stryke, je suppose que ça ne vous posera pas de problème.

— Aucun, général. Mais…

— Mais quoi ? Vous serez trois fois plus nombreux qu'eux. Ça semble convenable. À moins que j'aie choisi le mauvais capitaine pour cette mission ?

— Non, général, assura très vite Delorran. Mais le tableau de chasse des Renards est un des plus impressionnants de *toutes* les troupes de la horde.

— Je le sais bien. Voilà pourquoi je confie cette mission à mes meilleurs soldats.

— Je ne dis pas que ce sera impossible : seulement difficile.

— Personne n'a jamais prétendu le contraire. (Kysthan étudia d'un regard dur le visage volontaire de Delorran et ajouta :) Le taux de pertes que tolérera Sa Majesté, de votre côté comme de celui des Renards, est illimité.

— Général ?

— Faut-il que je vous fasse un dessin ? Vous sacrifierez autant de vies que nécessaire pour réussir votre mission.

— Je vois, fit Delorran, troublé.

— Et si vous rentrez sans son trophée, elle vous condamnera tous à périr. D'une façon horrible, croyez-moi. En comparaison, perdre une partie de vos soldats et recevoir une promotion ne me semble pas si terrible. Sans compter que vous aurez enfin l'occasion de rendre à Stryke la monnaie de sa pièce. Évidemment, si vous préférez que je désigne quelqu'un d'autre...

— Non, général. Ce ne sera pas nécessaire.

— De toute façon, nous parlons peut-être dans le vide. Il est possible que vos proies soient déjà mortes.

— Les Renards ? J'en doute, général. Ils ne sont pas si faciles à tuer.

— Dans ce cas, pourquoi n'avons-nous aucune nouvelle d'eux ? L'éventualité d'une capture semble tout aussi improbable. Bien entendu, ils ont pu succomber à une des épidémies que répandent les humains, mais je les crois trop prudents pour ça. Ça nous laisse la trahison. Et jusqu'ici, nous n'avions aucune raison de penser que l'un d'eux pouvait se retourner contre nous.

— Je n'en suis pas si certain. Tous les orcs ne sont pas enchantés par notre situation, vous savez.

— Pensez-vous que ce soit le cas de Stryke et de son unité ?

— Je n'ai jamais lu dans leurs pensées...

— Dans ce cas, gardez les vôtres par-devers vous. Ce

genre de discours est dangereux. Ne pensez qu'au cylindre. C'est notre priorité. Je compte sur vous, Delorran. Si vous échouez, nous subirons tous deux les foudres de Jennesta.

—La mort de Stryke nous évitera d'en arriver là. Je ne vous décevrai pas, général.

Ils étaient prêts à se remettre en route. La seule question, c'était : pour où ?

—Nous ferions mieux de rentrer à Tumulus et de tout avouer à Jennesta, dit Haskeer. (Une poignée de fantassins murmurèrent leur approbation.) Nous avons toujours le pellucide. Ça doit bien compter pour quelque chose ! Nous n'aurons qu'à nous jeter à ses pieds pour implorer sa miséricorde.

—Nous risquons de nous user les genoux, camarade, dit Alfray. Et ce n'est pas des cristaux qu'elle nous a envoyés chercher.

—Alfray a raison, approuva Stryke. Notre seule chance, c'est de récupérer le cylindre.

—Si nous partons à sa recherche, pourquoi ne pas envoyer un ou deux soldats expliquer à Jennesta ce que sont en train de faire les autres ?

Stryke secoua la tête.

—Elle les ferait mettre à mort. Nous rentrerons tous ensemble avec le cylindre, ou pas du tout.

—Mais par où commencer les recherches ? demanda Coilla.

—Par le royaume des kobolds, répondit Jup.

—Tu veux aller jusqu'à Roc-Noir ? s'étrangla Haskeer. Ça fait un peu loin pour quelqu'un d'aussi court sur pattes.

—Tu vois une meilleure idée ?

Haskeer ne répondit pas.

—Ils peuvent être allés n'importe où, rappela Coilla.

— C'est vrai. Mais nous ne savons pas où est *n'importe où*, alors que nous connaissons le chemin de Roc-Noir.

— Jup a raison, dit Stryke. Nous pourrions consacrer notre vie à passer les environs au peigne fin sans mettre la main sur ces chiens. Roc-Noir, c'est plus logique. Et si nos pillards n'y sont pas encore, ils finiront peut-être par y pointer le bout de leur vilain nez.

— Peut-être ? marmonna Haskeer.

— Si vous voulez rentrer à Tumulus, sergent, vous êtes libre. (Stryke regarda tour à tour les Renards.) C'est valable pour vous tous. Avec un peu de chance, vous aurez le temps de dire à Jennesta où nous sommes avant qu'elle vous écorche vifs.

Personne ne sauta sur cette offre.

— Dans ce cas, c'est réglé, conclut Stryke. Nous irons à Roc-Noir. Alfray, combien de temps nous faudra-t-il, à ton avis ? Une semaine ?

— Environ. Peut-être plus à cause des chevaux que nous avons perdus. Cinq ou six d'entre nous devront monter à deux. Et n'oubliez pas Meklun. Dommage que nous n'ayons pas trouvé de chariot à Doux-Foyer, parce que le traîner nous ralentira.

Toutes les têtes se tournèrent vers le blessé, qui reposait sur sa civière improvisée, le visage d'une pâleur mortelle.

— Nous essaierons de nous procurer d'autres chevaux en route, et peut-être une carriole, dit Stryke.

— Nous pourrions aussi l'abandonner, proposa Haskeer.

— Je m'en souviendrai si tu es blessé un jour.

Le sergent blêmit et se tut.

— Et si nous nous séparions en deux groupes ? proposa Coilla. Un qui partirait en avant, et l'autre qui suivrait plus lentement avec Meklun.

— Pas question : il serait trop facile de nous tendre une

embuscade. J'ai déjà perdu le cylindre, je ne veux pas perdre en plus la moitié de mes forces. Nous resterons ensemble. À présent, fichons le camp d'ici.

À cause du manque de chevaux, les Renards durent abandonner tout l'équipement superflu et redistribuer le pellucide. Quelques disputes éclatèrent quand vint le moment de désigner ceux qui partageraient leur monture, mais deux ou trois coups de pied bien placés des officiers rétablirent très vite le calme. Les rations de fer et d'eau furent partagées, la civière de Meklun étant attachée au harnais d'un cheval.

L'après-midi touchait à sa fin quand ils prirent la direction du sud. Cette fois, Stryke n'oublia pas d'envoyer des éclaireurs pour s'assurer que la voie était libre.

Il chevaucha en tête de la colonne avec Coilla.

— Que ferons-nous une fois arrivés à Roc-Noir ? Nous ne pouvons pas attaquer la nation kobold !

— Les dieux seuls le savent. Au cas où tu ne l'aurais pas remarqué, j'improvise, avoua Stryke. (Il regarda derrière lui et ajouta sur un ton de conspirateur :) Mais surtout, ne le leur dis pas.

— C'est tout ce que nous pouvons faire, pas vrai ? Je veux dire, aller à Roc-Noir…

— C'est la seule idée que j'aie eue, en tout cas. Si nous ne récupérons pas le cylindre, nous aurons au moins la satisfaction de mourir en essayant.

— Je vois aussi les choses comme ça. Mais je trouve dommage que nous devions risquer nos vies pour Jennesta et pour une cause humaine.

La voilà qui recommence, songea Stryke. *Que veut-elle que je réponde ?*

Il fut tenté de s'exprimer franchement, mais il n'en eut pas la possibilité.

— Tu n'as aucune idée de ce que contient ce cylindre ?

demanda Coilla. Elle ne t'a pas dit pourquoi il était si important que nous le ramenions ?

— Je ne suis pas le confident de Jennesta, grogna Stryke.

— Pourtant, les kobolds ont jugé bon d'affronter une unité orc pour mettre la main dessus.

— Tu connais ces misérables voleurs. Ils s'emparent de tout ce qu'ils peuvent...

— Tu penses que c'est un hasard si nous sommes tombés dans leur embuscade ?

— Oui.

— Avec tous les voyageurs qui traversent cette région, et toutes les caravanes marchandes qui ne se défendraient pas moitié aussi bien que nous, ils ont choisi de s'en prendre à une unité de combattants professionnels. Juste au cas où nous détiendrions quelque objet de valeur. Tu ne trouves pas ça bizarre ?

— Tu sous-entends qu'ils voulaient s'emparer du cylindre ? Mais comment auraient-ils su qu'il était entre nos mains ? Notre mission était secrète !

— Peut-être pas tant que ça...

Chapitre 7

E t te foutre le reste au cul ! acheva Stryke.
Le capitaine ayant exprimé ses sentiments sans équivoque, Haskeer tira sur les rênes de son cheval avant de regagner sa place, un peu plus loin dans la colonne.

— Pas la peine de t'énerver contre moi, dit prudemment Coilla, mais n'avait-il pas raison de proposer qu'on fasse une halte ?

— Si, grogna Stryke, et nous le ferons. Mais si j'en donne l'ordre maintenant, les autres penseront que je lui ai cédé. (Il désigna un talus un peu plus loin sur la piste.) Nous attendrons d'être arrivés de l'autre côté.

Les orcs avaient voyagé toute la nuit et toute la matinée sans prendre de repos. À présent que le soleil atteignait son zénith, sa timide chaleur réchauffait un peu le souffle froid qui montait encore du sol.

De l'autre côté de la butte, Stryke ordonna une halte et envoya deux soldats prévenir les éclaireurs. On détacha la civière de Meklun pour la poser soigneusement à plat. Alfray examina le blessé et déclara qu'il allait un peu mieux.

Pendant que les soldats allumaient un feu et abreuvaient les chevaux, Stryke et les officiers se concertèrent.

— Nous avançons à bonne allure malgré nos handicaps, annonça le capitaine. Mais il est temps de décider quelle route nous allons prendre. (Il sortit une dague et s'agenouilla.) La colonie humaine… Comment s'appelait-elle, déjà ?

— Doux-Foyer ! cracha Jup.

Stryke traça une croix dans une flaque de boue durcie.

— Doux-Foyer se dressait ici, à l'extrémité septentrionale des Grandes Plaines. C'était la colonie humaine hostile la plus proche de Tumulus.

— Plus maintenant, souligna Haskeer avec une joie mauvaise.

Sans tenir compte de sa remarque, Stryke dessina une ligne vers le bas.

— Nous avons progressé en direction du sud. (Il fit une autre croix.) Maintenant, nous sommes ici. Roc-Noir est au sud-est. Mais nous avons un problème.

En bas à droite de la seconde croix, il traça un cercle.

— Grahtt, devina Coilla.

— Exactement. Le royaume des trolls. Le chemin le plus direct vers Roc-Noir passe au milieu.

Haskeer haussa les épaules.

— Et alors ?

— Sachant combien les trolls peuvent se montrer agressifs, je suggère que nous les évitions, proposa Jup.

— Tu as peut-être peur de les affronter. Pas moi !

— Inutile de chercher la bagarre, Haskeer, dit Stryke. Nous avons déjà assez d'ennuis comme ça.

— Mais contourner Grahtt nous fera perdre du temps.

— Nous en perdrons davantage si nous sommes pris dans une bataille. Une unité orc en armes sur leur territoire, voilà le genre de choses qui peut inciter les trolls à en déclencher une. Non, mieux vaut faire un détour. La question, c'est : de quel côté ?

Coilla tendit un index vers la carte improvisée.

— La seconde route la plus rapide est celle qui nous

conduirait vers l'est. Arrivés à Hecklowe, au bord de la côte, nous prendrons en direction du sud et de la forêt de Roc-Noir.

— Passer par Hecklowe ne me dit rien qui vaille, avoua Stryke. Souviens-toi que c'est un port libre : donc, ouvert à toutes les races aînées. Nous tomberons sur des gens qui nourrissent une haine ancestrale pour les orcs. Et la forêt est infestée de bandits.

— De plus, prendre vers l'est nous rapprocherait un peu trop de Tumulus à mon goût, ajouta Alfray.

— L'avantage d'approcher de Roc-Noir par la forêt, intervint Jup, c'est que les arbres nous serviraient de couverture.

— Une maigre compensation pour tous les risques que nous prendrions. (De la pointe de son couteau, Stryke prolongea la ligne en contournant le cercle.) Nous devrions faire l'inverse : dépasser Grahtt par le sud, et prendre ensuite vers l'est.

Coilla fronça les sourcils.

— Dans ce cas, n'oublie pas ceci. (De l'index, elle traça une petite croix au-dessous du cercle.) Échevette. Une communauté Uni, comme Doux-Foyer, mais beaucoup plus grande. Il paraît que les humains y sont plus fanatiques que la moyenne.

— Est-ce possible ? demanda Jup.

— Nous devrons passer entre les deux, concéda Stryke. Mais le terrain est plat, donc nous verrons venir d'éventuels ennuis.

Alfray étudia le schéma.

— C'est la route la plus longue, constata-t-il.

— Mais aussi la plus sûre. Ou en tout cas, la moins dangereuse.

— Quelque route que nous prenions, grommela

Haskeer, personne n'a mentionné que Roc-Noir est à un jet de pisse de *là*.

Il planta son couteau dans le sol, non loin de la croix de Coilla.

Jup le foudroya du regard.

— Je suppose que tu veux parler de Quatt ?

— De l'endroit d'où viennent les tiens, oui. Tu devrais te sentir à la maison quand nous passerons par là-bas.

— Quand cesseras-tu de me mettre sur le dos les fautes commises par les nains ?

— Quand les nains arrêteront de faire le sale boulot des humains.

— Je peux répondre en mon nom, pas en celui de ma race. Les autres font ce qu'ils veulent.

— Même si ça signifie aider les envahisseurs ?

— Et nous, que crois-tu que nous fassions ? À moins que ta stupidité t'ait empêché de remarquer avec qui Jennesta s'était alliée...

Comme toutes les disputes entre les deux sergents, celle-ci dégénéra rapidement.

— Ne me fais pas un sermon sur la loyauté, crotte de rat !

— Va fourrer ta tête dans le cul d'un cheval !

Fous de colère, ils firent mine de se lever.

— Assez ! cria Stryke. Si vous voulez vous tailler en pièces, parfait. Mais essayons d'abord de rentrer chez nous en un seul morceau, d'accord ?

Ils le fixèrent, évaluèrent les probabilités et se calmèrent à contrecœur.

— Vous avez vos ordres. Bougez-vous !

Haskeer ne put résister au plaisir de lancer une dernière pique.

— Si nous devons nous approcher de Quatt, vous feriez

mieux de surveiller vos arrières. Les gens du coin sont plutôt vicieux.

Les officiers se dispersèrent. Mais Stryke fit signe à Jup de rester.

— Je sais que c'est dur, mais essaie de te contrôler quand il te provoque.

— Allez raconter ça à Haskeer, capitaine.

— Tu crois que je ne l'ai pas déjà fait ? Je lui ai dit qu'il n'allait pas tarder à recevoir le fouet, et ça ne sera pas la première fois depuis que je dirige cette unité.

— Je peux supporter qu'on insulte les miens. Les dieux savent que j'ai l'habitude. Mais il ne s'arrête jamais.

— Il a des raisons d'être amer… Tu lui sers de bouc émissaire.

— Quand il met mon allégeance en doute, mon sang commence à bouillir, avoua Jup.

— Reconnais que les nains sont connus pour se vendre au plus offrant.

— Certains, pas tous. *Ma* loyauté n'est pas à vendre.

Stryke approuva du chef.

— Et certains nains disent la même chose des orcs, ajouta Jup.

— Les orcs se battent pour soutenir la cause Multi, et encore, *indirectement*. Nous n'avons guère le choix. Ta race a au moins assez de libre arbitre pour décider de son destin. Nous sommes nés pour devenir des soldats, et nous ne connaissons aucun autre mode de vie.

— Je le sais, Stryke. N'empêche que vous avez le choix. Vous pourriez suivre votre propre voie, comme je l'ai fait en décidant quel camp soutenir.

Stryke n'aimait pas le tour que prenait la conversation. Il évita de se mouiller, en orientant Jup vers le sujet qu'il voulait aborder avec lui.

—Peut-être que les orcs ont le choix, et peut-être pas. Ce qui nous manque, c'est la Vision. Mais les nains la possèdent, et elle nous serait très utile en ce moment. Tes capacités se sont-elles améliorées ?

—Non, reconnut Jup, et ça n'est pas faute d'avoir essayé.

—Tu ne sens rien ?

—Seulement de vagues... traces, si je puis dire. Désolé, capitaine, mais ces choses-là sont difficiles à expliquer aux gens qui n'ont aucune affinité avec la magie.

—Des traces de quoi ? Des kirgizils, ou... ?

—Comme je viens de vous le dire, « traces » n'est pas le mot exact. Le langage ne suffit pas à décrire la Vision. Le fond du problème, c'est que ce que je perçois ne peut pas nous aider. C'est trop faible, trop brouillé.

—Malédiction !

—Peut-être sommes-nous encore trop près de Doux-Foyer. J'ai remarqué que le pouvoir semble diminuer aux abords des concentrations humaines.

—Alors, il pourrait revenir quand nous nous éloignerons ?

—Il pourrait, oui. La Vision est une capacité si naturelle chez les nains et les autres races aînées que personne ne sait vraiment comment elle marche : juste qu'elle nous vient de la terre. Quand les humains s'installent à un endroit et se mettent à creuser, ils perturbent ou tranchent les lignes de pouvoir qui commencent à... saigner... et cessent d'alimenter les lieux. C'est pour ça que la magie fonctionne encore dans certaines parties de Maras-Dantia, mais plus dans d'autres.

—Ce que je ne comprends pas, c'est... Si les humains *mangent* la magie, pourquoi ne l'utilisent-ils pas contre nous ?

Jup haussa les épaules.

—Si je le savais...

Après quelques heures d'un sommeil agité, les Renards se remirent en route.

Loin sur leur droite coulait le Bras de Calyparr signalé par une frange d'arbres. Sur leur gauche, les Grandes Plaines s'étendaient apparemment jusqu'à l'infini. Mais le paysage avait quelque chose d'anormal : il semblait privé de ses couleurs et de sa vitalité. L'herbe autrefois luxuriante virait au jaune et se flétrissait par immenses plaques. Les buissons étaient rabougris et cassants. Des parasites envahissaient l'écorce des arbres. Quand une brève averse tomba, elle avait la couleur de la boue et dégageait une odeur de soufre.

Au crépuscule, ils atteignirent une position à peu près parallèle à Grahtt. S'ils continuaient à la même allure, ils pourraient bifurquer vers l'est d'ici l'aube.

Stryke chevauchait seul en tête de la colonne, préoccupé par des soucis plus graves que leur itinéraire. Il s'interrogeait sur ses rêves mystérieux et s'inquiétait des probabilités qui jouaient contre eux et semblaient rendre leur quête futile. Mais il préférait ne pas penser à ce qui se passerait s'ils ne retrouvaient pas les kobolds et le cylindre.

Un des éclaireurs apparut sur la piste, arrachant le capitaine à sa mélancolie. L'homme galopait vers l'unité et les naseaux de sa monture exhalaient des nuages de vapeur.

En atteignant la colonne, il tira sur les rênes de l'animal en sueur et le fit pivoter. Stryke tendit une main pour se saisir de la bride et le stabiliser.

— Que se passe-t-il, Orbon ?
— Un campement droit devant, chef.
— Des chevaux ?
— Oui.
— Parfait. Voyons si nous pouvons convaincre ces gens de nous en céder quelques-uns.
— Capitaine, c'est un campement orc, et il a l'air désert.

— Tu en es sûr ?

— Zoda et moi, nous l'avons surveillé pendant un moment. Rien ne bouge à part les chevaux.

— D'accord. Va retrouver Zoda et attendez-nous. Ne prenez aucune initiative avant notre arrivée.

— Oui, chef.

L'éclaireur éperonna sa monture et repartit au galop.

Stryke appela ses officiers et leur exposa la situation.

— Est-il normal de trouver une communauté orc dans cette région ? demanda Jup.

— Elles sont plus courantes dans nos régions septentrionales d'origine, concéda Stryke, mais il existe quelques clans nomades. Ça pourrait être l'un d'eux. Ou une unité en mission, comme nous.

— Si les éclaireurs n'ont détecté aucun signe de vie, nous devrions nous approcher prudemment, dit Coilla.

— C'est aussi ce que je pense, admit Stryke. Même si c'est un campement orc, ça ne signifie pas qu'il soit *occupé* par des orcs. Jusqu'à preuve du contraire, considérons-le comme hostile. Venez.

Dix minutes plus tard, ils rejoignirent Orbon, qui les attendait près d'un grand bosquet dont les arbres se paraient déjà de couleurs automnales alors que le milieu de l'été était encore à une phase lunaire complète.

Stryke ordonna à ses soldats de mettre pied à terre en silence. Abandonnant Meklun et les autres blessés avec les chevaux, l'unité entra furtivement dans le bosquet.

Dix pas plus loin, le sol s'inclinait. Ils descendirent une pente douce couverte d'un tapis de feuilles et s'arrêtèrent près d'un arbre mort derrière lequel Zoda s'était allongé pour surveiller le campement.

La lumière du soleil couchant qui filtrait encore par les frondaisons leur permit de distinguer, en contrebas, deux modestes huttes au toit de chaume et une troisième, encore plus petite mais inachevée. Cinq ou six abris, faits de branches de pins entrecroisées, étaient couverts de morceaux de tissu grossier aux formes irrégulières. Non loin de là, un ruisseau boueux coulait paresseusement. Deux souches d'arbres reliées par une perche formaient un rail rudimentaire auquel étaient attachés sept ou huit chevaux étrangement silencieux.

Alors que Stryke étudiait les lieux, le souvenir de sa vision lui revint à l'esprit. Mais ce qu'il avait sous les yeux en était la négation. Le village orc de son rêve semblait permanent, alors que cette communauté avait une apparence… *temporaire*. L'air n'y était pas pur et vivifiant, mais étouffant. Et plutôt qu'un hymne à la vie, on aurait juré entendre une oraison funèbre.

—Tu crois que c'est abandonné ? souffla Coilla.

—Je n'en serais pas surpris, répondit Alfray. C'est tout près de Grahtt et pas si loin d'une colonie Uni.

—Mais pourquoi avoir laissé les chevaux ?

Stryke se releva.

—Allons voir ! Haskeer, prends un tiers de l'unité et contourne l'encaissement pour arriver par l'autre côté. Jup, Alfray, prenez un autre tiers et allez vous placer sur le flanc droit. Coilla et les autres, vous restez avec moi.

Il leur fallut quelques minutes pour se mettre en position. Lorsque tous furent prêts, Stryke leva le bras et l'abaissa vivement, imitant le geste de trancher quelque chose.

Les Renards tirèrent leurs armes et descendirent vers le campement.

Ils atteignirent le fond de la dépression sans autre incident que le hennissement nerveux de plusieurs chevaux.

Autour des habitations grossières, le sol était jonché d'objets : un chaudron renversé, des poteries brisées, une sacoche de selle piétinée, des os de volaille, un arc. À plusieurs endroits, des amas de cendres indiquaient l'emplacement de feux éteints depuis longtemps.

Stryke conduisit son détachement vers la masure la plus proche.

Il porta un doigt à ses lèvres puis, de la pointe de sa lame, fit signe au groupe de se déployer autour de la hutte. Quand les soldats furent en place, Coilla et lui approchèrent de l'entrée sur la pointe des pieds. Il n'y avait pas de porte, juste un sac de toile de jute déchiré pour cacher l'ouverture.

Levant leur épée, Stryke et Coilla se placèrent de chaque côté. Sur un signe de tête de son capitaine, la femelle orc arracha le tissu.

Une odeur nauséabonde monta à leurs narines.

Des relents douceâtres et malsains qu'ils connaissaient bien.

L'odeur de la chair en décomposition.

Se couvrant la bouche de sa main libre, Stryke entra. Ses yeux mirent quelques secondes à s'habituer à la pénombre.

Alors, il vit que la hutte était remplie de cadavres d'orcs. Certains étaient entassés à trois ou quatre sur des paillasses, d'autres gisaient sur le sol. Une ignoble puanteur planait dans l'air. Seul le grouillement des vers perturbait l'atroce immobilité de la scène.

Une main sur la bouche, Coilla tira Stryke par la manche. Ils reculèrent, sortirent de la hutte et firent quelques pas avant d'inspirer de longues goulées d'air, le reste de l'unité se tordant le cou pour voir à l'intérieur.

Coilla sur ses talons, Stryke s'approcha de la seconde masure au moment où Jup en émergeait, le visage couleur de cendre. La puanteur était aussi forte que dans la précédente. Un bref coup d'œil révéla le même spectacle macabre.

— Rien que des femelles et des jeunes, dit le nain. Morts depuis un certain temps.

— C'est pareil dans l'autre, révéla Stryke.
— Pas de mâles adultes ?
— Je n'en ai vu aucun.
— Pourquoi ? Où sont-ils ?
— Je ne peux pas en être certain, mais je crois qu'il s'agissait d'une communauté de bannis.
— Souviens-toi que je ne connais pas encore toutes vos coutumes. Ça signifie ?
— Quand un mâle orc est tué en service, et que son commandant affirme qu'il a fait montre de lâcheté, sa femme et ses enfants sont rejetés par la communauté. Certains bannis se regroupent pour être plus forts.
— La règle n'a jamais été appliquée avec autant de sévérité que sous le règne de Jennesta, rappela Coilla.
— Ces malheureux sont censés se débrouiller seuls ? demanda Jup.
— C'est le lot des orcs.
— À quoi t'attendais-tu ? lança Coilla devant l'expression incrédule du nain. Qu'on leur verse une pension et qu'on les installe dans une jolie petite ferme ?

Jup ignora le sarcasme.

— Une idée de ce qui a pu les tuer, capitaine ?
— Pas encore. Mais nous pouvons envisager l'hypothèse d'un suicide collectif. Ça s'est déjà produit. À moins que…
— Capitaine !

Debout près de la hutte inachevée, Haskeer gesticulait frénétiquement. Stryke le rejoignit avec Coilla, Jup et quelques bleus.

— Il y a encore quelqu'un de vivant là-dedans, dit le sergent.

Stryke sonda la pénombre.

— Va chercher Alfray. Et apporte une torche.

Il entra dans la hutte. Une silhouette solitaire gisait sur une paillasse souillée. En s'approchant, Stryke entendit sa respiration laborieuse. Il distingua le visage couvert de transpiration d'une vieille femelle orc aux yeux clos.

Un murmure dans les rangs annonça l'arrivée d'Alfray.

— Elle est blessée ?

— Je ne peux pas dire… Où est la torche ?

— Haskeer est parti en chercher une.

La vieille orc ouvrit les paupières. Ses lèvres tremblèrent comme si elle essayait de dire quelque chose. Alfray se pencha pour l'écouter. Puis elle rendit son dernier soupir.

Haskeer entra, un brandon enflammé au poing.

— Fais passer, dit Alfray en lui prenant la torche pour éclairer le cadavre de la femelle. (Il eut un hoquet de stupeur.) Dieux !

Il recula si vite qu'il faillit renverser Stryke.

— Qu'y a-t-il ?

— Regarde.

Alfray tendit la torche à bout de bras pour que son capitaine puisse voir.

Et son capitaine *vit* !

— Sortez d'ici. Tous les deux. Tout de suite !

Haskeer et Alfray battirent en retraite. Stryke les suivit aussitôt.

Dehors, l'unité s'était rassemblée devant la hutte.

— Tu l'as touchée ? demanda Stryke à Haskeer.

— Moi ? Non. Non, je ne l'ai pas touchée.

— Et les autres cadavres ?

— Non plus.

Stryke se tourna vers les Renards.

— L'un d'entre vous a-t-il touché un cadavre ?

Tous secouèrent la tête.

— Que se passe-t-il ? demanda Coilla.
— La tavelure rouge.

Plusieurs soldats bondirent en arrière. Des exclamations et des jurons parcoururent les rangs tandis que les guerriers se couvraient le nez et la bouche avec leur mouchoir.

— Salauds d'humains ! siffla Jup.
— Les chevaux ne peuvent pas l'attraper, dit Stryke. Nous allons les emmener. Fichons le camp d'ici aussi vite que possible. Et brûlez tout avant de partir !

Il arracha la torche des mains d'Alfray et la lança dans la hutte inachevée.

Le chaume s'enflamma immédiatement. Quelques secondes plus tard, un brasier s'éleva au milieu de la clairière.

L'unité se dispersa pour répandre le feu.

Chapitre 8

Delorran sentit quelque chose craquer sous sa botte. Baissant les yeux, il vit qu'il avait marché sur une pancarte de bois brisée où se lisait encore le début d'un nom tracé à la peinture : *Doux-F.*

Le capitaine orc flanqua un coup de pied à la pancarte et continua d'inspecter la colonie humaine calcinée. Ses soldats fouillaient les ruines, examinaient les débris, retournaient les planches noircies, soulevaient des nuages de cendre et de poussière…

Les recherches avaient commencé avant l'aube. Au début de l'après-midi, ils n'avaient rien trouvé d'intéressant. Dès leur arrivée, Delorran avait envoyé des éclaireurs fouiller les environs. Aucun n'était encore revenu.

Le capitaine orc faisait les cent pas dans la cour. Un vent qui n'était pas de saison soufflait du nord, et gagnait du mordant en survolant la ligne lointaine des glaciers. Delorran souffla dans ses mains en coupe pour les réchauffer.

Un sergent trottina vers lui et secoua la tête en approchant.

— Toujours rien ? demanda Delorran.

— Non, chef. Il n'y a pas d'ossements d'orc dans les cendres, juste des os humains.

— Et les charognards ont rapporté qu'ils n'avaient pas jeté de cadavres de Renards dans les brasiers funéraires après la bataille, à l'exception peut-être d'un ou deux bleus. Stryke et la majorité de ses officiers sont assez connus pour qu'on puisse les identifier. Donc nous pouvons supposer qu'ils n'ont pas été tués ici.

— Vous pensez qu'ils sont toujours en vie ?

— Je n'en ai jamais douté. Impossible qu'une unité de cette qualité perde contre le genre d'opposition qu'elle a dû rencontrer ici. Mais ce qu'ils sont devenus, ça reste un mystère...

Le sergent – un vétéran dont les tatouages s'effaçaient presque – était davantage taillé pour le combat que pour la résolution des énigmes. Il en rappela une autre à son supérieur.

— Et la cave vide dans la grange ? Vous croyez que ça a un rapport ?

— Je l'ignore. Mais qu'elle ne contienne pas de blé ou de maïs en cette saison me paraît étrange. Les humains l'utilisaient sans doute pour stocker quelque chose.

— Leur butin ?

— C'est possible. En résumé, les Renards ne sont pas morts. Ils ont disparu en emportant au moins un objet précieux avec eux.

La rivalité entre Delorran et Stryke n'était un secret pour personne. Delorran pensait qu'on aurait dû lui confier le commandement des Renards. Et l'animosité qui régnait depuis toujours entre leurs clans ne faisait rien pour arranger la situation.

Conscient que Delorran avait sans doute ses raisons de douter de la loyauté de Stryke, et ne désirant pas se fracasser le crâne sur les récifs de la politique, le sergent ne fit aucun commentaire et se contenta de demander :

— Permission de disposer ?

Delorran le congédia d'un geste.

Le soleil avait depuis longtemps dépassé le zénith et

continuait son voyage dans le ciel. La moitié du temps imparti était écoulée. Delorran se sentait de moins en moins assuré. Afin de respecter les délais, ses soldats et lui devraient se remettre en route d'ici deux ou trois heures. Pour Tumulus... et vers une mort presque certaine.

Il devait se décider très vite.

Trois options s'offraient à lui. Retrouver le cylindre dans les ruines de la colonie et rentrer victorieux semblait de moins en moins probable. Donc, il pouvait revenir les mains vides et subir la colère de Jennesta, ou désobéir aux ordres et continuer à chercher les Renards.

Maudissant l'impatience de sa reine, Delorran se torturait les méninges.

Ses délibérations furent interrompues par le retour de deux éclaireurs qu'il avait envoyés en mission le matin : un bleu et un caporal. Ils tirèrent sur les rênes de leurs chevaux pour s'arrêter devant leur capitaine.

Puis l'officier mit pied à terre.

— Équipe quatre au rapport, chef.

D'un signe de tête, Delorran l'invita à parler.

— Je pense que nous avons découvert quelque chose. Un combat a eu lieu au sud d'ici, dans une petite vallée.

— Continuez.

— Le sol est jonché de kobolds morts, de kirgizils et de chevaux.

— Des kobolds ?

— D'après les traces de pattes, le long des parois, on dirait qu'ils ont tendu une embuscade à quelqu'un.

— Mais pas forcément aux Renards, objecta Delorran. À moins que vous ayez retrouvé leurs cadavres.

— Non. En revanche, il y avait des rations orcs et... ceci.

D'une poche de sa ceinture, le caporal tira un petit objet qu'il posa dans la paume tendue de Delorran.

Un collier composé de trois crocs de léopard des neiges.

Delorran l'observa en jouant d'un air absent avec les cinq trophées identiques qu'il portait autour du cou. Les orcs étaient les seules créatures qui les utilisaient pour symboliser leur valeur. Il fallait en avoir obtenu au moins un pour devenir officier.

— Beau travail, caporal !

— Merci, chef !

— Votre subalterne nous conduira jusqu'à cette vallée. Pendant ce temps, vous vous trouverez un cheval plus frais que celui-là et vous partirez en mission spéciale.

— Chef ?

— Félicitations, caporal ! Vous allez rentrer à la maison plus tôt que les autres. Il faut que vous portiez un message à Tumulus de toute urgence. À la reine.

L'officier eut une légère hésitation.

— Oui, capitaine…

— Vous devrez communiquer ce message au général Kysthan. En mains propres. Est-ce bien compris ?

— Oui.

— Le général devra dire à Jennesta que j'ai trouvé une piste et que je me suis lancé à la poursuite des Renards. Je suis certain de les rattraper et de rapporter l'objet qu'elle désire, mais je la supplie de m'accorder un peu plus de temps, et je promets d'envoyer d'autres messages pour la tenir au courant. Répétez.

Le caporal pâlit. Il savait que ça n'était pas ce que leur souveraine voudrait entendre. Mais il était assez discipliné – ou effrayé – pour obéir sans poser de questions.

— Parfait, dit Delorran quand il eut terminé. (Il rendit le collier au caporal.) Donnez ce bijou à Kysthan et dites-lui dans quelles circonstances vous l'avez découvert. Emmenez deux soldats avec vous, et ne ménagez pas vos montures. Vous pouvez y aller.

Le caporal remonta en selle, l'air sombre, et s'éloigna en compagnie du bleu qui n'avait pas dit un mot.

Delorran ne laissait pas le choix à Jennesta. C'était une manœuvre dangereuse, la seule chance de survivre consistant à retrouver l'artefact. Mais il ne voyait pas d'autre moyen.

Il se consola en songeant que Jennesta, malgré sa réputation, ne pouvait pas être totalement imperméable à la raison.

Jennesta finit d'éviscérer son sacrifice et reposa ses outils.

Elle avait laissé une ouverture de bonne taille dans la poitrine du cadavre, et des entrailles humides pendaient de la cavité abdominale. Grâce à sa dextérité, née de l'habitude, elle n'avait fait qu'une ou deux minuscules taches de sang sur sa robe blanche.

Près de l'autel, elle utilisa la flamme d'une chandelle noire pour allumer d'autres bâtonnets d'encens. Le parfum âcre qui planait dans la pièce s'épaissit encore.

Deux gardes orcs s'affairaient, portant un seau dans chaque main. L'un d'entre eux laissa couler un filet de liquide sur les dalles.

— Ne le gaspille pas! cria Jennesta. À moins que tu veuilles le remplacer *personnellement*!

Les gardes échangèrent un regard furtif. Puis ils redoublèrent de prudence pour s'approcher d'une baignoire ronde où ils vidèrent les seaux.

La baignoire était conçue comme un tonneau, à partir de planches disposées à la verticale, scellées entre elles et maintenues par un cerclage métallique. Mais elle était beaucoup plus basse, et surtout assez grande pour accueillir un cheval de trait, si Jennesta choisissait d'en faire monter un dans ses appartements. Ce qui n'était pas totalement exclu, connaissant ses goûts excentriques.

Elle s'approcha de la baignoire et regarda dedans. Les orcs revinrent, biceps gonflés par le poids des seaux. Jennesta les regarda les vider dans la baignoire.

— Ça suffira, déclara-t-elle. Laissez-moi.

Les gardes s'inclinèrent, frappante démonstration d'une nouvelle forme d'inélégance orc. Le claquement de la lourde porte confirma leur départ.

Jennesta admira la baignoire remplie de sang frais. Elle s'agenouilla pour humer son arôme unique, puis plongea le bout des doigts dans le fluide visqueux. Il était tiède, presque à température corporelle, ce qui en faisait un meilleur médium. Composant du rituel, il renforcerait le pouvoir qui venait autrefois naturellement, mais qui devait désormais être nourri.

La petite chatte s'approcha en miaulant.

Jennesta la caressa entre les oreilles, hérissant la courte fourrure de son crâne.

— Pas maintenant, ma chérie. Je dois me concentrer.

Saphir ronronna et s'éloigna.

Jennesta revint à sa méditation. Plissant le front, elle récita une incantation dans la langue ancienne. L'étrange combinaison d'intonations gutturales et chantantes commença par un murmure pour devenir un cri aigu.

Puis la voix de Jennesta retomba avant de monter de nouveau.

Les chandelles et les bougies disposées dans la pièce vacillèrent sous le souffle d'un vent invisible. L'atmosphère même parut se compresser... puis se concentrer dans le contenu écarlate de la baignoire. La surface bouillonna, produisant de répugnantes éclaboussures. Des bulles se formèrent et éclatèrent paresseusement, libérant des volutes de vapeur cuivrée nauséabonde.

Le sang se coagula rapidement ; une croûte se forma à sa

surface redevenue lisse et prit un aspect irisé comme celui d'un arc-en-ciel.

Des gouttes de sueur perlaient sur le front de Jennesta. Elle vit le sang coagulé commencer à scintiller, comme éclairé par une lueur venant du fond de la baignoire. Une image s'y forma lentement…

Un visage.

Sa caractéristique la plus frappante ? Ses yeux noirs, cruels et durs comme des silex… Des yeux qui n'étaient pas sans rappeler ceux de Jennesta. Mais les traits de l'apparition semblaient beaucoup moins humains que ceux de la souveraine.

D'une voix qui aurait pu jaillir des profondeurs de l'océan, elle demanda :

— *Que désires-tu, Jennesta ?*

Son ton impérieux et méprisant n'exprimait pas de surprise.

— Je me suis dit qu'il était temps que nous parlions.

— *La grande championne de la cause des envahisseurs désire me parler. Je suis flattée,* railla l'apparition.

— Je ne suis pas la championne des humains, Adpar. Je me contente de soutenir leur cause, en partie seulement, et dans mon intérêt… Plus celui d'autres personnes.

Cette déclaration fut accueillie par un éclat de rire caverneux.

— *Tu te leurres, comme toujours. Tu pourrais au moins avoir l'honnêteté de connaître tes propres motivations.*

— Pour suivre ton exemple ? répliqua Jennesta. Sors la tête du sable et rejoins-moi ! Ensemble, nous aurons une meilleure chance de préserver l'ancien mode de vie.

— *Ici, nous continuons à lui être fidèles sans nous abaisser à traiter avec les humains ou à demander leur permission. Tu finiras par regretter de t'être alliée avec eux.*

— Ma mère aurait sans doute eu une opinion différente.

— *Vermegram la Bénie était admirable sous bien des aspects, ce qui ne l'empêchait pas de commettre des erreurs de jugement*, répondit Adpar. *Mais nous en avons déjà discuté, et je suppose que tu ne m'as pas appelée pour de futiles bavardages.*

— Non. Je voulais t'interroger au sujet d'un objet que j'ai perdu.

— *De quoi peut-il s'agir ? Un coffret de joyaux ? Un précieux grimoire ? Ta virginité ?*

Jennesta serra les poings et tenta de contrôler son irritation.

— D'un artefact.

— *Très mystérieux. Pourquoi t'adresser à moi ?*

— J'ai pensé que tu saurais peut-être où il est.

— *Tu ne m'as toujours pas dit de quoi il s'agit*, rappela Adpar.

— D'un objet qui n'a de valeur que pour moi.

— *Ça ne m'avance pas beaucoup.*

— Écoute, ou tu sais de quoi je parle, ou tu l'ignores.

— *Je comprends ton problème. Si je ne sais rien au sujet de cet artefact, tu ne veux pas courir le risque d'éveiller mon intérêt. Et si je sais quelque chose, ça doit être parce qu'il se dérobe à toi par ma faute. Est-ce bien de ça que tu m'accuses ?*

— Je ne t'accuse de rien du tout.

— *Ça vaut mieux, parce que je ne vois pas du tout de quoi tu parles.*

Jennesta se demanda si c'était la vérité, ou si Adpar jouait encore au jeu qu'elle connaissait bien. Être toujours incapable de le deviner, après toutes ces années, l'agaçait tant…

— Très bien, soupira-t-elle. Laisse tomber.

— *Évidemment, si tu désires cet… artefact à ce point, je devrais peut-être m'y intéresser aussi…*

— Tu ferais mieux de ne pas fourrer ton nez dans mes affaires, Adpar. Et si je m'aperçois que tu es responsable…

—*Je te trouve bien irritable aujourd'hui, ma chérie. Souffrirais-tu d'une affliction quelconque ?*

—Certainement pas.

—*Ça doit être à cause de l'épuisement de l'énergie, dans ton coin. Le problème n'est pas aussi grave ici. À se demander s'il n'y aurait pas un rapport ? Je veux dire, entre l'objet que tu as perdu et le besoin de compenser la déperdition de pouvoir. S'agirait-il d'un totem magique ? Ou… ?*

—Ne fais pas l'innocente, Adpar ! cria Jennesta. Ce que ça peut être énervant !

—*Pas autant que d'être soupçonnée de vol.*

—Oh, pour l'amour des dieux, va te…

Une petite ondulation naquit sur le côté du visage magique. À partir d'un épicentre pas plus gros qu'une tête d'épingle, de petites vagues se répandirent à la surface du sang coagulé, brouillant l'image et venant s'écraser contre le bord de la baignoire.

—*Regarde ce que tu as fait,* gémit Adpar.

—Moi ? se défendit Jennesta. C'est plutôt ta faute.

Un vortex miniature naquit au centre de la baignoire et tournoya lentement. Très vite, les ondulations se dissipèrent, cédant la place à une forme ovale dont les contours se précisèrent.

Un autre visage apparut à la surface de la bouillie écarlate. Lui aussi avait des yeux remarquables, mais pour des raisons opposées à ceux d'Adpar et de Jennesta. Des trois, c'était celui dont les traits semblaient le plus humains.

Jennesta grimaça de dégoût.

—Toi ! cracha-t-elle, comme si ce mot était une insulte.

—*J'aurais dû m'en douter,* soupira Adpar.

—*Vous perturbez l'éther avec vos disputes !*

—Et toi, tu nous perturbes avec ta présence, répliqua Jennesta.

— *Pourquoi ne pouvons-nous jamais communiquer sans que tu t'interposes, Sanara ?*

— *Tu le sais bien : le lien est trop fort. Il m'attire inexorablement. Notre héritage nous unit.*

— Un des plus mauvais tours que les dieux aient jamais joué à quiconque, grommela Jennesta.

— *Pourquoi n'interroges-tu pas Sanara au sujet de ta précieuse babiole ?* demanda Adpar.

— Très drôle.

— *De quoi parlez-vous ?* lança Sanara.

— *Jennesta a perdu quelque chose, et elle meurt d'envie de le récupérer.*

— Laisse tomber, Adpar.

— *Mais c'est Sanara qui est à l'endroit où la magie fait le plus cruellement défaut...*

— N'essaie pas de semer la zizanie, coupa Jennesta. Et je n'ai jamais dit que cet artefact avait un rapport avec la magie.

— *Je ne suis pas certaine de vouloir toucher à quelque chose que tu as perdu,* dit Sanara. *Te connaissant, c'est sans doute dégoûtant ou dangereux.*

— La ferme, espèce de mijaurée !

— *Ça, c'était très méchant,* intervint Adpar avec une désapprobation joliment feinte. *Sanara a de gros problèmes en ce moment.*

— Tant mieux !

Savourant l'exaspération de son interlocutrice, Adpar éclata d'un rire moqueur. Quant à Sanara, elle semblait sur le point d'ouvrir la bouche pour accoucher d'un de ces prétendus « bons conseils » qui donnaient la nausée à Jennesta.

— Vous pouvez aller en enfer, toutes les deux ! s'écria-t-elle, abattant ses poings sur les deux visages.

Aussitôt, les images se fragmentèrent et disparurent.

La croûte se brisa. Dessous, le sang était presque froid. Il éclaboussa le visage et les vêtements de Jennesta pendant qu'elle s'acharnait sur lui.

Sa colère soulagée, au moins en partie, Jennesta se laissa glisser, haletante, contre le bord de la baignoire.

Elle se reprocha d'avoir perdu le contrôle de ses nerfs. Quand apprendrait-elle que tout contact avec Adpar – et, inévitablement, Sanara – lui sapait le moral ? Surtout quand elle n'était pas très gaie… Un jour, se répéta-t-elle pour la centième fois, elle devrait trancher le lien qui les unissait. De façon définitive !

Capable comme tous les félins de sentir une gâterie de loin, Saphir vint se frotter sensuellement contre les jambes de sa maîtresse. Un peu de sang coagulé était accroché au bras de Jennesta. Elle le saisit et l'agita sous le nez de l'animal. Saphir le renifla, les moustaches frémissantes, puis y planta ses dents. Un bruit de mastication mouillé retentit.

Jennesta pensa au cylindre et à la misérable compagnie qu'elle avait été assez folle pour envoyer à sa recherche. Plus de la moitié du temps accordé était passée. Elle devait trouver un plan de rechange au cas où l'émissaire de Kysthan échouerait.

D'une façon ou d'une autre, elle se procurerait ce cylindre. Il était à elle ! Quoi que cela lui coûte, les soldats seraient traqués comme des chiens et livrés à sa justice.

Léchant distraitement le sang sur ses mains, Jennesta rêva des tourments que connaîtraient les Renards.

Chapitre 9

— Tu dois être embêté, dit Stryke.

Alfray porta une main à son cou.

— J'ai obtenu ma première dent à l'âge de treize ans. Depuis, je ne m'étais jamais séparé du collier.

— Tu l'as perdu pendant l'embuscade ?

— Sans doute. J'ai tellement l'habitude de l'avoir que je ne m'en suis pas aperçu. C'est Coilla qui me l'a signalé ce matin.

— Mais tu as gagné ces trophées, Alfray. Et ça, personne ne peut te l'enlever. Tu finiras par les remplacer, avec le temps.

— Justement, du temps, je n'en ai plus. En tout cas, pas assez pour gagner trois autres dents. Je suis le vétéran de l'unité, Stryke. Maîtriser un léopard des neiges à mains nues est un sport réservé aux jeunes orcs.

Alfray s'enferma dans un silence maussade. Stryke préféra le laisser tranquille. Il savait combien il devait être dur d'avoir perdu les emblèmes de son courage et de son statut de guerrier.

Les deux orcs chevauchaient en tête de la colonne.

Personne n'en avait plus reparlé, mais ce qu'ils avaient vu au campement et leur situation périlleuse pesaient sur le moral de l'unité. La mélancolie d'Alfray faisait écho à l'humeur sombre des Renards.

Maintenant qu'ils avaient assez de chevaux, ils progressaient plus rapidement, même si Meklun – toujours incapable de tenir en selle – continuait à les ralentir.

Quelques heures auparavant, ils avaient bifurqué vers le sud-ouest, pour couper à travers les Grandes Plaines en direction de Roc-Noir.

Avant la fin de la journée, ils espéraient atteindre un point à mi-chemin entre Grahtt et Échevette. Avec un peu de chance, pensait Stryke, ils franchiraient le couloir sans que les trolls belliqueux du Nord ou les humains fanatiques du Sud leur causent des problèmes.

Le paysage avait commencé à changer. Les plaines cédaient la place à une alternance de collines basses et de vallées peu profondes sillonnées de pistes sinueuses. Les buissons se multipliaient. Les pâturages se transformaient en landes couvertes de bruyère. Ils approchaient d'une zone semée de communautés humaines. Stryke décida qu'il serait plus prudent de les tenir pour hostiles, qu'elles soient habitées par des Unis ou par des Multis.

Un brouhaha, plus bas dans la colonne, le tira de ses réflexions. Il regarda par-dessus son épaule. Haskeer et Jup étaient encore en train de se disputer.

— Maintiens le cap, ordonna-t-il à Alfray en faisant pivoter son cheval.

Pendant les quelques secondes qu'il lui fallut pour les rejoindre, les deux sergents en étaient presque venus aux mains. Ils se calmèrent en le voyant approcher.

— Vous êtes quoi au juste ? Mes seconds, ou des gamins capricieux ?

— C'est sa faute, accusa Haskeer. Il…

— Ma faute ? coupa Jup. Je devrais…

— La ferme ! rugit Stryke. Jup, tu es censé jouer le rôle de chef éclaireur. Gagne ta croûte, s'il te plaît ! Prooq et Gleadeg ont besoin d'être relevés. Emmène Calthmon, et laisse ta part de cristaux à Alfray.

Le nain foudroya sa Némésis du regard et éperonna sa monture.

Stryke s'occupa d'Haskeer.

— Tu pousses le bouchon un peu trop loin. Si tu insistes encore, je te tannerai la peau du dos !

— On ne devrait pas avoir de galeux comme lui dans l'unité, marmonna Haskeer.

— Le sujet n'est pas ouvert à la discussion. Tu travailles avec lui ou tu rentres tout seul à la maison. À toi de choisir.

Stryke regagna la tête de la colonne.

Haskeer remarqua que les soldats les plus proches – ceux qui l'avaient entendu se faire souffler dans les bronches – le fixaient avec curiosité.

— Nous ne serions pas dans cette situation avec un chef digne de ce nom, grommela-t-il.

Les soldats détournèrent le regard.

Quand Stryke rejoignit Alfray, Coilla s'approcha d'eux et lança :

— Si nous continuons dans cette direction, nous passerons plus près d'Échevette que de Grahtt ! Quel est le plan en cas de pépin ?

— Échevette est une des plus anciennes communautés Unis, et une des plus fanatiques, répondit Stryke. Autrement dit, ses habitants sont imprévisibles. Tâchez de vous en souvenir.

— Unis ou Multis, qui s'en soucie ? demanda Alfray. Ce sont tous des humains, pas vrai ?

— Nous sommes censés aider les Multis, lui rappela Coilla.

— Parce que nous n'avons pas le choix. Quand l'avons-nous jamais eu ?

— Jadis…, dit pensivement Stryke. Mais dans les conditions actuelles, il semble logique de soutenir les Multis. Ils sont moins inamicaux avec les races aînées. Et la dissension entre les humains ne peut que nous servir. Songez combien ce serait pire s'ils étaient unis.

— Ou si un des deux camps gagnait, ajouta Coilla.

En tête de la colonne, hors de vue des autres, Jup et Calthmon venaient de relever les éclaireurs. Le nain regarda les soldats s'en aller rejoindre l'unité.

Il commençait à peine à se calmer après sa dernière altercation avec Haskeer. Serrant les rênes de sa monture un peu plus fort que nécessaire, il se concentra sur la piste.

Peu à peu, le paysage devenait plus… encombré. Les buttes et les bouquets d'arbres se multipliaient, et l'herbe haute masquait en partie la route.

— Vous connaissez la région, sergent ? demanda Calthmon à voix basse, comme s'il craignait de trahir leur présence.

— Un peu. Le terrain ne devrait pas tarder à changer.

De fait, quelques centaines de mètres plus loin, la piste plongea et s'incurva, la végétation se faisant plus dense sur le bas-côté. Les deux éclaireurs s'engagèrent dans un lacet sans visibilité.

— Mais si nous continuons dans cette direction, continua Jup, nous ne devrions pas rencontrer…

Une barricade apparut au détour du chemin.

— … d'obstacle.

La barricade était composée d'une carriole de ferme couchée sur le flanc et d'un amas de troncs d'arbres. Et elle était gardée par des humains vêtus de noir : une vingtaine environ, tous bien armés.

Jup et Calthmon tirèrent sur les rênes de leurs montures à l'instant où les humains les repérèrent.

— Malédiction, grogna Jup.

Un cri monta de la barricade. Agitant des épées, des haches et des massues, la majorité des défenseurs coururent vers leurs chevaux tandis que l'orc et le nain luttaient pour forcer les leurs à faire demi-tour.

Ils rebroussèrent chemin au galop, poursuivis par une horde assoiffée de sang.

— Un jour, on est membre du Corps Expéditionnaire, et le lendemain, on finit vendu à Jennesta, dit Stryke, évoquant de pénibles souvenirs. Tu sais ce que c'est.

— Oui. Et je suppose que tu as ressenti la même chose que moi, fit Coilla.

— Quoi donc?

— N'étais-tu pas en colère de n'avoir pas eu ton mot à dire?

De nouveau, Stryke fut désarmé par sa franchise… Et par la facilité avec laquelle elle semblait deviner ses sentiments.

— Peut-être, concéda-t-il.

— Tu es en guerre contre ton éducation, Stryke. Tu n'arrives pas à admettre que c'était une injustice.

La façon dont elle exposait ses pensées les plus intimes mettait Stryke mal à l'aise.

Il répondit de façon détournée.

— Ça a été plus dur pour les orcs comme Alfray. (Il désigna leur médecin, qui chevauchait près de la litière de Meklun.) Un si grand changement, ce n'est pas facile à son âge…

— C'est de toi que nous étions en train de parler.

Stryke fut sauvé par l'apparition de Prooq et de Gleadeg. Les deux éclaireurs revenaient vers eux au galop.

— Au rapport, chef! brailla Prooq. Le sergent Jup nous a relevés.

— Des ennuis en perspective?

—Non. La voie est dégagée.
—Parfait. Rejoignez la colonne.
Les soldats s'éloignèrent.
—Tu disais? lança Coilla. À propos du changement…
Quand elle a une idée en tête, impossible de lui faire lâcher prise, songea Stryke. *À moins qu'elle ait une raison de me poser toutes ces questions…*

—Eh bien… Les choses n'ont pas changé tant que ça pour moi, depuis que nous servons notre nouvelle maîtresse. Au début, en tout cas… J'ai conservé mon rang et continué à lutter contre notre véritable ennemi… Une seule faction de cette foutue race, mais c'est toujours ça.
—Et on t'a confié le commandement des Renards.
—Après m'avoir mis à l'épreuve, oui. Bien que ça n'ait pas plu à tout le monde.
—Qu'as-tu pensé en étant obligé de servir une souveraine en partie humaine?
—C'était… bizarre, répondit prudemment Stryke.
—Tu veux dire que tu te rebellais contre cette idée. Comme nous tous.
—Je n'étais pas enchanté, c'est vrai. Tu l'as dit toi-même, nous sommes dans une situation difficile. Une victoire des Unis ou des Multis renforcerait la position des humains. (Il haussa les épaules.) Mais c'est le lot d'un orc: obéir aux ordres.

Coilla le dévisagea longuement.
—Oui. Au bout du compte, ça se résume à ça, dit-elle, non sans amertume.

Stryke sentit qu'ils avaient bien des points communs et voulut continuer la conversation.

À cet instant, un bleu cria quelque chose qu'il ne comprit pas. Aussitôt, le reste de l'unité brailla également.

Jup et Calthmon revenaient à bride abattue.

Stryke se dressa sur ses étriers.

—Que se…?

Puis il vit la horde d'humains pourchasser les éclaireurs. Tous portaient un long manteau noir, un pantalon de toile grossière de la même couleur et des bottes de cuir. Ils devaient être à peu près aussi nombreux que les Renards, et ceux-ci n'avaient plus le temps de charger.

—Serrez les rangs! cria Stryke. À moi!

L'unité se rassembla autour de son chef. Les chevaux furent disposés en demi-cercle défensif face à l'ennemi, la civière derrière eux pour que ses camarades puissent protéger le blessé.

Ils dégainèrent leurs armes.

Les poursuivants de Jup et de Calthmon ralentirent en apercevant les orcs, permettant aux éclaireurs d'augmenter leur avance. Mais ils continuèrent à galoper, se déployant pour former une ligne et plus une masse désordonnée.

—Tenez la position! ordonna Stryke. Pas de quartier et pas de retraite!

—Comme si c'était notre genre, grogna Coilla.

Elle fit siffler sa lame dans l'air.

Encouragés par leurs camarades, Jup et Calthmon rejoignirent les Renards. Leurs montures avaient l'écume à la bouche.

Deux secondes plus tard, les humains déferlèrent comme un raz de marée.

La majorité des chevaux des deux groupes firent un écart au dernier moment pour ne pas entrer en collision, chacun de leurs cavaliers pivotant vers un adversaire.

Stryke affrontait un humain barbu au visage buriné et aux yeux embrasés par la haine. Il brandissait une hachette, les gestes désordonnés, déployant plus d'énergie que de précision.

Stryke bloqua une attaque et riposta aussitôt. La monture de l'humain se cabra et son épée ne rencontra que du vide. D'un revers du poignet, il la ramena vers lui pour parer un second coup.

Une demi-douzaine d'estocs plus tard, l'humain haletait déjà. Il n'avait pas su ménager ses forces. Ses mouvements se firent plus lents. Stryke en profita pour lui abattre son épée sur le bras. Il lui trancha le poignet. La main tomba sur le sol, serrant toujours la hachette.

Du sang jaillissant à gros bouillons de son moignon, l'humain hurla à la mort. Stryke lui plongea sa lame dans la poitrine…

Le capitaine orc se tourna vers un deuxième adversaire au moment où Coilla réglait son compte à celui qui s'était jeté sur elle. Elle dégagea son arme à temps pour parer l'attaque d'un gaillard musclé et trapu qui brandissait une épée large. Sa lame siffla dans l'air, visant la tête de l'humain. Mais il se pencha sur sa selle pour esquiver.

Coilla se reprit aussitôt et tenta de lui planter son épée dans le ventre. Avec une agilité surprenante, son adversaire pivota pour éviter de se faire embrocher, puis passa de nouveau à l'offensive. Le maintenant à distance avec son épée, Coilla tira un couteau de sa ceinture. Elle le lança par en dessous, et sa lame vint se planter dans le cœur de l'humain.

Sur la gauche, Haskeer combattait avec son épée à deux mains. Pour avoir plus de liberté de mouvement, il avait lâché les rênes de sa monture, qui pendaient dans le vide. Ivre de fureur, il fendait des crânes en deux, tranchait des membres, enfonçait des cages thoraciques, lacérait de la chair rose, brisait des os et faisait jaillir des fontaines écarlates. Ivre de sang, il massacrait pareillement cavaliers et montures.

Au milieu de ce chaos, une poignée d'humains parvinrent

à contourner la barrière défensive pour frapper la ligne arrière vulnérable des Renards. Alfray et deux autres soldats se retournèrent pour affronter la menace.

La bataille faisait rage autour de la civière de Meklun, mais le fracas des sabots et la chute des cadavres ne parvenaient pas à tirer le blessé de son hébétude.

Un coup de massue manqua faire vider les étriers à Alfray. Se redressant, il trancha les sangles de la selle de son adversaire. L'humain bascula sur le côté et alla s'écraser sur le sol. Alors qu'il tentait de se relever, un cheval privé de son cavalier le piétina.

Volant au secours de leur porte-étendard, Jup se chargea d'un des deux humains qui avaient pris Alfray à revers. Ils croisèrent le fer ; Jup taillada le bras de l'homme et l'acheva en lui enfonçant quelques pouces d'acier entre les côtes.

L'épée d'un humain heurta celle de Stryke et rebondit avec un son métallique. En guise de riposte, l'orc trancha le cou de son adversaire, entamant la chair jusqu'à la moelle épinière. Le combattant qui prit la place de sa victime ne résista pas plus longtemps. Il réussit à parer deux attaques de Stryke avant que la pointe de son épée lui lacère le visage.

Une épée longue dans une main et un couteau de lancer dans l'autre, Coilla tenait à distance deux humains qui s'efforçaient de la prendre en tenaille. L'un d'eux intercepta la lame la plus longue… avec sa gorge. L'autre arrêta le vol de la plus courte avec sa poitrine.

Promptement débarrassée de ses adversaires, Coilla observa Stryke, qui se battait contre un humain grand et efflanqué aux cheveux couleur de sable et à la peau couverte de boutons. D'après son physique, sa maladresse au combat et la peur qui émanait de lui, Coilla estima qu'il devait s'agir d'un adolescent.

Stryke mit fin à ses angoisses en lui plongeant sa lame dans le thorax. Pour plus de sûreté, il la dégagea d'un geste vif et s'en servit pour décapiter le malheureux.

Une pluie de gouttelettes écarlates éclaboussa le visage de Coilla, qui s'essuya les yeux d'un revers de la main et cracha à ses pieds. C'était un pur réflexe ; son visage n'exprimait pas plus de dégoût que si elle avait avalé de l'eau.

—C'est fini, Stryke, dit-elle calmement.

Le capitaine n'avait pas besoin de cette confirmation. Le sol était jonché de cadavres humains. Il en restait deux ou trois encore debout et ils auraient rapidement le dessous. Haskeer flanquait des coups sur la tête d'un adversaire avec ce qui ressemblait à une massue. À bien y regarder, il s'agissait d'un bras tranché au niveau de l'épaule… et d'où dépassait la tête ronde d'un os.

Une poignée d'humains s'enfuyaient au galop. Un tiers des Renards se lancèrent à leur poursuite en poussant des hurlements de triomphe. Mais Stryke les rappela et ils rebroussèrent chemin à contrecœur. Les humains survivants disparurent au bout de la piste.

Alfray s'agenouilla près de la civière de Meklun. Les autres ramassèrent leurs armes et commencèrent à panser leurs blessures. Haskeer et Jup rejoignirent Stryke et Coilla.

—Apparemment, personne n'est trop gravement touché, annonça le nain.

—Pas étonnant, ricana Haskeer. Ils se battaient comme des lutins !

—C'étaient des fermiers, pas des militaires. Visiblement des fanatiques Unis d'Échevette. Il n'y avait pas un seul véritable guerrier parmi eux.

—Mais tu ne pouvais pas le savoir au départ.

—Où veux-tu en venir ?

—Tu les as conduits droit vers nous, accusa Haskeer.

Quel genre d'idiot peut faire un truc pareil ? Tu as mis toute l'unité en danger !

—Que voulais-tu que je fasse d'autre, crâne de piaf ?

—Les entraîner loin d'ici.

—C'est ça. Pour que Calthmon et moi nous perdions dans ces broussailles, fit Jup en désignant la végétation foisonnante qui les entourait. Ou que nous risquions de nous faire tuer. Tout ça pour protéger un abruti dans ton genre.

—Ça n'aurait pas été une grosse perte.

—Va te faire foutre ! Nous sommes une unité. Nous nous serrons les coudes.

—C'est pas les coudes qu'il faudrait te serrer, mais les boulons.

—Hé ! cria Coilla. Et si vous la fermiez le temps qu'on mette les voiles ?

—Elle a raison, dit Stryke. Les humains sont peut-être allés chercher des renforts. Fermiers ou non, pour peu qu'ils soient assez nombreux, nous aurons un problème. Où les avez-vous rencontrés, Jup ?

—Ils étaient planqués derrière une barricade, un peu plus loin sur la piste.

—Donc, nous devons trouver un autre chemin.

—Encore du temps perdu, grommela Haskeer.

Les ombres s'allongeaient. D'ici deux heures, il ferait totalement nuit. La perspective de chevaucher à l'aveuglette ne disait rien à Stryke, surtout s'il fallait éviter des bandes d'humains en maraude.

—Je vais doubler le nombre d'éclaireurs sur l'avant, décida-t-il, et j'en veux quatre autres pour couvrir nos arrières. Haskeer, tu t'occupes de ceux-là. Choisis qui tu veux.

Le sergent s'éloigna en grommelant.

—Je vais voir où en est Meklun, dit Stryke à Coilla et à Jup. Vous deux, faites avancer les autres. Mais pas trop vite, pour laisser aux éclaireurs le temps de prendre de l'avance.

Resté seul avec Coilla, Jup lui jeta un regard lugubre.

—Vas-y, crache! l'encouragea-t-elle.

—Tout semblait si simple quand nous sommes partis en mission, gémit le nain. Et maintenant, tout est si compliqué. Beaucoup plus dangereux que je ne l'avais prévu.

—Qu'est-ce qui t'arrive? Tu veux vivre éternellement, peut-être?

Jup réfléchit quelques instants.

—Ouais, ça se pourrait bien.

Chapitre 10

La servante avait connu une fin rapide, comparée à celle des précédentes victimes de Jennesta. Non que cette dernière ait soudain découvert la miséricorde. Mais le processus finissait par l'ennuyer, et elle avait des problèmes plus urgents à régler.

Descendant du bloc de marbre blanc, elle défit le harnais de la corne de licorne qu'elle utilisait comme substitut de membre viril. Puis elle éventra le cadavre avec une telle rapidité que son cœur battait encore quand elle le porta à sa bouche.

Ce repas lui sembla tout juste comestible. Que son palais devînt plus délicat ou que son goût s'émoussât, Jennesta était de plus en plus difficile.

D'humeur toujours aussi massacrante malgré le renouvellement de ses énergies physique et magique, elle se lécha les doigts tandis que ses pensées retournaient vers le cylindre. Le délai qu'elle avait imposé aux chasseurs de Kysthan était presque révolu. Qu'ils aient réussi ou non, le moment était venu d'augmenter la pression qui pesait sur les Renards.

Jennesta frissonna. Le froid réussissait même à s'infiltrer au cœur de son sanctuaire. Des bûches étaient entassées dans l'énorme foyer, mais personne ne les avait allumées. Jennesta tendit la main. Un rayon déchira la pénombre… et les bûches s'enflammèrent avec un rugissement. Goûtant la chaleur de la flambée, Jennesta se reprocha de gaspiller ainsi une énergie durement obtenue. Mais comme toujours, manipuler la réalité physique lui apportait ses émotions les plus intenses.

Elle tendit la main vers un cordon et tira dessus. Deux orcs entrèrent dans la pièce. L'un d'eux portait sous le bras un rouleau de toile de jute.

— Vous savez que faire, leur dit Jennesta sans même les gratifier d'un regard.

Ils entreprirent de nettoyer le carnage. Après avoir déroulé la toile sur le sol, ils saisirent le cadavre par les bras et les jambes pour le placer dessus. Puis ils le recouvrirent.

Se désintéressant de leur travail, Jennesta tira de nouveau sur le cordon – deux fois.

En sortant, les gardes croisèrent un domestique elfe qui écarquilla les yeux à la vue de leur sanglant fardeau, mais se reprit et adopta très vite une expression impassible.

C'était un nouveau, et Jennesta eut autant de mal à deviner son sexe que celui de son prédécesseur. Évidemment, elle avait pu vérifier à la fin…

Elle prit note de ralentir le rythme auquel elle consommait ses domestiques : aucun ne restait jamais assez longtemps pour apprendre à bien faire son travail.

Guidé par ses ordres impérieux, l'elfe aida sa maîtresse à s'habiller. Jennesta avait choisi une tenue noire, comme d'habitude quand elle devait sortir : un justaucorps de cuir moulant et un pantalon d'équitation que couvraient des cuissardes à talon haut. Par-dessus, elle enfila une cape couleur sable taillée dans de la fourrure d'ours des forêts. Puis elle cacha ses cheveux sous une toque assortie.

Quand elle eut terminé, elle congédia brusquement l'elfe, qui s'inclina très bas et sortit aussi vite que la décence le lui permettait.

Jennesta s'approcha de la table qui flanquait l'autel et examina la collection de fouets enroulés disposée dessus. Elle choisit un de ses préférés pour compléter sa tenue. Glissant une main fine dans sa dragonne de cuir, elle se dirigea vers la porte, s'arrêtant juste une seconde pour observer son reflet dans un miroir.

Les orcs qui surveillaient sa porte sursautèrent quand elle sortit et voulurent lui emboîter le pas. Comme elle leur fit un geste négligent, ils reprirent leur faction.

Le couloir donnait sur un escalier éclairé par des torches fixées au mur toutes les dix ou douze marches. Jennesta entreprit son ascension, soulevant le bas de sa cape pour ne pas le salir.

Sur le palier se dressait une lourde porte qu'une sentinelle orc ouvrit pour elle. Jennesta déboucha dans une cour entourée de hauts murs et frissonna de nouveau à cause de l'air glacial du crépuscule.

Un dragon était attaché au centre de la cour. Un bracelet de fer aussi large qu'un tonneau entourait une de ses pattes postérieures et une chaîne colossale le reliait au tronc d'un chêne centenaire.

Le museau de la créature fouillait une petite montagne de foin, de soufre, de carcasses de moutons et d'autres immondices impossibles à identifier. Sous son arrière-train, Jennesta aperçut de grandes quantités d'excréments fumants truffés de morceaux d'os et de scories gluantes.

Elle pressa un délicat mouchoir de dentelle sur son nez.

La dresseuse s'approcha de Jennesta. Elle portait un pourpoint et un pantalon de cuir couleur noisette aussi doux que de la peau de chamois. Ses bottes en daim, qui lui montaient jusqu'aux genoux, avaient la teinte de l'acajou. Une plume blanche et grise était plantée dans son petit chapeau à bord étroit, et de discrets fils d'or ornaient son col et ses poignets. Étonnamment grande, même pour quelqu'un de son espèce, elle affichait une expression fière, presque hautaine.

La race de la Dame des Dragons avait toujours intrigué Jennesta. Elle n'avait jamais eu beaucoup de rapports avec les brownies, mais elle éprouvait pour eux un certain respect… Pour autant qu'elle soit capable de ce genre de sentiment. Peut-être parce que les brownies, comme elle, étaient des hybrides, fruits de l'union d'un elfe et d'un gobelin.

— Glozellan, salua Jennesta.

— Votre Majesté.

La Dame des Dragons lui adressa un bref signe de tête.

— Vous avez reçu vos instructions ?

— Oui.

— Et vous avez bien compris mes ordres ?

— Vous souhaitez que j'envoie des patrouilles à la recherche d'une unité d'orcs, résuma Glozellan d'une voix flûtée.

— Les Renards, oui. J'ai demandé à vous parler en personne pour souligner l'importance de cette mission.

Si Glozellan jugeait étrange que Jennesta fasse traquer ses propres serviteurs, elle n'en laissa rien paraître.

— Que devons-nous faire si nous les retrouvons, ma dame ?

Jennesta n'apprécia guère le conditionnel, mais elle laissa passer pour cette fois.

— Les autres dresseurs et vous devrez prendre l'initiative, dit-elle, choisissant ses mots avec soin. Si vous les repérez dans un endroit où il est possible de les capturer, alertez nos forces terrestres. Mais s'il y a la moindre possibilité qu'ils s'échappent, détruisez-les.

Glozellan haussa ses sourcils aussi fins qu'un trait de crayon. Elle était assez maligne pour ne pas protester ou oser de commentaire plus explicite.

— Si vous devez les tuer, vous m'enverrez aussitôt un

message et garderez leurs dépouilles, au prix de votre vie si nécessaire, jusqu'à l'arrivée des renforts.

Jennesta était certaine que le cylindre supporterait la chaleur du souffle d'un dragon. Enfin, presque certaine. Il y avait toujours un risque...

La créature mâchonnait bruyamment la carcasse d'un mouton.

Après avoir bien réfléchi à ce que sa maîtresse venait de lui dire, Glozellan déclara :

— Nous cherchons un petit groupe, et nous ne savons pas exactement où il est. Nous allons devoir voler très bas, ce qui nous rendra vulnérables.

Jennesta blêmit.

— Pourquoi tout le monde me pose-t-il des problèmes alors que je réclame des solutions ? cria-t-elle. Faites ce que je vous dis !

— Oui, Votre Majesté.

— Ne restez pas plantée là ! Allez-y !

La dresseuse se détourna et se dirigea vers sa monture. Après s'être hissée en selle, elle fit signe à un garde qui attendait, adossé contre le mur. Il s'approcha, muni d'un maillet, et flanqua plusieurs coups sur l'attache du bracelet de fer pour libérer la chaîne. Puis il battit en retraite à une distance prudente.

Glozellan se pencha, une main posée de chaque côté de l'encolure du dragon. La créature se tordit le cou pour approcher sa cavité auditive du visage de sa cavalière. Celle-ci lui chuchota quelque chose. Les ailes se déployèrent avec un craquement et le dragon lâcha un rugissement pareil à celui du tonnerre.

Les énormes muscles de ses pattes et de ses flancs saillant tels des rochers écailleux, le monstre battit des ailes, d'abord lentement et avec un effort visible. Puis il gagna de la vitesse, générant des bourrasques qui se déchaînèrent comme un ouragan miniature dans l'espace clos de la cour.

Jennesta agrippa sa toque de fourrure à deux mains pour qu'elle ne s'envole pas. Sa cape claqua dans son dos quand le dragon s'éleva : un exploit qui semblait presque impossible pour une créature aussi massive. Mais le miracle s'accomplit avec une grâce surprenante.

Quelques secondes, le dragon demeura suspendu à mi-hauteur des murs du château, immobile à l'exception de ses ailes. Sa silhouette imposante masquait en partie les étoiles et la lune. Puis il continua son ascension, prit la direction de Taklakameer et s'éloigna, l'air rugissant sur son passage.

La porte par où Jennesta était entrée dans la cour se rouvrit. Le général Kysthan apparut, escorté par un petit contingent de la garde personnelle de sa souveraine. Il était très pâle.

— Des nouvelles de nos proies ? lança Jennesta.

— Oui… et non, Votre Majesté.

— Je ne suis pas d'humeur à jouer aux devinettes, général, s'impatienta la souveraine en se tapotant la cuisse avec le manche de son fouet. Parlez !

— J'ai reçu un message du capitaine Delorran.

Elle plissa les yeux.

— Continuez.

Kysthan prit un carré de parchemin plié en quatre dans la poche de sa tunique. Il transpirait malgré le froid.

— Les informations qu'il me transmet ne sont peut-être pas tout à fait celles que Votre Majesté souhaitait entendre.

D'une secousse du poignet, Jennesta déroula son fouet.

La lune et les étoiles brillaient dans le ciel nocturne. Une douce brise rafraîchissait l'air après la chaleur de la journée.

Il se tenait devant la porte d'un immense pavillon. Des bruits résonnaient à l'intérieur.

Stryke regarda autour de lui. Rien ne venait troubler la quiétude de ce paisible paysage campagnard. Il avait du mal à le concevoir. Cette normalité le perturbait presque.

Il tendit une main hésitante vers la poignée.

Avant qu'il puisse la saisir, la porte s'ouvrit.

La lumière et le vacarme l'agressèrent. Une silhouette se découpait contre la vive lueur. Il ne pouvait pas distinguer ses traits, juste son contour. Quand elle s'approcha de lui, il porta la main à son épée.

Puis la silhouette devint la femelle orc qu'il avait déjà rencontrée. Ou imaginée. Ou rêvée. Elle était toujours aussi séduisante et toujours aussi fière.

Stryke sursauta. La femelle aussi eut l'air surpris, mais moins que lui.

— Vous êtes revenu, constata-t-elle.

Il balbutia une réponse absurde.

Elle sourit.

— Venez. Les festivités sont déjà commencées.

Il la suivit dans le pavillon.

Celui-ci était bondé d'orcs... et seulement d'orcs. Des orcs qui festoyaient à de longues tables ployant sous le poids des victuailles. Des orcs qui conversaient affablement. Des orcs qui riaient, qui chantaient ou jouaient à des jeux ancestraux.

Des femelles se frayaient un chemin parmi eux, portant des chopes de bière, des cornes remplies de vin pourpre, des paniers de fruits et des plateaux de viande succulente. Au milieu de la pièce, un feu brûlait sur des plaques d'ardoise ; des cuissots de gibier et des volailles entières rôtissaient sur des broches. La fumée chargée d'étincelles s'élevait jusqu'à un trou ménagé dans le toit. Le parfum du bois se mêlait à une myriade d'autres arômes, parmi lesquels Stryke crut détecter celui, à la fois doux et entêtant, du cristal.

À une extrémité du pavillon, des mâles adultes se prélassaient sur des fourrures. Ils buvaient et s'esclaffaient en se racontant des blagues salaces. À l'autre extrémité, des adolescents pleins de fougue se battaient avec des épées en bois et des bâtons enveloppés de chiffons. Des musiciens frappaient sur des tambours. Des enfants glapissants se pourchassaient au milieu de la cohue.

Beaucoup de convives saluèrent chaleureusement Stryke, bien qu'il soit un étranger.

La femelle saisit une chope pleine sur le plateau qu'une serveuse portait au-dessus de sa tête. Elle but une gorgée puis la fit passer à Stryke.

C'était de la bière chaude, épicée et parfumée au miel. Délicieuse. Il vida la chope d'un trait.

La femelle s'approcha de lui.

— Où étiez-vous passé ?

— Ce n'est pas une question facile, soupira-t-il en posant la chope sur une table. Je ne suis pas certain de connaître la réponse...

— De nouveau, vous vous enveloppez de mystère.

— C'est vous qui êtes un mystère à mes yeux. Vous, et cet endroit.

— Moi et cet endroit n'avons rien de mystérieux.

— Je n'en suis pas si certain.

Elle secoua la tête.

— Pourtant, vous êtes là.

— Ça ne signifie rien pour moi. Où est ce « là » ?

— Je vois que vous êtes aussi excentrique que lors de notre première rencontre. Venez.

Elle lui fit traverser la pièce et s'approcha d'une porte plus petite que la précédente, qui donnait sur l'arrière du pavillon. La fraîcheur de l'air dissipa l'ivresse de Stryke. Quand la femelle referma la porte, le bois épais étouffa les clameurs.

— Vous voyez ? dit la femelle en désignant le paysage nocturne. Tout est normal.

— *Ce que j'aurais considéré comme normal autrefois, corrigea Stryke. Il y a très longtemps. Mais maintenant…*

— *Ce que vous racontez n'a ni queue ni tête.*

— *Tout est-il ainsi… partout ?*

—*Évidemment. (La femelle hésita, puis sembla prendre une décision.) Je vais vous montrer.*

Ils se dirigèrent vers l'angle du pavillon. De l'autre côté, des chevaux étaient attachés à une rambarde de bois. Ces étalons de guerre robustes et magnifiques au pelage soyeux portaient des harnais sophistiqués. La femelle choisit deux des plus beaux, un blanc et un noir.

Elle ordonna à Stryke de se mettre en selle. Il hésita. Quand elle se hissa sur le dos de l'étalon blanc, avec des gestes aussi fluides que si elle montait depuis sa plus tendre enfance, il capitula.

Ils s'éloignèrent au pas. Ensuite, ils prirent de la vitesse. Stryke la laissa d'abord lui ouvrir le chemin, puis accéléra pour la rattraper. Ensemble, ils galopèrent dans la campagne à la douceur veloutée.

Le clair de lune argenté faisait scintiller la poussière sur les buissons et disparaître la prairie sous une fine couche de givre. Il baignait le flanc des collines, enveloppées d'une épaisse couverture de neige en dépit du climat tempéré.

Des rivières à l'éclat métallique et des lacs scintillants défilaient sur les côtés de la route. Des oiseaux s'envolaient devant le fracas des sabots. Des nuées de lucioles illuminaient le cœur des forêts. Tout était neuf, vibrant de vie et d'énergie.

Au-dessus de leurs têtes, les étoiles cristallines brillaient glorieusement dans le ciel nocturne et serein.

— *Alors, vous voyez ? lança la femelle. Vous voyez que tout est normal ?*

Pour répondre, Stryke était trop grisé par la pureté de l'air et par le bien-être inouï qu'il éprouvait.

— *Venez, lui cria-t-elle en éperonnant son cheval.*

L'étalon blanc fit un bond en avant. Stryke dut pousser sa propre monture pour ne pas se laisser distancer.

Vent de face, ils firent la course, enivrés par leur liberté et par leur joie. Il y avait longtemps que Stryke ne s'était pas senti aussi vivant.

— Votre royaume est merveilleux ! s'exclama-t-il.

— Notre royaume, corrigea la femelle.

Il regarda devant lui.

Devant lui, rien ne bougeait sur la piste rocailleuse. Il faisait toujours aussi froid. Derrière les nuages, la lune et les étoiles étaient à peine visibles dans le ciel fuligineux. Stryke chevauchait en tête de la colonne.

La main glaciale de la peur lui effleura la nuque.

Au nom des dieux, que m'arrive-t-il ? Suis-je en train de devenir fou ?

Il tenta de se reprendre. Il était épuisé et sous pression. Comme tous les autres. Il s'était endormi en selle et la fatigue avait fait naître ces images dans son esprit. Des images vivaces et réalistes, mais de simples illusions, pareilles aux histoires que les conteurs égrènent l'hiver au coin du feu.

Y croire serait un tel réconfort...

Stryke saisit sa gourde et la porta à ses lèvres. Au moment où il la rebouchait, la brise apporta à ses narines une odeur familière de pellucide. Il secoua la tête, à demi convaincu d'être la proie d'une hallucination olfactive, d'une réminiscence de son rêve. Mais elle était si tenace qu'il finit par regarder autour de lui.

Coilla et Alfray chevauchaient derrière lui, les traits tirés et l'air abattu. Un peu plus bas dans la colonne, tassé sur lui-même, Jup somnolait à demi. Encore plus loin, à l'arrière-garde, Haskeer se tenait à l'écart des autres, la mine furtive.

Stryke fit faire demi-tour à son cheval.

— Vous prenez la tête! cria-t-il à Coilla et à Alfray.

Les deux caporaux sursautèrent. L'un d'eux dit quelque chose que Stryke n'entendit pas... et qu'il ignora, car toute son attention était rivée sur Haskeer.

Il le rejoignit au galop.

À cette distance, l'odeur du cristal qui se consumait était assez forte pour qu'aucun doute ne subsiste.

Le sergent avait refermé son poing comme pour dissimuler quelque chose.

— Ouvre la main, dit froidement Stryke.

Haskeer s'exécuta avec une insolence paresseuse, révélant une minuscule pipe de terre cuite. Stryke la lui arracha.

— Tu l'as pris sans permission! cracha-t-il.

— Tu n'as pas dit que nous n'en avions pas le droit.

— Je n'ai pas dit non plus que vous l'aviez. C'est ton dernier avertissement, Haskeer. Et si tu veux matière à réflexion...

Vif comme l'éclair, Stryke propulsa son poing dans la figure du sergent, qui vida les étriers et alla s'écraser sur le sol.

La colonne s'immobilisa. Tout le monde les regardait.

Haskeer grogna et se releva avec peine. Un instant, il sembla sur le point de riposter, mais il se ravisa.

— Tu marcheras jusqu'à ce que tu aies appris un peu de discipline, dit Stryke en faisant signe à un soldat de prendre les rênes de sa monture.

— Je n'ai pas dormi, grogna Haskeer.

— Tu ne perds jamais une occasion de te plaindre, pas vrai? Aucun de nous n'a dormi, et personne ne fermera l'œil avant que je lui en donne la permission. C'est compris? (Stryke se tourna vers le reste de l'unité.) Quelqu'un d'autre se sent d'humeur à me défier?

Les orcs laissèrent le silence répondre à leur place.

— Plus personne ne touchera à ces cristaux, continua Stryke d'une voix forte. Peu m'importe la quantité dont nous disposons. C'est peut-être la seule chose qui nous permettra de sauver nos têtes quand nous nous présenterons devant Jennesta. Surtout si nous ne récupérons pas ce maudit cylindre, ce qui semble assez probable. Pigé?

Il y eut un autre silence éloquent, que Coilla finit par briser.

— On dirait que nous n'allons pas tarder à être renseignés au sujet du cylindre, dit-elle en désignant la vue qui s'offrait à eux.

Un énorme promontoire de granit se dressait sur le côté, trapu et torturé comme si une chaleur inconcevable l'avait fait fondre. Même ceux qui posaient les yeux dessus pour la première fois ne pouvaient manquer de l'identifier : que ce soit le fait du hasard ou un caprice des dieux, il était assez ressemblant pour avoir été sculpté par un artiste titanesque.

— La Griffe du Démon, annonça Stryke, bien qu'aucun des soldats n'ait besoin de cette précision. Nous serons à Roc-Noir dans moins d'une heure.

Chapitre 11

Pour que les Renards travaillent normalement, et qu'ils survivent à leur quête, Stryke devait reléguer à l'arrière-plan les rêves qui le perturbaient. Par bonheur, la perspective d'une intrusion en territoire ennemi suffit largement à lui occuper l'esprit.

Il ordonna à ses soldats de dresser un camp provisoire, le temps de préparer leur assaut sur Roc-Noir. Quelques orcs partirent à la rencontre des éclaireurs ; les autres profitèrent de ce répit pour vérifier leur équipement et affûter leurs armes.

Stryke leur ordonna de ne pas allumer de feu pour ne pas trahir leur présence. Mais Alfray lui demanda de reconsidérer sa position.

— Pourquoi ?
— Il y a un problème avec Darig. Il a récolté une blessure au mollet pendant que nous combattions les Unis. C'est plus grave que je ne le pensais. La gangrène s'est installée. Je vais avoir besoin d'un feu pour chauffer mes lames.
— Il faut l'amputer ?
— Il perd une jambe ou... la vie.
— Encore un blessé qui va nous ralentir ! Nous n'avions

vraiment pas besoin de ça. (Stryke regarda Meklun.) Et lui, comment va-t-il ?

— Son état ne s'améliore pas. Il commence à avoir de la fièvre.

— À cette allure, nous n'aurons bientôt plus à nous soucier de Jennesta. D'accord, allumez un feu. Mais petit et couvert. As-tu parlé à Darig ?

— Je pense qu'il a deviné, même si je ne le lui ai pas dit franchement. C'est bien triste. L'un de nos plus jeunes soldats…

— Je sais. Tu as besoin de quelque chose ?

— J'ai des herbes qui devraient atténuer la douleur, et de l'alcool. Mais sans doute pas assez. Je peux prendre un peu de cristal ?

— Si tu veux… Bien que ce ne soit pas vraiment un anesthésiant.

— Ça lui permettra au moins de penser à autre chose. Je vais préparer une infusion.

Alfray retourna près de son patient.

Coilla s'approcha à son tour.

— Tu as une minute ? demanda-t-elle à Stryke.

Il hocha la tête.

— Tu vas bien ?

— Pourquoi me poses-tu cette question ?

— Parce que tu n'es plus toi-même depuis quelque temps. Je te trouve distant, expliqua Coilla. Et la façon dont tu as secoué Haskeer…

— Il l'avait cherché.

— Ce n'est pas moi qui prétendrai le contraire. Mais c'est pour toi que je m'inquiète.

— Connaissant la situation, tu ne peux pas t'attendre à ce que je chante à gorge déployée, non ?

— Je me disais juste que…

— Pourquoi cette sollicitude ?

— Tu es notre commandant. Il est dans mon intérêt que tu ailles bien. Dans notre intérêt à tous.

— Je ne vais pas craquer, si c'est ce que tu crains, assura Stryke. Fais-moi confiance : on s'en sortira.

Coilla ne répondit pas.

Il tenta une approche différente.

— Tu es au courant, pour Darig ?

— Oui. C'est moche. On va faire quoi, pour les kobolds ?

Stryke lui fut reconnaissant d'orienter la conversation sur la stratégie, un sujet qui le mettait moins mal à l'aise.

— On les frappera au moment et à l'endroit où ils s'y attendront le moins. Peut-être d'ici la fin de la nuit, ou au lever du jour.

— Dans ce cas, je ferais mieux de rejoindre les éclaireurs pour jeter un coup d'œil à la disposition du terrain.

— Si tu veux, on peut y aller ensemble.

— Roc-Noir est grand. Suppose que les kobolds que nous cherchons soient en plein milieu du territoire ?

— D'après ce que j'ai entendu dire, les pillards dressent leurs camps à la frontière. Au centre, il n'y a que leurs femelles et leurs jeunes. Ainsi, ils peuvent les protéger *et* aller et venir plus facilement.

— C'est dangereux pour nous. Si nous nous heurtons à une sorte d'anneau défensif…

— Il faudra nous montrer prudents, c'est tout.

Coilla dévisagea Stryke d'un air troublé.

— Tu sais que c'est de la folie, n'est-ce pas ?

— Tu vois un autre moyen ?

Un instant, il espéra qu'elle dirait oui.

Une heure passa pendant que les Renards effectuaient les mille et une tâches nécessaires à la préparation d'une unité à une bataille imminente.

Lorsqu'il fut certain que tout se déroulait sans anicroche, Stryke gagna la tente qui leur servait d'infirmerie de campagne.

Il trouva Alfray au chevet de Meklun, toujours inconscient. Le médecin était en train de lui poser un chiffon humide sur le front. Quant à Darig, il était allongé lui aussi, mais beaucoup plus agité que son camarade. Un voile devant les yeux, il affichait une grimace hébétée et marmonnait des paroles incohérentes.

Stryke vit que sa couverture était trempée de sueur.

— Tu arrives au bon moment, le salua Alfray. J'ai besoin d'aide.

— Il est prêt ?

Alfray regarda Darig, qui gloussait tout seul.

— Je lui ai donné assez de cristal pour abattre un régiment. S'il n'est pas prêt maintenant, il ne le sera jamais.

— Des coudes en acajou et des hirondelles ficelées comme des rôtis, annonça le blessé.

Stryke haussa les sourcils.

— Je vois ce que tu veux dire, Alfray. Que puis-je faire pour toi ?

— Appelle quelqu'un d'autre. Il faudra deux personnes pour le tenir.

— Avec une jolie ficelle, précisa Darig.

Alfray s'accroupit près de lui.

— Du calme, dit-il sur un ton apaisant.

Stryke souleva le rabat de la tente. Avisant Jup non loin de là, il lui fit signe d'approcher. Le nain le rejoignit sous la tente.

— C'est ton jour de chance, dit Stryke. Tu vas tenir le bout qu'Alfray coupera.

Dans la petite tente, ils avaient à peine la place de remuer. Jup se faufila prudemment au pied de la couche improvisée de Darig.

—Il vaudrait mieux ne pas lui marcher dessus, dit-il.

—Je ne pense pas qu'il s'en apercevrait, répliqua Alfray.

—Il y a une belette dans la rivière, marmonna Darig sur le ton de la confidence.

—On lui a donné un peu de cristal pour l'anesthésier, expliqua Stryke.

Jup écarquilla les yeux.

—Un peu ? Pour reprendre une vieille expression naine, je dirais qu'il s'est arraché à sa croûte !

—Ça ne durera pas, leur rappela Alfray, légèrement irrité. Si vous voulez bien que nous nous mettions au travail…

—La rivière, la rivière, chantonna Darig.

—Jup, tu lui tiens les chevilles, ordonna Alfray. Stryke, les bras. Je ne veux pas qu'il remue quand je commencerai.

Ils s'exécutèrent. Le médecin ôta la couverture, révélant la jambe infectée. Du pus dégoulinait de la plaie.

—Dieux, marmonna Jup.

—Pas très beau à voir, hein ? lança Alfray en tamponnant doucement la blessure.

Stryke plissa le nez.

—Et pas très agréable à renifler, non plus. Où comptes-tu couper ?

—À hauteur de la cuisse, un peu au-dessus du genou. Le truc, c'est de faire le plus vite possible. (Alfray finit de nettoyer la plaie et essora son chiffon au-dessus d'un récipient de bois.) Restez là, je vais chercher mes instruments.

Il sortit de la tente.

Quelques pas plus loin, un petit feu brûlait dans une fosse. Alfray interpella un bleu qui passait.

—Toi ! Viens ici, et quand je te le dirai, passe-moi ce que je te demanderai.

Le soldat obéit.

Alfray déchira le chiffon et lui en donna une moitié. Il

enroula l'autre autour du manche d'un long couteau qu'il avait plongé dans les flammes, et dont la lame rougeoyait. Mais il ne toucha pas à la hachette et à la pelle qu'il avait également placées dans le feu.

De retour sous la tente, il s'agenouilla près de la civière et sortit de sa poche un petit morceau de corde aussi épaisse que la main.

Darig lui adressa un sourire béat.

— Le cochon est monté sur le cheval! Le cochon est monté sur le chev... Humf!

— Mords, lui ordonna Alfray en lui fourrant le bout de corde dans la bouche.

— Maintenant? demanda Stryke.

— Maintenant. Tenez-le bien.

Alfray joua du couteau. Les yeux de Darig s'écarquillèrent et il se débattit comme un beau diable, Stryke et Jup s'efforçant de l'immobiliser.

Avec des gestes rapides et précis, Alfray découpa la plaie. Il écarta des pans de peau et creusa la chair, au-dessous.

Luttant contre l'étreinte de Stryke et de Jup, Darig cracha le morceau de corde. Son hurlement fit sursauter Meklun, mais il ne dura guère car Alfray le bâillonna de nouveau.

Une main posée sur la bouche de Darig, le médecin continua à trancher la chair jusqu'à ce qu'il ait exposé l'os.

Darig grogna et s'évanouit.

Alfray posa son couteau et cria :

— Hachette!

Le soldat posté auprès du feu la fit passer par-dessus la tête de Stryke, le manche enveloppé d'un chiffon pour se protéger de la chaleur de la lame portée à blanc.

Alfray saisit la hachette à deux mains. Il visa, prit une inspiration et l'abattit de toutes ses forces. La lame heurta sa cible avec un bruit mat. Stryke et Jup sentirent le corps du jeune orc frémir sous l'impact. Mais l'os n'était qu'à moitié entamé.

Darig reprit brutalement conscience, les yeux ronds comme des soucoupes, et se débattit de toutes ses forces. De nouveau, il cracha le bout de corde et hurla.

Plus personne n'avait de main libre pour le bâillonner…

—Dépêche-toi! supplia Stryke.

—Tenez-le bien! recommanda Alfray.

Il dégagea la hachette et la leva au-dessus de sa tête.

Son second coup, plus puissant que le premier, arriva au même endroit et finit presque le travail. La jambe de Darig n'était plus rattachée à son corps que par quelques tendons et des lambeaux de chair. Un troisième coup en vint à bout, traversant la couverture de selle sur laquelle gisait le blessé et s'enfonçant dans la terre durcie.

Darig hurlait toujours. Stryke mit un terme momentané à ses souffrances en l'assommant d'un coup de poing à la tempe.

—Il faut cautériser la plaie, dit Alfray en poussant du pied le membre amputé. Sinon, il se videra de son sang. Passez-moi la pelle.

Le plat de l'outil avait pris une couleur écarlate. Alfray souffla dessus, un petit bout de métal virant brièvement au blanc jaunâtre.

—Ça devrait être assez chaud, dit le médecin. Continuez à le tenir. Il va encore avoir un réveil douloureux.

Il appliqua le plat de la pelle contre le moignon de Darig. L'odeur caractéristique de la chair brûlée emplit la tente. Darig reprit connaissance et brailla en signe de protestation, mais le choc l'avait tellement affaibli que son cri parut ridicule comparé à ceux qu'il avait poussés une minute plus tôt.

Jup et Stryke maintinrent le blessé plus ou moins immobile pendant qu'Alfray versait de l'alcool sur la plaie, puis l'enveloppait de bandages imbibés d'onguents apaisants.

Darig recommença à marmonner tout bas; son souffle se fit un peu plus régulier, quoique toujours laborieux.

— Il respire bien, annonça Alfray. C'est déjà ça.

— Il s'en tirera? demanda Jup.

— Je dirais... cinquante-cinquante. Maintenant, il a besoin de repos et d'une nourriture riche pour l'aider à reprendre des forces.

Alfray enroula la jambe amputée dans une couverture et la fourra sous son bras.

— Ça ne va pas être évident, soupira Stryke, l'air sombre. Souviens-toi que nous n'avons emporté que des rations de fer, et que nous ne pouvons pas chasser dans le coin.

— Ne t'inquiète pas: je m'en occupe, promit Alfray. Maintenant, sortez d'ici, tous les deux. Vous dérangez mes patients.

Il les poussa hors de la tente.

Une fois à l'extérieur, Stryke et Jup jetèrent un coup d'œil inquiet au rabat de toile.

L'aube ne tarderait pas à se lever.

Stryke avait formé un groupe de vingt soldats pour l'expédition, incluant les éclaireurs déjà en place aux abords de Roc-Noir. Une poignée d'orcs resteraient au camp pour veiller sur les blessés.

Comme il avait besoin de parler à Alfray à ce sujet, Stryke retourna à l'infirmerie.

L'état de Meklun ne s'était pas amélioré. Darig avait les yeux rouges et le teint très pâle. Cela mis à part, il semblait plutôt bien remis. Les effets du pellucide s'étaient dissipés.

Alfray était en train de lui servir une assiette de ragoût préparé dans un chaudron de fer noir.

— Il faut reprendre des forces, ordonna-t-il en lui tendant l'écuelle fumante.

Darig goûta prudemment. Son hésitation disparut dès qu'il commença à mâcher.

— De la viande, se réjouit-il. C'est sacrément bon. Qu'est-ce que c'est ?

— Euh… Ne t'occupe pas de ça, dit Alfray. Contente-toi de te remplir l'estomac.

Stryke chercha le regard du médecin.

— Nécessité fait loi, lâcha Alfray avant de détourner la tête.

Ils gardèrent un silence gêné pendant que Darig finissait son assiette.

Puis Haskeer passa la tête par l'ouverture de la tente.

— Ça sent bon, dit-il, posant un regard plein d'espoir sur le chaudron.

— C'est pour Darig, déclara très vite Alfray. C'est un… un plat spécial.

Haskeer eut l'air déçu.

— Dommage.

— Que veux-tu ? demanda Stryke.

— Nous attendons votre ordre de marche, chef.

— Dans ce cas, attendez encore un peu. J'arrive.

Le sergent haussa les épaules, loucha une dernière fois sur le chaudron et s'en fut.

— Si c'est bien ce que je pense, ricana Stryke, tu aurais dû lui en donner.

Alfray sourit.

Le regard étonné de Darig passa de l'un à l'autre des officiers.

— Repose-toi à présent, lui ordonna Alfray en le forçant à se rallonger.

— Il vaudrait peut-être mieux que tu restes ici pour veiller sur lui et sur Meklun, proposa Stryke.

— N'importe quel bleu peut le faire. Vobe ou Jad, par exemple. Ou Hystykk. Ils en sont parfaitement capables.

— Je pensais que tu préférerais être avec tes blessés.

— J'aime mieux participer à l'action, grogna Alfray, les dents serrées. À moins que tu me juges trop vieux pour…

— Du calme! Ça n'a aucun rapport. Je voulais simplement te laisser le choix. Tu peux venir, si ça te chante. J'en serai ravi.

— D'accord.

Stryke prit mentalement note de ne pas braquer Alfray sur la question de l'âge. Le caporal devenait vraiment susceptible.

— Je finis ici et j'arrive, promit-il.

Alors que Stryke sortait, il entendit Darig demander derrière lui :

— Il reste encore un peu de ce ragoût?

L'unité s'était rassemblée cinquante pas plus loin. Le temps que Stryke la rejoigne, Alfray l'eut rattrapé.

— Au rapport, Coilla.

— Selon nos éclaireurs, les pillards que nous recherchons semblent être à la frontière ouest de Roc-Noir. Droit devant, en d'autres termes.

— Comment savent-ils que ce sont les bons?

— Ils n'en sont pas certains, mais on dirait bien… J'y suis allée, et j'ai vu des kobolds montés sur des lézards de guerre. Visiblement, ils venaient de faire un voyage épuisant.

Stryke fronça les sourcils.

— Ça ne signifie pas que ce soient nos proies.

— C'est vrai, dit Coilla. Mais à moins que tu voies une autre façon de le déterminer, nous devrons nous contenter de ça.

— Même si ce ne sont pas les bons, intervint Haskeer, ça nous fera du bien de botter quelques arrière-trains de kobolds.

Une partie des soldats grommelèrent leur approbation.

— Si ce sont les nôtres, nous avons une sacrée chance de leur mettre la main dessus avant qu'ils entrent dans Roc-Noir proprement dit, commenta Jup.

— Mais nous aurons quand même toute la population sur le dos si nous faisons un pas de travers, rappela Alfray. (Il se tourna vers leur chef.) Alors, qu'est-ce qu'on fait ? On y va ?

— On y va, décida Stryke.

Chapitre 12

Ils laissèrent les chevaux au campement et se dirigèrent à pied vers le point de rendez-vous.

Les soldats avaient noirci la lame de leurs armes avec du charbon mouillé pour que le clair de lune ne se reflète pas dessus. Tous les sens en alerte, ils avançaient sur la pointe des pieds, guettant un indice de présence ennemie.

Peu à peu, le paysage changea autour d'eux. Le sol devint spongieux sous leurs pieds, les plaines cédant la place à un terrain marécageux.

L'aube se levait quand ils arrivèrent. Tel un héraut sanglant, le soleil annonçait une autre journée chargée et pluvieuse.

Ils retrouvèrent leurs éclaireurs au sommet d'une petite colline couronnée par un modeste bosquet, d'où ils pouvaient observer sans être vus. Alors que le soleil commençait son ascension dans le ciel, ils virent Roc-Noir émerger de la brume.

Un amas de bâtiments sans étage, grossières huttes de bois de formes et de tailles variées, s'étendait aussi loin que porte leur vision dans l'air corrompu. Les éclaireurs indiquèrent deux masures qui se dressaient un peu à l'écart de la communauté, à l'aplomb de leur poste d'observation. La première était minuscule. L'autre avait les dimensions d'un pavillon orc, à défaut de ses ornements.

Derrière, une horde de kirgizils indolents étaient parqués dans un enclos. Ils semblaient amorphes, souffrant sans doute de la baisse de température générale sur Maras-Dantia. Stryke se demanda pendant combien de temps encore les kobolds pourraient les utiliser comme montures.

Il se pencha vers un des éclaireurs et lui chuchota :

— Que se passe-t-il ici, Orbon ?

— Nous avons repéré des pillards il y a une heure. La plupart sont entrés dans la grande hutte, un seul dans la plus petite. Il n'y a pas eu de mouvement depuis.

Stryke fit signe à Coilla et à Haskeer d'approcher.

— Prenez quatre soldats, dont Orbon, et descendez. Je veux connaître la configuration des lieux et la position des kobolds. S'il y a des gardes, débarrassez-vous-en.

— Et si on se fait repérer ? demanda Coilla.

— Évitez. Sinon, ce sera chacun pour soi.

Elle hocha la tête et choisit une paire de couteaux dans le fourreau qu'elle portait au bras.

— Et toi, tiens-toi à carreau, ordonna Stryke à Haskeer.

Son sergent imita à merveille l'innocence offensée.

Coilla choisit les soldats qui les accompagneraient, puis ils s'attaquèrent à la pente.

Ils progressaient d'un arbre à l'autre. Lorsqu'il n'y en eut plus, ils foncèrent vers une rangée de buissons : la dernière couverture possible avant d'atteindre le fond de la cuvette.

Alors ils s'accroupirent pour observer ce qui les attendait.

De leur cachette, ils distinguaient quatre gardes kobolds enveloppés de fourrures pour se protéger des rigueurs de la nuit. Deux créatures malingres se tenaient sur le côté de la grande hutte, les deux autres à l'entrée de la petite. Aucune ne bougeait.

Coilla mit rapidement une stratégie au point et la communiqua aux autres dans le langage par signes des guerriers. Son plan consistait à se diriger vers la petite hutte avec deux soldats, tandis qu'Haskeer et les autres approcheraient de la plus grande.

Son dernier geste fut de passer un doigt en travers de sa gorge !

Ils attendirent une ouverture dans un silence tendu. Étant donné la distance qu'il faudrait parcourir à découvert, quand une occasion se présenterait, ils devraient agir très vite.

Quelques minutes passèrent. Puis les deux paires de gardes se rendirent vulnérables au même moment : la première en engageant une conversation, la seconde en commençant une patrouille.

Haskeer et Coilla bondirent hors de leur cachette, les soldats se déployant derrière eux.

Un couteau entre les dents, l'autre à la main, Coilla courait avec toute la discrétion et la légèreté dont elle était capable. Elle avait parcouru la moitié du chemin quand « ses » gardes finirent de parler et se séparèrent.

Coilla s'immobilisa, faisant signe aux autres de l'imiter.

Sans regarder dans leur direction, un des gardes marcha jusqu'à l'angle de la hutte et le franchit. Le second tournait toujours le dos aux collines, mais il pivotait lentement sur lui-même en scrutant les alentours.

Coilla regarda la grande hutte, dont les sentinelles n'avaient pas reparu. Le groupe d'Haskeer avait dû rester un peu en arrière, car elle ne le voyait pas.

Une demi-seconde était passée. Une trentaine de pas séparait la femelle orc du garde kobold. C'était maintenant ou jamais. Ramenant son bras en arrière, elle lança son couteau de toutes ses forces. Emportée par son élan, elle se plia en deux et vida tout l'air de ses poumons.

La lame se planta entre les omoplates de sa cible avec un bruit étouffé. Le kobold s'effondra sans gémir.

Coilla bondit, ses soldats sur les talons. Ils atteignirent la hutte au moment où le second garde finissait d'en faire le tour. Ils se jetèrent sur lui sans lui laisser le temps de dégainer, et l'éliminèrent avec une discrétion au moins égale à leur brutalité.

Ils traînèrent les cadavres à l'écart et se dissimulèrent de leur mieux pour observer la plus grande hutte, dont le groupe d'Haskeer se rapprochait sur la pointe des pieds.

Autour du bâtiment, la terre piétinée par les kirgizils s'était transformée en boue. Haskeer, qui péchait par excès d'assurance plutôt que de grâce, réussit à y planter une botte. Alors qu'il tirait dessus pour se dégager, la boue céda avec un bruit de succion. Il perdit l'équilibre et tomba tête la première. Son épée lui échappa.

Le kobold qu'il essayait de prendre par surprise fit volte-face et écarquilla les yeux. Haskeer tâtonna à la recherche de son arme. Comme elle était hors de sa portée, il saisit une pierre et la lança. Le projectile atteignit le kobold au museau, lui fendant la lèvre et lui cassant quelques dents.

Les soldats vinrent l'achever à coups de dague.

Haskeer récupéra son épée et s'avança vers la dernière sentinelle. Le kobold avait dégainé son arme, et il para la première attaque de l'orc. Mais Haskeer dévia la lame de son cimeterre et lui plongea son épée dans la poitrine.

Les nouveaux cadavres furent traînés à l'écart et dissimulés.

Haletant, Haskeer regarda Coilla et leva triomphalement le pouce. Ils échangèrent quelques signes pour indiquer que la prochaine étape serait de fouiller les huttes.

La plus grande n'avait pas de fenêtres, sa porte n'étant qu'une ouverture masquée par une natte de jonc. Haskeer s'en approcha. Les soldats se placèrent de chaque côté, prêts à bondir au premier problème. L'oreille aux aguets, Haskeer écarta prudemment le rideau.

À la pâle lueur de l'aube qu'il laissa ainsi filtrer à l'intérieur, il découvrit une armée de kobolds. Leurs silhouettes endormies jonchaient le sol, se pressant sur les paillasses alignées contre le mur du fond. Des armes étaient éparpillées entre eux.

Retenant son souffle pour ne pas les réveiller, Haskeer battit lentement en retraite. Un des kobolds allongés près de la porte s'agita dans son sommeil. Le sergent s'immobilisa jusqu'à ce qu'il soit certain de pouvoir bouger sans danger. Puis il lâcha le rideau et soupira de soulagement.

Il recula de trois pas. La natte de jonc se souleva. Ses soldats et lui s'aplatirent contre le mur de la hutte.

Un kobold échevelé sortit, trop mal réveillé pour prêter beaucoup d'attention à ce qui l'entourait. Il fit quelques pas titubants et porta une main à son entrejambe. Avec une expression de sérénité hagarde, il projeta un jet d'urine fumante contre le mur tout en se balançant sur ses talons.

Haskeer se jeta sur lui et lui passa un bras autour du cou. Il y eut une brève lutte pendant laquelle le kobold éclaboussa les bottes de son agresseur. D'une contraction de l'avant-bras, Haskeer lui brisa la nuque.

Il resta immobile, le cadavre du garde dans les bras, tendant l'oreille et plissant les yeux. Satisfait, il traîna le mort vers l'endroit où gisaient leurs autres victimes, maudissant silencieusement l'urine qui détrempait ses bottes. Dès qu'il se fut débarrassé de son fardeau, il tenta de les essuyer contre l'arrière de son pantalon.

Sa taille mise à part, la hutte que le groupe de Coilla

devait inspecter se distinguait de l'autre par deux caractéristiques : elle avait une porte et une fenêtre. Coilla ordonna aux soldats de monter la garde pendant qu'elle se glissait jusqu'à la fenêtre. Accroupie sous l'ouverture dépourvue de volets, elle entendit un son régulier et sifflant qu'elle mit quelques instants à identifier comme un ronflement.

Coilla se redressa lentement pour regarder à l'intérieur.

Il y avait trois occupants dans la grande pièce. Deux d'entre eux étaient des kobolds. Assis par terre, dos au mur et jambes tendues, ils semblaient endormis.

Mais ce fut le troisième larron qui retint l'attention de Coilla.

Une créature aussi petite que les kobolds, bien que beaucoup plus charnue, et verdâtre de peau, était ligotée sur l'unique chaise de la hutte. Sa grosse tête en forme de citrouille semblait disproportionnée par rapport à son corps et ses oreilles formaient un angle étrange avec son crâne. Son cou, lui, évoquait celui d'un vautour.

Sous ses paupières lourdes, deux orbes noirs elliptiques se détachaient sur un fond blanc strié de veines jaunes. Elle n'avait pas de cheveux, mais des favoris d'un brun roux qui faisaient penser à des moustaches lui mangeaient les joues.

La créature portait une simple robe grise qui n'avait pas dû être lavée depuis longtemps et des bottines qui avaient également connu de meilleurs jours. La peau de son visage et de ses mains était plissée comme celle d'un serpent. Coilla songea qu'elle devait être très vieille.

Le gremlin tourna la tête vers la fenêtre et l'aperçut.

Il écarquilla les yeux mais, contrairement à ce qu'elle craignait, ne cria pas. Ils se regardèrent quelques secondes, puis Coilla s'accroupit de nouveau.

Mêlant des signes et des chuchotements, elle raconta

sa découverte aux soldats et leur ordonna de ne pas bouger pendant qu'elle allait faire son rapport.

Haskeer abandonna les orcs qui l'accompagnaient pour rejoindre Coilla au pied de la pente.

Stryke commençait à s'inquiéter.

— Nous nous sommes débarrassés de tous les gardes que nous avons croisés, annonça Haskeer. Et on dirait que la grande hutte abrite une horde de pillards. Les misérables fripouilles!

— Vous avez vu le cylindre? demanda Stryke.

Haskeer secoua la tête.

— Non, répondit Coilla. Mais la petite hutte cache quelque chose de très intéressant: un prisonnier. Un gremlin qui devait déjà être vieux du temps de mon grand-père.

— Un gremlin? Qu'est-ce qu'il fiche là? s'étonna Stryke.

Coilla haussa les épaules.

Fidèle à sa nature, Haskeer s'impatientait.

— Qu'est-ce qu'on attend? Il faut leur tomber dessus pendant qu'ils dorment!

— C'est ce que nous allons faire, le rassura Stryke. Mais pas n'importe comment. Souviens-toi que nous sommes venus récupérer le cylindre. C'est notre seule chance de remettre la main dessus. Et je ne veux pas qu'il arrive malheur à ce prisonnier.

— Pourquoi?

— Parce que l'ennemi de notre ennemi est notre ami.

Ce concept parut totalement étranger à Haskeer.

— Nous n'avons pas d'amis.

— Notre allié, alors. Je le veux vivant, autant que possible. Si le cylindre n'est pas là, il pourra peut-être nous dire où le chercher. À moins que l'un de vous ait trouvé un moyen de déchiffrer le langage des kobolds.

— Mieux vaut nous dépêcher avant qu'ils découvrent les cadavres, dit Jup.

— C'est vrai. Voici ce que nous allons faire. Il faut nous séparer en deux groupes. Coilla, Alfray et moi rejoindrons les soldats qui montent la garde près de la petite hutte. Je veux m'occuper du prisonnier. Haskeer et Jup, vous conduirez les autres jusqu'à la grande hutte et vous l'encerclerez. Mais ne passez pas à l'action avant que je vous en donne le signal, c'est compris ?

Les deux sergents firent oui de la tête en évitant de se regarder.

— Parfait. Allons-y.

Les Renards dévalèrent la pente, fondant sur le campement des pillards. Ils ne rencontrèrent aucune résistance et ne surprirent pas de mouvement.

Quand Stryke et ses officiers eurent rejoint les deux soldats près de la petite hutte, ils se mirent en position et vérifièrent que leurs camarades avaient fait de même.

— À mon commandement, chuchota Stryke. Coilla, montre-moi cette fenêtre.

Pliée en deux, la femelle orc ouvrit le chemin. Après avoir jeté un coup d'œil par l'ouverture, elle lui fit signe de l'imiter.

La scène n'avait pas changé. Les kobolds ronflaient toujours. Cette fois, le prisonnier ne s'aperçut pas de la présence des orcs, car il avait la tête baissée. Coilla et Stryke rejoignirent les autres.

— Il est temps de prendre des risques, dit le capitaine à voix basse. Procédons en vitesse et en silence.

Il frappa à la porte et se plaqua contre le mur.

Trente secondes passèrent pendant qu'ils attendaient, les nerfs tendus à craquer. Stryke n'aurait pas été surpris que toute la nation kobold apparaisse pour leur tomber sur le dos. Il balaya les environs du regard, ne vit rien et frappa de nouveau, un peu plus fort cette fois.

Puis il entendit qu'on tirait un verrou de l'autre côté du battant.

La porte s'ouvrit. Un des gardes passa la tête dehors, l'air désinvolte, indiquant qu'il ne s'attendait pas à des problèmes. Stryke l'empoigna par le col et l'attira brutalement à lui pendant que ses compagnons se glissaient dans la hutte.

Lorsqu'il eut plongé une dague dans le cœur du kobold, Stryke entra à son tour en traînant le cadavre derrière lui. La seconde sentinelle était déjà morte. Elle n'avait même pas eu le temps de se lever, et un mélange de surprise et d'horreur se lisait sur son visage. Stryke lâcha son fardeau à côté du premier cadavre.

Coilla avait posé une main sur la bouche du prisonnier, qui tremblait de tous ses membres. De l'autre, elle plaquait la lame d'un couteau contre sa gorge.

— Un mot, et tu subiras le même sort, promit-elle. Si j'enlève ma main, te tairas-tu?

Les yeux écarquillés de terreur, le gremlin fit oui de la tête. Coilla ôta sa main, mais n'éloigna pas son couteau, pour donner plus de poids à sa menace.

— Nous n'avons pas le temps de bavarder poliment! lança Stryke. Sais-tu quelque chose au sujet de l'artefact?

Son interlocuteur n'eut pas l'air de comprendre.

— Le cylindre, précisa Stryke.

Le gremlin baissa les yeux vers les cadavres des gardes, puis les releva et hocha la tête.

— Où est-il?

Le gremlin déglutit. Quand il prit la parole, sa voix grave était altérée par les aigus de l'âge et de la frayeur.

— Dans le pavillon, avec ceux qui dorment.

Coilla le dévisagea durement.

— Il vaudrait mieux pour toi que tu ne nous aies pas menti, l'ancien.

Stryke désigna un soldat.

— Reste avec lui. Les autres, vous m'accompagnez.

Il les précéda jusqu'à la grande hutte.

Chaque orc choisit son arme préférée pour le combat en vase clos. La plupart optèrent pour des couteaux. Stryke préféra une épée et une dague, Haskeer une hachette.

Comme il n'y avait qu'une porte, ils se massèrent autour, les officiers devant.

Bien qu'ils fussent à la lisière d'un territoire qui abritait des créatures hostiles en nombre inconnu, Stryke éprouvait un calme étrange proche de la sérénité. Il l'attribua à sa concentration et au sentiment unique de plénitude qu'engendrait la proximité de la mort. En dépit de toutes ses impuretés, l'air ne lui avait jamais paru aussi doux.

— On y va, grogna-t-il.

Haskeer arracha la natte de jonc.

Les Renards investirent la hutte et massacrèrent ses occupants avec une inexorable férocité, tranchant, découpant ou poignardant tout ce qui se dressait sur leur chemin. Ils piétinèrent les kobolds, leur donnèrent des coups de pied, les embrochèrent, leur tranchèrent la gorge, les tailladèrent avec leurs haches. Une cacophonie de hurlements et de jurons vint s'ajouter au chaos ambiant.

La plupart des créatures moururent sans avoir pu se relever. D'autres bondirent sur leurs pieds pour s'effondrer aussitôt.

Dans le fond de la pièce, certains parvinrent à organiser une défense. Le massacre se transforma en combat au corps à corps.

Menacé par un cimeterre que son porteur agitait en tous sens, Stryke lui plongea son épée dans l'estomac avec une telle force que la pointe ressortit dans le dos du kobold et alla se planter dans le mur. Pour libérer son arme, l'orc dut prendre appui de sa botte sur la poitrine du cadavre. Puis, sans s'accorder le temps de respirer, il chercha un nouvel adversaire.

Avec une adresse étonnante pour son âge, Alfray élimina un pillard sur sa droite, pivota et en éventra un autre sur sa gauche dans le même mouvement.

Coilla esquiva le coup de lance d'un kobold, lui trancha les doigts sur le manche de son arme et lui planta ses deux couteaux dans la poitrine.

Haskeer abattit son énorme poing sur la tête d'une créature, lui brisant le crâne, puis fit volte-face et coupa un autre adversaire en deux avec sa hachette.

Faisant face à un pillard armé d'une rapière qui sautillait en tous sens, Jup lui enfonça sa lame dans l'œil.

Le carnage continua. Puis il cessa aussi brusquement qu'il avait commencé.

Il ne restait plus aucun kobold debout.

Stryke essuya d'un revers de manche le sang et la sueur qui dégoulinaient sur son visage.

— Dépêchez-vous! cria-t-il. Si ça n'en attire pas d'autres, rien ne le fera jamais! Trouvez le cylindre!

L'unité fit des recherches frénétiques dans le charnier. Les soldats palpèrent les cadavres, fouillèrent leurs vêtements, sondèrent la paille répandue sur le sol.

Stryke s'approcha d'un kobold qui se révéla être moins mort que prévu et tenta de lui abattre une hache sur le pied. L'orc bondit en arrière avant de lui planter son épée dans la poitrine et de s'appuyer dessus de tout son poids.

La créature trépassa en émettant d'horribles gargouillis.

Stryke reprit ses recherches.

Il commençait à croire que les Renards avaient fait tout ça pour rien quand Alfray lâcha une exclamation.

Les orcs s'immobilisèrent et tournèrent vers lui un regard plein d'espoir. Stryke se fraya un chemin parmi eux pour rejoindre le vétéran, qui désignait un cadavre mutilé.

Le cylindre était glissé dans sa ceinture.

Stryke s'agenouilla pour le récupérer. Puis il le leva devant ses yeux. L'artefact semblait intact. Les kobolds ne l'avaient pas ouvert.

— Personne ne vole les orcs! triompha Haskeer.

— Venez! ordonna Stryke.

Ils sortirent du pavillon et coururent vers la petite hutte.

Le gremlin sembla plus terrifié que jamais en les voyant revenir, mais il ne pouvait détacher son regard du cylindre.

— Il faut filer d'ici! dit Jup.

— Que faisons-nous de lui? demanda Haskeer en désignant le prisonnier.

— Oui, que faisons-nous de lui? renchérit Coilla.

— Je propose que nous le tuions, déclara Haskeer, toujours partisan de la solution la plus radicale.

Le gremlin gémit.

Mais Stryke n'arrivait pas à se décider.

— Ce cylindre est très important pour les orcs, dit très vite le prisonnier. Je peux tout vous expliquer.

— Il bluffe, grogna Haskeer, brandissant sa hachette d'un air menaçant. Finissons-le!

— Après tout, ajouta le gremlin, c'est pour ça que les kobolds m'ont capturé.

— Comment ça? s'étonna Stryke.

— Pour que je leur explique, répéta le prisonnier. C'est pour ça qu'ils m'ont amené ici.

Stryke le dévisagea, s'efforçant de deviner s'il disait la

vérité… Et si ça faisait la moindre différence pour eux.
—Alors, qu'est-ce qu'on décide? s'impatienta Coilla.
—On l'emmène, dit enfin Stryke. Et maintenant, fichons le camp au plus vite.

Chapitre 13

Les Renards s'éloignèrent de la communauté de Roc-Noir en traînant derrière eux le gremlin attaché au bout d'une corde. Lorsqu'ils atteignirent leur campement, la malheureuse créature haletait d'épuisement.

Stryke ordonna aux soldats de lever le camp et de se préparer à une retraite rapide.

Haskeer jubilait.

— On va enfin rentrer à Tumulus ! Franchement, Stryke, je ne pensais pas que nous réussirions.

— Merci pour ta confiance, dit froidement son chef.

Son ironie passa au-dessus de la tête du sergent.

— On nous accueillera en héros quand nous ramènerons ce truc, dit-il en désignant le cylindre passé à la ceinture de Stryke.

— Nous ne sommes pas encore au bout de nos peines, rappela Alfray. Il faut d'abord traverser un territoire hostile.

— Et nous ne pouvons pas prévoir comment Jennesta réagira à notre retard, ajouta Jup. Le cylindre et le pellucide ne garantissent pas que nous parviendrons à conserver nos têtes.

— Toujours aussi optimiste, ricana Haskeer.

Stryke trouva ça un peu fort venant de lui, mais il préféra ne rien dire. Après tout, ils avaient rempli leur mission. Ils étaient censés se réjouir. Alors pourquoi ne se sentait-il pas d'humeur à ça ?

—On devrait peut-être écouter ce qu'il a à nous dire, fit Coilla en désignant le gremlin qui s'était laissé tomber sur une souche, terrorisé et à bout de forces.

—C'est vrai, dit Haskeer. Sinon, ça nous fera un boulet supplémentaire à traîner tout le long du chemin.

—Un boulet ? s'indigna Alfray. C'est comme ça que tu considères nos camarades blessés ?

Stryke leva les mains pour les faire taire.

—Ça suffit. Pas question que nous soyons en train de nous disputer quand deux cents kobolds nous tomberont dessus pour venger leurs morts. (Il se tourna vers leur « invité ».) Comment t'appelles-tu ?

—Mo-o… (Le vieux gremlin se racla la gorge et lâcha enfin :) Mobbs.

—Très bien, Mobbs. Pourquoi les kobolds t'ont-ils enlevé, et que sais-tu sur cet objet ? demanda Stryke en tapotant le cylindre.

—Tu tiens ta vie entre tes mains, avertit Alfray. Choisis tes mots avec soin.

—Je ne suis qu'un humble érudit, gémit Mobbs, suppliant. Je m'occupais de mes affaires au nord d'ici, à Hecklowe, quand ces misérables fripouilles se sont emparées de moi.

Une note d'indignation s'entendit dans sa voix.

—Pourquoi ? demanda Coilla. Que te voulaient-ils ?

—Depuis toujours, j'étudie les langues, et en particulier les langues mortes. Ils avaient besoin de moi pour déchiffrer le contenu de l'artefact. Je pense qu'il s'agit d'un étui à message, et…

—Nous le savons déjà, coupa Stryke.

— Donc, ce n'est pas le cylindre qui est important, mais le savoir qu'il contient.

— Les kobolds sont stupides, déclara Alfray. Que leur importe ce savoir ?

— Peut-être agissaient-ils pour le compte de quelqu'un d'autre. Je l'ignore...

Haskeer s'esclaffa.

Mais Stryke était assez intrigué pour vouloir en entendre davantage.

— J'ai l'impression que ton histoire n'est pas de celles qu'on raconte à la hâte. Allons nous cacher dans la forêt, et nous écouterons la suite. Mieux vaudrait pour toi qu'elle soit intéressante.

— Allons, Stryke ! cria Haskeer. Pourquoi perdre du temps quand nous pourrions rentrer au plus vite chez nous ?

— Nous protéger contre une autre attaque des kobolds n'est pas une perte de temps. Fais ce qu'on te dit.

Le sergent s'éloigna en ronchonnant.

Ils démontèrent le campement, préparèrent les blessés et installèrent Mobbs sur le cheval qui tirait la civière de Meklun. Toute trace de leur passage effacée, ils prirent le chemin de la forêt de Roc-Noir.

Ils atteignirent leur but trois heures plus tard.

La forêt était très ancienne. Ses arbres gigantesques formaient une voûte feuillue au-dessus de leurs têtes, filtrant la pâle lumière du jour et plongeant le sous-bois humide dans une pénombre permanente. Des feuilles brunies à moitié décomposées craquaient sous les pas des soldats.

Ils dressèrent un camp temporaire, Stryke postant des sentinelles en leur ordonnant de garder l'œil ouvert. Par mesure de sécurité, ils n'allumèrent pas de feu. Leur premier repas de la journée se composa de rations froides : tranches de pain noir, lambeaux de viande séchée et eau claire.

Stryke, Coilla, Jup et Haskeer s'assirent en compagnie de Mobbs. Les autres formèrent un cercle autour d'eux pour écouter. Alfray revint après s'être occupé des blessés et se fraya un chemin parmi les soldats.

— Darig va mieux, rapporta-t-il, mais la fièvre de Meklun s'est aggravée.

— Fais ce que tu peux pour lui.

Stryke et les autres officiers se tournèrent vers Mobbs.

Le gremlin avait refusé toute nourriture, buvant à peine quelques gorgées d'eau. Stryke supposa que la terreur lui avait coupé l'appétit. Devenu l'objet de l'attention générale, il se sentait encore plus mal à l'aise.

— Tu n'as rien à craindre de nous tant que tu te montreras honnête, lui assura Stryke. Alors, ne fais pas de mystères. (Il brandit le cylindre.) Tu vas nous dire tout ce que tu sais au sujet de cette chose, et pourquoi elle vaut ta vie.

— Elle pourrait bien valoir la vôtre aussi, répliqua Mobbs.

Coilla fronça les sourcils.

— Que veux-tu dire ?

— Tout dépend de la valeur que vous accordez à votre héritage, et à la destinée qu'on vous a refusée.

— Des paroles vides de sens, juste un moyen de retarder sa mort, grogna Haskeer. On ferait mieux de le tuer.

— Laisse-lui une chance, dit Jup.

Haskeer le foudroya du regard.

— Ça ne m'étonne pas, venant de toi…

— C'est à moi de décider si ses paroles ont une signification, coupa Stryke. Explique-toi, Mobbs.

— Pour comprendre, il faudrait que vous connaissiez

l'histoire de notre monde, et je crains qu'elle ne se soit perdue en route.

— C'est ça, railla Haskeer, raconte-nous une histoire. Nous avons tout notre temps…

— La ferme ! cria Stryke.

— Moi, je connais un peu le passé de Maras-Dantia, dit Alfray. Où veux-tu en venir, gremlin ?

— Le plus clair de ce que vous pensez savoir – de ce que beaucoup d'entre nous pensent savoir – n'est qu'un amalgame de légendes et de mythes. Je me suis consacré à l'étude des événements tels qu'ils se sont réellement produits. Histoire de découvrir pourquoi ils nous ont conduits à cette regrettable situation…

— Les humains sont responsables de cette « regrettable situation », déclara Stryke.

— C'est vrai. Mais il s'agit d'un développement assez récent, en termes historiques. Avant, la vie sur Maras-Dantia n'avait pas changé depuis la nuit des temps. Évidemment, les races aînées s'étaient toujours méfiées les unes des autres. Elles concluaient des alliances de courte durée et se battaient fréquemment entre elles. Mais il y avait assez de place pour que tout le monde vive plus ou moins en harmonie…

— Puis les humains sont arrivés, soupira Coilla.

— Oui, confirma Mobbs. Mais combien d'entre vous savent qu'il y avait deux groupes distincts, et qu'au départ, ils s'entendaient aussi bien entre eux qu'avec les races aînées ?

— Tu plaisantes ! s'exclama Jup.

— Non, c'est un fait. Les premiers immigrants qui traversèrent le désert du Scilantium se déplaçaient individuellement ou par petits groupes. C'étaient des pionniers à la recherche de nouveaux territoires à explorer, des gens qui fuyaient les persécutions ou qui voulaient juste prendre un second départ.

— Les humains, persécutés ? dit Haskeer. Ça me semble un peu dur à avaler, l'ancêtre.

— Je vous raconte la vérité telle que je l'ai découverte, aussi incroyable soit-elle, se défendit le gremlin, touché dans sa fierté d'érudit.

— Continue ! pressa Stryke.

— La plupart des races furent déconcertées par le mode de vie des humains, mais les laissèrent en paix. Certains parvinrent même à gagner leur respect. Difficile à croire à présent, n'est-ce pas ?

— Tu peux le dire, souffla Coilla.

— Un petit nombre d'humains s'accouplèrent avec des membres des races aînées, produisant d'étranges hybrides. Mais vous le savez, puisque vous êtes les fidèles du fruit d'une de ces unions.

Coilla hocha la tête.

— Jennesta. Mais « fidèles » n'est pas le terme exact.

Stryke nota la dureté de sa voix.

— Nous y reviendrons plus tard, dit Mobbs. (Une expression étrange passa sur son visage.) Où en étais-je, déjà ?

— Aux premiers immigrants, lui rappela Alfray.

— Ah, oui. Comme je vous l'ai dit, ils s'entendaient plutôt bien avec les races aînées, et ils étaient pour elles une source de curiosité plus que d'inquiétude. La seconde vague, en revanche… On pourrait la comparer à un raz de marée.

Mobbs lâcha un petit gloussement, amusé par sa propre plaisanterie.

Les orcs restèrent de marbre.

— Euh, bon… Donc, ces autres immigrants étaient différents des premiers. Pillards et voleurs, ils nous considéraient dans le meilleur des cas comme une nuisance. Très vite, ils commencèrent à nous craindre et à nous haïr.

— Et à nous mépriser, murmura Coilla.

— Oui. La meilleure preuve, c'est qu'ils ont rebaptisé notre monde.

— La Centrasie! cracha Haskeer sur le ton qu'il aurait employé pour une obscénité.

— À ce jour, ils nous traitent comme des bêtes de somme et exploitent les ressources de Maras-Dantia à leur profit. Je dirais même que ça empire au fil du temps, comme vous l'avez sans doute constaté. Ils parquent des animaux sauvages dans des enclos pour leur prendre leur viande et leur fourrure...

— ... souillent les rivières, abattent les forêts, énuméra Coilla.

— ... brûlent les villages, renchérit Jup.

— ... répandent leurs infâmes épidémies, ajouta Alfray.

Haskeer eut l'air particulièrement affligé par ce dernier point.

— Et pire encore, reprit Mobbs, ils mangent la magie.

Un murmure d'approbation outrée courut dans l'unité.

— Pour nous, les races aînées, voir nos pouvoirs diminuer fut l'insulte finale. Celle qui a déclenché des guerres devenues incessantes.

— Je n'ai jamais compris pourquoi les humains ne se servaient pas de la magie qu'ils nous avaient volée, commenta Jup. Sont-ils trop stupides pour l'utiliser?

— Je crois qu'ils sont seulement ignorants, avança Mobbs. Peut-être qu'ils ne se l'approprient pas, mais se contentent de la gaspiller.

— C'est aussi mon sentiment, dit le nain.

— L'hémorragie de pouvoir est grave, rappela Stryke, mais la perturbation du cycle des saisons l'est davantage.

— Sans aucun doute, confirma Mobbs. En arrachant son cœur à notre royaume, les humains ont perturbé le flux des énergies qui assurent l'équilibre naturel. À présent, la glace vient du nord aussi sûrement que les humains déboulent du sud. Et tout ça depuis l'époque des pères de vos pères.

— Je n'ai jamais connu mon père, grogna Stryke.

— Je sais que les orcs sont élevés par la communauté. Ce n'est pas ce que je voulais dire. Mon idée, c'est que les malheurs de Maras-Dantia ont une origine assez récente. Par exemple, la glace n'était pas encore apparue dans mon enfance, et contrairement à ce que vous pouvez penser, je ne suis pas si vieux.

Stryke vit Alfray jeter un regard plein de sympathie au gremlin.

— J'ai assisté au flétrissement de Maras-Dantia et à sa corruption, continua Mobbs. J'étais là quand les Multis et les Unis ont brisé les anciennes alliances pour en conclure de nouvelles.

— Et forcer les gens comme nous à se battre pour l'une ou l'autre de leurs factions, précisa Coilla avec un ressentiment évident.

— Oui. De nombreuses races nobles, orcs inclus, ont été quasiment réduites en esclavage par les envahisseurs.

— Et elles ont dû subir leur intolérance, ajouta Coilla, les yeux flamboyants.

— Il est vrai que les Multis et les Unis nous maltraitent, mais pas davantage qu'ils ne le font entre eux. J'ai entendu dire que les Unis les plus fanatiques brûlent régulièrement les leurs à cause d'une faute qu'ils nomment «hérésie». (Voyant l'expression curieuse des orcs, Mobbs expliqua :) Ça signifie qu'ils désobéissent aux règles établissant la façon dont leur dieu doit être servi. Mais certaines races aînées se conduisent comme ça. L'histoire des clans pixies, notamment, est marquée par les persécutions religieuses.

— Et pourtant, dit Haskeer, ces foutus enculeurs de mouches ne peuvent pas se permettre de s'entre-tuer.

— Entre ça et leur capacité à allumer des feux, renchérit Jup, j'ignore comment ils ont survécu si longtemps. Les mouches ont tendance à piquer…

Les orcs éclatèrent d'un rire grivois. Même Haskeer ne put réprimer une grimace.

La peau verdâtre de Mobbs rosit d'embarras. Il se racla la gorge.

— Euh, tout à fait, balbutia-t-il.

— D'accord, nous avons pris une leçon d'histoire, s'impatienta Coilla, beaucoup moins amusée que les autres. Quel rapport avec le cylindre?

— Oui, viens-en au fait! ordonna Stryke.

— Capitaine, les origines de cet artefact remontent à la naissance de Maras-Dantia, bien avant le début des événements que nous venons d'évoquer.

— Explique-toi.

— Nous avons parlé des symbiotes, les rares hybrides nés de l'union entre les humains et les membres des races aînées.

— Comme Jennesta.

— Et ses sœurs, Adpar et Sanara, ajouta Mobbs.

— Je croyais que c'étaient des créatures mythiques, s'étonna Jup.

— Non, il paraît qu'elles existent, même si je ne saurais dire où. On raconte que, si Jennesta représente l'équilibre entre les nyadds et les humains, Adpar est une nyadd à part entière. Personne ne sait grand-chose au sujet de Sanara.

— Réelles ou pas, qu'ont-elles à voir avec le cylindre, sinon le fait que Jennesta le convoite? demanda Stryke.

— Directement, rien, à ma connaissance, avoua Mobbs. Je pensais plutôt à leur mère, Vermegram. Vous avez dû entendre parler de ses pouvoirs de sorcière.

— Ils n'étaient pas aussi formidables que ceux de son assassin, commenta Stryke.

— Le légendaire Tentarr Arngrim, oui... Bien qu'on ne sache pas grand-chose à son sujet non plus, même pas à quelle race il appartenait.

Haskeer poussa un soupir théâtral.

— Tu nous répètes des histoires faites pour effrayer les gamins, gremlin.

— Peut-être. Mais je ne crois pas... Ce que je veux dire, c'est que la création de cet artefact remonte à des temps immémoriaux, ceux où Vermegram et Tentarr Arngrim étaient à l'apogée de leur pouvoir.

Jup haussa les sourcils.

— Je n'ai jamais compris comment Vermegram – si elle a existé – peut avoir engendré Jennesta et ses sœurs.

— Il est vrai qu'elle a joui d'une incroyable longévité, dit Mobbs.

— Pardon ? marmonna Haskeer.

— Elle a vécu très longtemps, traduisit Coilla, l'air méprisant. Alors, Jennesta et ses sœurs seraient incroyablement vieilles elles aussi ?

— Pas nécessairement, répondit Mobbs. Je pense que Jennesta n'est pas plus âgée qu'elle le semble. Souvenez-vous que la mort de Vermegram et la funeste destinée d'Arngrim ne remontent pas à si longtemps.

— On en revient toujours à la même idiotie, insista Jup. Vermegram devait être sénile quand elle a engendré ses filles ! Serait-elle restée fertile jusqu'à la fin de ses jours ? C'est de la démence !

— Je l'ignore, reconnut Mobbs. Tout ce que je sais, c'est que, selon les érudits de l'époque, elle avait des pouvoirs remarquables. À partir de là, tout est possible.

Stryke sortit le cylindre de sa ceinture et le posa à ses pieds.

— Quel rapport avait-elle avec cet artefact ?

— Les annales les plus anciennes qui mentionnent Tentarr Arngrim et Vermegram font allusion à un objet qui pourrait être ce cylindre... Ou plutôt, à son contenu : du savoir. Et le savoir est synonyme de pouvoir. Un pouvoir que de nombreuses personnes ont donné leur vie pour s'approprier.

— Quel genre de pouvoir ?

— Les récits sont assez vagues... D'après ce que j'ai compris, il s'agirait d'une clé de la connaissance. Si j'ai raison, elle jettera la lumière sur beaucoup de choses, notamment les origines des races aînées. Les orcs, les gremlins, les nains... Nous tous.

Jup fixa le cylindre.

— Le contenu de ce machin nous révélerait tout ça ?

— Non, dit Mobbs. Si mon raisonnement est correct, il vous mettrait simplement sur la voie. Un tel savoir ne peut être d'accès facile.

— L'ancêtre essaie de nous embrouiller, gémit Haskeer. Il ne pourrait pas parler comme tout le monde ?

— Très bien, coupa Stryke. D'après toi, Mobbs, le cylindre contient quelque chose d'important. Vu le prix que Jennesta y attache, ça ne me surprend guère. Continue.

— La connaissance est neutre. Ni bonne ni mauvaise en soi. Elle sert la lumière ou les ténèbres en fonction de celui qui la manipule.

— Et alors ?

— Si Jennesta s'en empare, vous pouvez être certains qu'elle n'en fera rien de bien.

— Veux-tu dire que nous ne devrions pas lui rapporter le cylindre ? demanda Coilla.

Le gremlin ne répondit pas.

— C'est ça ?

—J'ai vécu très longtemps et vu beaucoup de choses. Je mourrais en paix si je savais que mon vœu le plus cher a une chance de se réaliser.

—Et quel est ce vœu?

—Ne le savez-vous pas, au fond de vous-mêmes? Je rêve que Maras-Dantia nous soit restituée. Que les choses redeviennent comme avant! Le pouvoir de cet artefact est notre seule chance de les ramener à la normale. Mais il s'agit seulement du premier pas d'un long voyage.

La passion du gremlin plongea les orcs dans un silence pensif.

—Ouvrons-le, proposa Coilla.

—Quoi? s'exclama Haskeer en bondissant sur ses pieds.

—N'es-tu pas curieux de savoir ce qu'il y a à l'intérieur? Ne souhaites-tu pas découvrir un pouvoir susceptible de nous libérer?

—Tu es complètement folle! Veux-tu nous faire tous tuer?

—Réfléchis un peu, Haskeer: de toute façon, nous sommes des morts en sursis, dit Coilla. Si nous rentrons à Tumulus, le cylindre et le pellucide ne compteront pas pour grand-chose aux yeux de Jennesta. Si tu penses le contraire, tu te fourres le doigt dans l'œil.

Haskeer se tourna vers les autres officiers.

—Vous avez davantage de bon sens qu'elle. Dites-lui qu'elle se trompe.

—Je n'en suis pas si certain, répondit Alfray. Pour moi, nous avons signé notre arrêt de mort à l'instant où nous nous sommes fait voler l'artefact par les kobolds... Peut-être même avant.

—Qu'avons-nous à perdre? renchérit Jup. Nous n'avons plus de foyer, de toute façon.

—Je n'en attendais pas moins de ta part! cracha Haskeer.

Ta place n'a jamais été parmi les orcs. Que t'importe si nous vivons ou mourons ? (Il se tourna vers Stryke.) N'est-ce pas, capitaine ? Nous n'allons quand même pas écouter une femelle, un vieillard et un nain ?

Tous les regards étaient rivés sur le capitaine, qui ne répondit pas.

— N'est-ce pas ? répéta Haskeer.

— Je suis d'accord avec Coilla, lâcha enfin Stryke.

— Tu... tu n'es pas sérieux ! balbutia Haskeer.

Mais Stryke ne lui prêta aucune attention. Il ne voyait que le sourire de Coilla et l'air approbateur du reste des orcs.

— Vous êtes tous devenus fous ! explosa Haskeer. De la part des autres, ça ne m'étonne qu'à moitié. Mais toi, Stryke... Tu nous demandes de renoncer à tout !

— Nous avons déjà renoncé à tout depuis longtemps... Je propose simplement que nous examinions le contenu du cylindre. Nous pourrons toujours le refermer ensuite.

— Et si la reine découvre que nous l'avons ouvert ? demanda Haskeer. Vous imaginez la colère qu'elle piquera ?

— Je n'ai pas besoin de l'imaginer. C'est en partie pour ça que nous devrions saisir cette occasion de changer les choses. À moins que la situation actuelle te convienne ?

— Non, mais je l'accepte parce que je sais que nous ne pouvons rien y faire. Jusque-là, il nous restait au moins nos vies, et voilà que tu veux les gaspiller aussi !

— Au contraire : nous désirons nous les réapproprier, dit Coilla.

Stryke s'adressa à l'ensemble de l'unité.

— Comme c'est important, et que ça nous concerne tous, nous allons faire quelque chose que je n'aurais jamais imaginé. *Voter* ! D'accord ?

Personne n'éleva d'objection.

Stryke brandit le cylindre.

— Qui pense que nous devrions rentrer à Tumulus sans l'ouvrir ?

Haskeer leva la main. Trois bleus l'imitèrent.

— Qui pense que nous devrions l'ouvrir ?

Toutes les autres mains se levèrent.

— Ça règle la question.

— Tu es en train de commettre une grosse erreur, marmonna Haskeer.

— C'est la seule solution, affirma Coilla.

Erreur ou pas, Stryke éprouvait un immense soulagement, comme s'il s'apprêtait à faire quelque chose d'honnête pour la première fois de sa carrière.

Mais ça ne l'empêcha pas de sentir un frisson glacé lui courir le long de l'échine alors qu'il observait le cylindre.

Chapitre 14

Sous le regard des orcs silencieux, Stryke découpa le sceau du cylindre avec la pointe d'un couteau. Puis il souleva le couvercle. Une odeur de renfermé s'échappa de l'artefact.

Stryke introduisit deux doigts malhabiles dans le cylindre et, au terme d'efforts patauds, réussit à en extraire un parchemin roulé, fragile et jauni par les ans. Il le tendit à Mobbs, qui le prit avec un mélange d'avidité et de respect.

Stryke secoua le cylindre, qui émit un bruit sourd. Il le porta à son œil.

— Il y a quelque chose dedans, s'étonna-t-il.

Il frappa l'ouverture contre le plat de sa paume.

Un objet glissa dans sa main.

Il s'agissait d'une sphère entourée par sept pointes de longueur variable, le tout ayant la couleur sablonneuse d'un bois clair poli.

Stryke le saisit entre le pouce et l'index pour l'examiner. L'objet était bien plus lourd qu'il n'en avait l'air…

— On dirait une étoile, commenta Coilla. Ou un jouet d'enfant.

Stryke dut admettre qu'elle avait raison. On aurait bien dit la représentation grossière d'une étoile.

Mobbs avait déroulé le parchemin sur ses genoux mais

il ne lui prêtait aucune attention. Bouche bée, il observait l'objet.

— En quoi est-il ? demanda Alfray.

Stryke lui passa l'étoile.

— Je ne connais pas cette matière, annonça le médecin. Ni du bois ni de l'os.

Jup prit à son tour l'objet

— Il ne pourrait pas avoir été taillé dans de la pierre, vu son poids ?

— Une pierre précieuse ? demanda Haskeer, la cupidité prenant le pas sur le ressentiment. Un joyau ?

Stryke récupéra sa découverte.

— Je ne crois pas.

Il serra l'étoile dans son poing, doucement d'abord, puis en augmentant la pression.

— En tout cas, c'est solide.

— À quel point ? Fais-moi voir ça.

Haskeer s'empara de l'étoile, la porta à sa bouche et mordit dedans. Un craquement retentit. L'orc grimaça de douleur et cracha une dent ensanglantée.

— Et berde ! jura-t-il.

Stryke lui arracha l'étoile et l'essuya sur son pantalon. Puis il l'inspecta : pas la moindre trace.

— Sacrément coriace, pour que tes crocs ne lui fassent pas la moindre impression, commenta-t-il.

Le reste de l'unité ricana. Haskeer foudroya les guerriers du regard.

L'attention de Mobbs était partagée entre l'objet et le parchemin. Il tournait la tête de l'un à l'autre sans parvenir à se décider.

— Alors, érudit, qu'en dis-tu ? demanda Stryke.

— Je crois… Je crois que c'est… (les mains du vieux gremlin tremblaient)… ce que j'espérais.

— Ne fais pas tant de mystères, ordonna Coilla. Explique-nous !

Mobbs désigna le parchemin.

— Il est rédigé dans un langage si ancien et si obscur que j'ai du mal à le comprendre.

— As-tu pu en déchiffrer une partie ?

— Pour l'instant, des fragments… Mais qui confirment mes soupçons. (Le gremlin jubilait.) Cet objet… (il désigna l'étoile dans les mains de Stryke)… est une instrumentalité.

— Une quoi ? grogna Haskeer en se tamponnant la bouche avec sa manche.

Stryke fit passer l'étoile à Mobbs, qui s'en empara avidement.

— Une instrumentalité, un mot de la langue ancienne. La preuve concrète de la réalité de ce que nous avons toujours pris pour un mythe. Selon la légende, elle aurait appartenu à Vermegram. Il se peut même que ce soit elle qui l'ait créée.

— Dans quel but ? demanda Jup.

— Comme totem d'une grande puissance magique qui permettra de résoudre un mystère concernant les races aînées.

— De quelle façon ? intervint Stryke.

— Tout ce que je sais, c'est que chaque instrumentalité représente une partie d'un tout. Un cinquième, plus exactement. Quand toutes seront réunies, la vérité apparaîtra au grand jour. Pour être honnête, j'ignore ce que ça signifie. Mais je mettrais ma main à couper que c'est l'objet le plus important que nous ayons jamais contemplé.

Mobbs s'exprimait avec une telle conviction que tous les orcs semblaient captivés par ses paroles.

Jup fit éclater la bulle de leur fascination.

— Comment peut-on les réunir ? Et d'abord, où sont-elles ?

— Un mystère à l'intérieur d'un autre… et une multitude de questions sans réponse. Tel a toujours été le lot des érudits, déclara Mobbs d'un ton pédant. Mais j'ai entendu mes geôliers faire allusion à ce qui pourrait être l'emplacement d'une autre instrumentalité. Je dis bien : « pourrait ».

— Crache le morceau ! ordonna Stryke.

— Les kobolds ignoraient que j'ai une connaissance rudimentaire de leur langage, et j'ai jugé préférable de ne pas le leur révéler. Par conséquent, ils se sont exprimés librement en ma présence. Ils ont souvent parlé de la forteresse Uni appelée Trinité. Ils semblaient convaincus que la secte qui la contrôle a incorporé une des instrumentalités à sa religion.

— Trinité ? C'est le fief de Kimball Hobrow, non ? lança Coilla.

— Oui, confirma Alfray, et il est réputé pour son fanatisme sans bornes. Il dirige ses fidèles d'une main de fer – sans le gant de velours –, et il paraît qu'il déteste les races aînées.

— Tu crois qu'une autre de ces… étoiles pourrait être à Trinité, Mobbs ? demanda Stryke.

— Je l'ignore, mais ça semble probable. Sinon, pourquoi les kobolds s'intéresseraient-ils à cet endroit ? S'ils tentent de rassembler les instrumentalités – pour leur propre compte ou pour quelqu'un d'autre –, ça paraîtrait logique.

— Une minute, coupa Jup. Si ces objets sont tellement puissants…

— Potentiellement puissants, corrigea Mobbs.

— D'accord, ils contiennent une *promesse* de pouvoir. Dans ce cas, pourquoi Hobrow ne les recherche-t-il pas lui-même ? Des foules de gens devraient vouloir s'en emparer !

— Ils ne doivent pas connaître la légende. Ou ils ont conscience de la valeur des instrumentalités, mais ignorent qu'elles doivent être réunies. D'ailleurs, nous ne pouvons pas avoir la certitude qu'Hobrow et d'autres ne sont pas déjà à leur recherche. Ce genre d'objectif se poursuit généralement en secret.

— Et Jennesta? intervint Coilla. À ton avis, a-t-elle entendu parler de cette légende?

— Je ne saurais le dire. Mais si elle désire tant se procurer cette étoile, c'est très possible.

— Donc, elle pourrait être également en train de chercher les autres.

— C'est ce que je ferais à sa place. Mais souvenez-vous que le pouvoir des instrumentalités ne sera pas aisé à obtenir. Ce qui ne signifie pas que vous deviez abandonner tout espoir…

— Abandonner? répéta Haskeer. Abandonner quoi? Stryke, tu ne comptes pas te lancer dans cette quête insensée?

— Plusieurs possibilités s'offrent à nous, répondit prudemment son chef.

— Si nous partons à la recherche de ces étoiles, nous deviendrons des déserteurs!

— Nous devons déjà être considérés comme des traîtres. Voilà plus d'une semaine que nous devrions être rentrés à Tumulus.

— Ah oui? Et à qui la faute? cracha Haskeer.

Un instant, les autres ne surent pas comment Stryke allait prendre la remarque. Sa réaction les surprit.

— Si tu veux me blâmer, je ne peux pas t'en empêcher, concéda-t-il.

Haskeer en profita pour insister.

— Je me demande si tu ne cherchais pas à nous mettre dans cette position. D'autant que tu ne fais rien pour arranger les choses, bien au contraire.

— Je n'avais pas l'intention de vous compliquer la vie.

Mais ce qui est fait est fait. Nous devrions en tirer le meilleur parti possible.

— En ajoutant foi à ces légendes ? Ce sont des histoires pour endormir les gamins, Stryke ! Tu ne peux pas croire cette bouse de griffon !

— Que j'y croie ou pas, là n'est pas la question. L'important, c'est que *Jennesta* y croit. Ça nous donne une monnaie d'échange. Cette étoile peut faire toute la différence entre notre vie et notre mort. Connaissant notre bien-aimée souveraine, j'ignore si une instrumentalité suffira. En revanche, si nous lui en ramenions plus d'une… Voire les cinq…

— Donc, tu penses qu'il vaut mieux nous lancer dans une quête stupide plutôt que de rentrer à Tumulus pour implorer la pitié de Jennesta ?

— Quelle pitié, Haskeer ? Elle n'en a pas une once. Quand te mettras-tu ça dans la tête ? Tu veux peut-être que je te l'enfonce à coups de poing ?

— Mais tu vas tout gâcher à cause de ce gremlin décrépit, fit le sergent en pointant un doigt accusateur sur Mobbs. (L'érudit frémit.) Qui te dit qu'il n'a pas menti ? Ou qu'il n'est pas complètement marteau ?

— Je le crois. Et même si ça n'était pas le cas, nous ne pouvons pas rentrer maintenant. Si toi et les soldats qui ont voté contre l'ouverture du cylindre – Jad, Finje et Breggin – voulez retourner à Tumulus, je ne vous retiens pas. Mais nous serons plus en sécurité si nous restons ensemble.

— Tu veux dissoudre l'unité ?

— Certainement pas.

— Tu nous as fait voter pour l'ouverture du cylindre. Jusqu'ici, il n'était pas question de devenir des renégats !

— Très juste. Même si nous en sommes sans doute déjà. Sans nous en être aperçus, c'est tout.

Stryke fit face aux Renards.

— Vous avez écouté notre conversation. Je veux partir en quête d'une autre étoile, et aller à Trinité semble la meilleure solution. Je ne dis pas que ce sera facile, mais nous sommes taillés pour surmonter les obstacles. Si certains d'entre vous ne souhaitent pas venir, s'ils préfèrent rentrer à Tumulus ou filer n'importe où ailleurs, ils pourront emporter des rations et leur cheval. Qu'ils se fassent connaître maintenant.

Personne, même les soldats qui avaient voté en faveur d'Haskeer, ne fit un pas en avant.

— Alors, tu viens avec nous ? insista Stryke.

Le sergent garda un silence bougon, puis lâcha :

— Je n'ai pas beaucoup le choix, pas vrai ?

— Si.

— Je viens. Mais selon la façon dont tournent les choses, je partirai.

— Très bien. Maintenant, écoutez. Nous n'appartenons peut-être plus à la horde de Jennesta, mais ça ne signifie pas que la discipline ira à vau-l'eau. C'est elle qui fait fonctionner les Renards. Si ça vous pose un problème, on peut voter une autre fois pour élire un nouveau chef.

Haskeer saisit le sous-entendu.

— Tu peux garder ta place, Stryke. Je veux juste me sortir de cette histoire avec la tête sur les épaules.

— Vous venez de faire le premier pas d'un long et périlleux voyage, dit Mobbs. Impossible de revenir en arrière. Vous êtes des hors-la-loi, à présent.

Ce constat dissipa instantanément l'euphorie qui s'était emparée des Renards.

— Préparons-nous à lever le camp, ordonna Stryke.

— On va à Trinité ? demanda Coilla.

— On va à Trinité, confirma-t-il.

Elle lui sourit et s'éloigna.

Alfray alla au chevet de ses patients; le reste de l'unité se dispersa.

Mobbs leva un regard hésitant vers Stryke.

— Et moi?

Le capitaine le dévisagea quelques secondes avec une expression indéchiffrable.

— Je ne sais pas si nous devrions te remercier de nous avoir libérés, ou te tuer pour avoir mis nos existences sens dessus dessous.

— Vous aviez déjà commencé tout seuls bien avant de me rencontrer.

— C'est possible.

— Alors, que comptez-vous faire de moi?

— Te laisser partir.

Le gremlin fit une courbette reconnaissante.

— Où iras-tu? demanda Stryke.

— Je retournerai à Hecklowe. J'ai des affaires en cours là-bas. Des affaires passionnantes! On a retrouvé au fond d'une cave une malle pleine de tablettes sculptées: apparemment, les archives fiscales de… Vous ne trouvez pas ça aussi fascinant que moi, n'est-ce pas, Stryke?

— Chacun son truc, Mobbs. Pouvons-nous t'escorter une partie du chemin?

— Je vais à Hecklowe, vous à Trinité. Les deux sont dans des directions opposées.

— Nous te donnerons un cheval et des provisions.

— C'est très généreux de votre part.

— Tu nous as peut-être rendu notre liberté… Je trouve au contraire que c'est bien peu en échange. Et nous avons des chevaux en trop, par exemple celui de Darig. Il n'en aura pas besoin avant un bon moment. Et tu peux aussi garder ça, si ça te chante, dit Stryke en désignant le parchemin.

— Vraiment?

— Pourquoi pas ? Nous n'en aurons pas besoin, je suppose.

— Il n'est pas directement lié aux instrumentalités... Merci de me le laisser. Et de m'avoir libéré des kobolds. (Mobbs soupira.) Je vous aurais bien accompagnés, mais à mon âge...

— Je comprends.

— Stryke, je vous souhaite bonne chance. Et si vous voulez bien écouter le conseil d'un vieux gremlin... Faites attention à vous ! Pas seulement parce que vous avez des ennemis de tous côtés... En cherchant les instrumentalités, vous risquez de vous heurter à des personnes qui poursuivent le même objectif. L'enjeu est si important que vos rivaux ne reculeront devant rien pour parvenir à leurs fins.

— Nous sommes capables de nous défendre.

Mobbs étudia la poitrine massive de l'orc, ses épaules larges, ses bras musclés et sa mâchoire proéminente. Il lut de la détermination sur son visage rugueux, et vit de l'acier briller dans son regard.

— Je n'en doute pas.

Haskeer revint, portant une selle d'une main. Il la laissa tomber à terre et entreprit d'emballer son équipement.

— Quelle route prendras-tu jusqu'à Hecklowe ? demanda Stryke.

Mobbs eut une ombre de sourire.

— Une chose est certaine : je ne compte pas traverser cette forêt. Je prendrai vers l'ouest pour m'en éloigner le plus possible, puis vers le nord pour la contourner. Ce sera moins rapide...

— ... mais plus sûr, approuva Stryke. Je comprends. Nous longerons la forêt avec toi.

— Merci. Je vais me préparer.

Le gremlin s'éloigna, le parchemin serré contre sa poitrine.

— Ça aussi, c'est sans doute une erreur, commenta Haskeer. Et s'il parlait ?

— Il ne parlera pas.

Avant que le sergent puisse offrir à son chef un nouvel avis qu'il n'avait pas sollicité, Alfray les rejoignit, l'air troublé.

— Meklun est mort, annonça-t-il sans préambule.

— Malédiction ! jura Stryke. Mais ce n'est pas une grosse surprise...

— Non. Au moins, il ne souffre plus. Je déteste perdre un camarade. Mais j'ai fait de mon mieux.

— Je sais.

— La question est : qu'allons-nous faire de lui ? s'inquiéta Alfray. Avec la situation où nous sommes...

— Un bûcher funéraire attirerait les kobolds... et d'autres poursuivants éventuels, dit Stryke. Nous ne pouvons pas courir ce risque. Pour une fois, oublions la tradition et enterrons-le.

— Je m'en occupe.

Avant de partir, Alfray se tourna vers Haskeer.

— Tu vas bien ? demanda-t-il. Tu as l'air un peu... décoloré.

— Je vais très bien ! beugla le sergent. J'en ai assez de ce qui nous arrive, c'est tout. Fiche-moi la paix !

Il leur tourna le dos et s'éloigna à grandes enjambées furieuses.

Jennesta observait le collier de dents de léopard des neiges.

Il lui était parvenu en même temps qu'un message impertinent du capitaine que Kysthan avait envoyé à la poursuite des Renards. Contrevenant aux ordres, Delorran avait pris sur lui d'allonger le délai. Ce collier rappelait à Jennesta avec quelle facilité ses sujets sombraient dans l'insubordination dès l'instant où ils sortaient de son champ de vision. Mais elle réfléchissait déjà au châtiment qu'elle leur infligerait pour leur désobéissance.

Elle glissa le collier dans une poche de sa cape et leva les yeux. Les dragons qu'elle avait envoyés à la recherche des Renards n'étaient plus dans le ciel qu'un lointain nuage de points sombres.

Le vent tourna, charriant une odeur désagréable. Jennesta pivota vers le gibet dressé au milieu de la cour.

Le corps du général Kysthan s'y balançait doucement.

Sa chair se décomposait déjà. Des oiseaux de proie ne tarderaient pas à tourner autour du château, se mêlant aux dragons. Mais Jennesta comptait laisser le cadavre là un petit moment : il servirait d'exemple à tous ceux qui pourraient être tentés de la trahir. Et en particulier à la personne qu'elle s'apprêtait à recevoir.

Elle observa les dragons jusqu'à ce qu'ils disparaissent à l'horizon.

Puis des gardes orcs s'approchèrent, escortant un membre de leur espèce. Il ne devait pas avoir plus d'une trentaine d'années, et son physique évoquait celui d'un guerrier du rang plutôt que d'un général, dont il portait néanmoins l'uniforme.

Bien entendu, il ne put s'empêcher de regarder la potence.

Faisant claquer ses talons, il salua Jennesta d'un signe de tête.

— Ma dame.

La reine congédia les gardes d'un geste.

— Repos, Mersadion.

L'officier se détendit à peine.

— On m'a dit que vous étiez ambitieux, énergique et plus doué pour la politique que le défunt Kysthan. Vous avez également connu une ascension rapide dans la hiérarchie. Il n'y a pas longtemps, vous étiez sur un champ de bataille.

Si vous n'y êtes plus, c'est grâce à moi. Et comme je vous en ai tiré, je peux vous y renvoyer.

—Oui, ma dame.

—Bien. Que pensez-vous de Kysthan?

—Il était d'une autre... génération. Une génération pour laquelle je n'éprouve pas de sympathie particulière.

—J'espère que vous ne comptez pas placer notre relation sous le signe des belles phrases, général. Dans ce cas, elle ne durera guère. La vérité, vite!

—C'était un imbécile, Votre Majesté.

Jennesta sourit: une réaction qui n'aurait pas autant rassuré Mersadion s'il l'avait mieux connue.

—Je vous ai choisi parce qu'on m'a assuré que l'imbécillité ne figurait pas sur la liste de vos défauts. Êtes-vous informé du problème concernant les Renards?

—Je sais seulement qu'ils ont disparu. Ils sont présumés morts ou prisonniers de l'ennemi.

—Présumés rien du tout, corrigea Jennesta. Ils sont absents sans permission, et ils détiennent un objet de grande valeur qui m'appartient.

—Le capitaine Delorran n'est-il pas déjà parti à leur recherche?

—Si, et il a largement dépassé le délai. Vous le connaissez?

—Un peu, ma dame.

—Que pensez-vous de lui?

—Il est jeune, têtu et dévoré par la haine qu'il voue à Stryke, le commandant des Renards. Néanmoins, il est du genre à obéir aux ordres.

—Ce n'est pourtant pas ce qu'il a fait, et j'en suis très mécontente.

—Si Delorran tarde à revenir, il a sans doute une bonne raison. Peut-être a-t-il trouvé la piste des Renards.

—Il m'a envoyé un message qui va dans ce sens. Très

bien. Pour le moment, je ne les ajouterai pas, lui et son unité, à la liste des hors-la-loi. Mais à chaque jour qui passe depuis la disparition des Renards, je deviens un peu plus persuadée qu'ils ont déserté. Votre première mission – de loin la plus importante – sera de les retrouver et de leur reprendre l'artefact qu'ils m'ont volé.

— De quoi s'agit-il, ma dame ?

— Une brève description suffira... J'aurai d'autres missions à vous confier, toutes liées à la récupération de cet artefact, mais mes ordres vous seront communiqués en temps et heure.

— Oui, ma dame.

— Servez-moi fidèlement, Mersadion, et je vous récompenserai par une promotion. (La voix de Jennesta se durcit.) Mais regardez bien votre prédécesseur, parce que le même sort vous attend si vous me décevez. C'est compris ?

— Oui, ma dame.

La reine trouva qu'il prenait les choses plutôt bien. Il semblait comprendre la menace, mais ne pas se laisser intimider. Peut-être réussirait-elle à travailler avec Mersadion, sans devoir lui infliger le sort qu'elle avait en tête pour Stryke. Et pour Delorran, quand il se déciderait enfin à rentrer.

Sur son cheval, Delorran observait les restes calcinés du petit village que ses soldats étaient en train de fouiller.

La plus grande partie de la végétation qui dissimulait autrefois la cuvette où se nichait l'agglomération avait été détruite par le feu. Il ne restait que des arbres dénudés et des buissons noircis.

— On dirait que les Renards sèment la destruction partout sur leur passage, commenta Delorran.

— C'est leur travail, non ? lança le sergent qui l'accompagnait.

Delorran lui jeta un regard dédaigneux.

— Ce n'était pas une cible militaire, mais un campement civil.

— Comment être certains que les Renards sont responsables de cet incendie ?

— Le contraire serait une coïncidence étonnante, puisque leur piste nous a conduits ici.

Un soldat s'approcha en courant. Le sergent se pencha vers lui pour écouter son rapport, puis il le congédia.

— Les corps à l'intérieur des huttes, capitaine. Ce sont des orcs. Rien que des jeunes et des femelles, apparemment.

— Sait-on ce qui les a tués ? demanda Delorran.

— Ils sont en trop sale état pour qu'on puisse le déterminer.

— Ainsi, Stryke et son unité sont tombés assez bas pour massacrer leurs semblables... Même s'ils sont incapables de se défendre.

— Avec tout le respect que je vous dois, capitaine..., commença prudemment le sergent.

— Oui ?

— Eh bien, ces gens pourraient être morts à cause d'un tas de choses. De l'incendie, par exemple. Nous n'avons aucune preuve que les Renards...

— Je me fie au témoignage de mes yeux, sergent, coupa Delorran. Sachant de quoi Stryke est capable, j'avoue que je ne suis guère surpris. Les Renards sont des renégats. Peut-être ont-ils rejoint les Unis.

— Oui, chef, fit le sergent sans conviction.

— Rassemblez la compagnie, ordonna Delorran. Nous n'avons pas de temps à perdre. Ce que nous avons vu ici nous donne une raison supplémentaire de traquer ces bandits et de les arrêter. On continue.

Ils ne pouvaient rien faire d'autre pour Meklun que recommander son esprit aux dieux de la guerre et l'enterrer assez profondément pour que des charognards ne se repaissent pas de son corps.

Après avoir escorté Mobbs jusqu'à la lisière de la forêt, les Renards prirent la direction du sud-ouest. Pour aller à Trinité, ils devraient passer entre Échevette et Quatt, le royaume natal des nains.

La route la plus directe les aurait conduits à traverser Échevette, mais le souvenir cuisant de la bataille contre les Unis, quelques jours plus tôt, incita Stryke à faire preuve de prudence. Son plan consistait à contourner la colonie humaine jusqu'au pied des monts Carascrag. Arrivés là, ils prendraient plein ouest pour rejoindre Trinité. Cela allongerait le voyage, mais ça en valait la peine, selon le capitaine orc.

L'après-midi, ils repérèrent un troupeau de griffons assez fourni. Les animaux se déplaçaient vers le nord, aussi vite que le permettait leur démarche saccadée et maladroite.

Une heure ou deux plus tard, ils aperçurent un vol de dragons qui planaient haut dans le ciel, à l'ouest. Voir ces créatures savourer une liberté menacée par les troubles que connaissait Maras-Dantia leur mit un peu de baume au cœur. Le parallèle avec la libération des Renards n'échappa pas à Stryke.

Haskeer, qui était tout sauf un poète, ne prêta pas attention aux dragons : il était trop occupé à se plaindre.

—Nous ne savons pas à quoi sert cette maudite étoile, marmonna-t-il pour la centième fois depuis qu'ils s'étaient remis en route.

Presque à bout de patience, Stryke tenta pourtant de le lui expliquer une nouvelle fois :

—Nous savons que Jennesta la désire, ce qui la rend très puissante *en soi*. C'est tout ce qui importe pour le moment.

Haskeer continua à le bombarder de questions.

—Que ferons-nous après avoir trouvé la deuxième, si nous y parvenons? Nous mettrons-nous en quête des trois autres? Où irons-nous? Avec qui nous allierons-nous, puisque nous n'avons désormais que des ennemis? Et comment…?

—Pour l'amour des dieux! explosa Stryke. Cesse de ressasser ce qui est impossible, et concentre-toi sur ce qui est possible.

—Ce qui est possible, c'est que nous perdions tous notre tête!

Furieux, Haskeer tira sur les rênes de sa monture et gagna l'arrière de la colonne.

—Je ne sais pas pourquoi tu as insisté pour qu'il reste, Stryke, avoua Coilla.

—Je n'en suis pas certain moi-même… Mais je n'aime pas l'idée de dissoudre le groupe, et, quels que soient ses défauts, Haskeer est un bon guerrier.

—Ça risque de nous servir d'ici peu de temps, cria Jup. Regardez!

Dans la direction d'Échevette, une épaisse colonne de fumée noire s'élevait.

Chapitre 15

M obbs était heureux.

Malgré leur effrayante réputation, les orcs l'avaient délivré des kobolds et laissé repartir en lui donnant des vivres et un cheval. Bien sûr, si on lui avait demandé de choisir les gardiens idéaux pour une instrumentalité, il n'aurait pas sélectionné les Renards. Mais Stryke et les autres ne la remettraient pas à Jennesta, et, entre deux maux, il fallait toujours choisir le moindre.

Mobbs espérait avoir fait comprendre aux orcs qu'ils devraient désormais agir pour le bien de toutes les races aînées. Et il conservait même un document historique passionnant en souvenir de son aventure. L'un dans l'autre, il ne s'en était pas si mal tiré.

Pourtant, les deux derniers jours avaient été rudes pour un humble érudit – surtout de son âge ! –, et il était heureux que ça se termine enfin.

Voilà plus de six heures que les orcs l'avaient conduit à la lisière de la forêt de Roc-Noir et lui avaient désigné le nord. Il suffisait de garder les arbres sur sa droite, de prendre vers l'est quand il arriverait dans la plaine, puis de continuer vers la côte et la remonter jusqu'à Hecklowe.

Mais Mobbs n'avait pas prévu que la forêt s'étendrait à perte de vue et que son voyage durerait aussi longtemps. C'était normal, car il n'avait pas l'habitude des grands déplacements. À l'aller, les kobolds qui l'avaient capturé lui avaient mis un bandeau sur les yeux avant de le jeter à l'arrière d'un chariot. Par conséquent, il avait eu du mal à estimer la durée de leur trajet.

Le gremlin craignait de tomber sur d'autres kobolds ou sur un groupe de brigands. Très mauvais cavalier, il n'avait aucun espoir de les distancer le cas échéant. À dire vrai, il était si petit que ses pieds n'atteignaient pas les étriers. À part prier ses dieux et avancer le plus vite possible, il ne pouvait pas faire grand-chose.

Mais le monde avait dû décider qu'il ne connaîtrait plus la paix. Une heure ou deux plus tôt, il avait remarqué une colonne de fumée noire derrière lui, au sud. Si ses estimations étaient exactes, elle provenait de la région d'Échevette. De temps en temps, le gremlin jetait un coup d'œil par-dessus son épaule. La colonne ne semblait pas plus distante et ne cessait pas de grandir.

Il s'interrogeait sur ses origines quand il eut conscience d'un mouvement sur sa gauche.

Dans cette direction, le terrain était vallonné et semé de bosquets d'arbres qu'on aurait dit échappés de la forêt – des graines probablement emportées par les oiseaux ou par le vent. Ainsi, il ne put pas identifier les cavaliers qui approchaient.

Ce n'étaient pas des kobolds, puisqu'ils montaient des chevaux et pas des kirgizils. Mobbs n'avait pas une assez bonne vue pour en dire davantage. Il sentit l'inquiétude le gagner. La seule solution, c'était de rester sur la piste et d'espérer que ces inconnus passeraient sans faire attention à lui.

Ce jour-là, les dieux des gremlins faisaient la sourde oreille.

Les cavaliers bifurquèrent et éperonnèrent leurs montures pour fondre sur Mobbs. Alors qu'ils escaladaient le talus qui bordait le chemin, le vieil érudit vit que c'étaient des orcs. Il eut un soupir de soulagement. Stryke devait avoir d'autres questions à lui poser au sujet de l'instrumentalité. À moins qu'il se soit décidé à l'escorter jusqu'à Hecklowe.

Mobbs tira sur les rênes de son cheval.

Les orcs s'approchèrent de lui.

— Salutations. Vous êtes revenus ?

— Revenus ? répéta l'un d'eux, qui portait les tatouages faciaux d'un sergent.

Mobbs cligna des yeux. Il ne le reconnaissait pas… Les autres non plus, d'ailleurs.

— Où est Stryke ? demanda-t-il. Je ne le vois pas.

L'expression des orcs lui apprit que poser cette question n'avait pas été une bonne idée. Il fronça les sourcils. Un orc portant des tatouages de capitaine fendit les rangs des soldats.

— Il nous a pris pour les Renards, annonça le sergent en désignant Mobbs. Il a même mentionné Stryke.

Delorran s'approcha du gremlin et l'étudia d'un regard d'acier.

— Pour lui, peut-être que tous les orcs se ressemblent, lâcha-t-il.

— Capi-tai-taine, balbutia Mobbs, je vous assure que…

— Si tu connais le nom de Stryke, coupa Delorran, tu as dû rencontrer les Renards.

Mobbs sentit le danger. Il comprit que sa bévue l'avait placé dans une position difficile. Mais il ne voyait pas comment nier.

Pendant qu'il hésitait, Delorran s'impatienta.

— Tu les as rencontrés, n'est-ce pas ?

— Il est vrai que j'ai croisé une bande de guerriers orcs, avoua enfin Mobbs, choisissant ses mots avec soin.

— Et qu'avez-vous fait ensemble ? demanda Delorran. Ils t'ont raconté leurs exploits ? Tu les as aidés, peut-être ?

— Je ne vois pas quel genre d'aide un vieux gremlin décrépit comme moi pourrait apporter à des gens comme vous, se défendit Mobbs.

— Ils ne sont pas comme nous, dit Delorran. Ce sont des renégats.

— Vraiment ? (Le gremlin tenta de feindre la surprise.) Je n'avais aucune idée de leur... statut.

— À défaut, tu sais peut-être où ils se sont rendus ?

— Vous voulez dire que vous l'ignorez ?

Delorran dégaina son épée et la pointa sur la poitrine de Mobbs.

— Je n'ai pas de temps à perdre, et tu es un menteur lamentable. Où sont-ils ?

— Je... je ne...

La lame piqua la peau du gremlin à travers sa robe crasseuse.

— Parle maintenant, ou tu ne pourras plus jamais le faire !

— Ils... ils ont mentionné qu'ils pourraient aller... À Trinité, lâcha Mobbs à contrecœur.

— À Trinité ? Ce repère d'Unis ? Je le savais ! Qu'est-ce que je vous avais dit, sergent ? Ils ont déserté, et ils sont passés à l'ennemi, ces traîtres !

Le sergent dévisagea Mobbs.

— Et s'il mentait ?

— Non, il a dit la vérité. Regardez-le. Tout juste s'il peut se retenir de se pisser dessus !

Mobbs se redressa sur sa selle de toute sa modeste hauteur et ouvrit la bouche pour émettre une digne protestation.

Sans avertissement, Delorran lui plongea son épée dans la poitrine.

Mobbs hoqueta et baissa les yeux vers la lame. Quand Delorran la dégagea, le sang jaillit. Le gremlin le regarda avec une profonde stupéfaction. Puis il s'effondra.

Alarmé, son cheval se cabra. Le sergent saisit les rênes pour le calmer.

Delorran remarqua la sacoche de selle que la robe du gremlin dissimulait jusque-là. Il l'ouvrit et la fouilla. Elle ne contenait pas grand-chose d'autre qu'un parchemin roulé. Le capitaine orc s'aperçut que c'était un objet très ancien, mais il ne parvint pas à le déchiffrer.

— Ça a peut-être un rapport avec l'artefact que nous cherchons, admit-il, légèrement penaud. Nous aurions dû l'interroger plus longtemps.

Le sergent se garda bien de retourner le couteau dans la plaie en approuvant. Il étudia le cadavre de Mobbs et se contenta de dire :

— C'est un peu tard pour y penser.

Delorran ne releva pas, fasciné par une épaisse colonne de fumée, à l'horizon.

Quand le soir tomba, les Renards étaient bien plus près de la colonne de fumée qui se découpait sur les ténèbres. Ils ne tarderaient pas à atteindre Échevette.

En chevauchant, ils parlaient à voix basse.

— Tout ça ne me dit rien qui vaille, déclara Jup. Ne devrions-nous pas éviter Échevette ?

— Impossible d'aller à Trinité sans passer par là, objecta Stryke.

— Nous pourrions faire demi-tour, le temps de réfléchir et d'envisager une autre stratégie, proposa Alfray.

— Il est trop tard pour ça. Nous avons pris un engagement. Où que nous allions, nous devons nous attendre à rencontrer des problèmes.

Leur conversation fut interrompue par le retour d'un éclaireur.

— La colonie est de l'autre côté d'une colline, à un kilomètre d'ici environ, annonça-t-il. Il se passe quelque chose de grave là-bas. Mieux vaudrait mettre pied à terre quand vous approcherez et finir le chemin à pied.

Stryke renvoya le soldat à l'avant.

— Les dieux seuls savent dans quel guêpier nous allons encore nous fourrer, grommela Haskeer sur un ton pourtant un peu moins acerbe que d'habitude.

Stryke l'ignora. Il fit circuler une consigne de silence dans les rangs et les Renards continuèrent à avancer.

Ils atteignirent le pied de la colline sans encombre, descendirent de cheval et gravirent la pente pour rejoindre leurs éclaireurs.

Échevette s'étendait en contrebas. Une communauté humaine de taille respectable composée de maisonnettes typiques en pierre et en bois. Çà et là, on distinguait quelques bâtiments plus imposants : des granges, des greniers à grain, des salles des fêtes et au moins un lieu de culte avec une flèche sur le toit.

La majeure partie des bâtiments brûlait.

Quelques silhouettes couraient en tous sens, s'efforçant en vain d'éteindre l'incendie.

— Il devrait y avoir davantage d'humains, dit Coilla. Où sont-ils tous passés ?

Les éclaireurs haussèrent les épaules.

— Inutile de traîner dans le coin en prenant le risque de

nous faire repérer, décida Stryke. Nous allons contourner la ville et continuer notre chemin.

Une heure plus tard, après avoir franchi une série de hautes collines, ils découvrirent ce qui était arrivé au reste des habitants d'Échevette.

Deux armées se faisaient face dans la vallée.

La bataille semblait imminente. Elle avait sans doute été reportée au lendemain à cause de la tombée de la nuit. Le nombre de feux qui brillaient dans les deux camps indiquait qu'il s'agirait d'un conflit majeur dans l'histoire d'Échevette.

— Une bataille entre Unis et Multis, soupira Jup. Il ne manquait plus que ça.

— À ton avis, combien y en a-t-il ? demanda Coilla. Cinq ou six mille de chaque côté ?

Stryke plissa les yeux.

— Difficile à dire dans la pénombre. Selon moi, c'est une estimation minimale.

— Maintenant, nous savons pourquoi Échevette brûlait, conclut Alfray. Les Multis ont dû déclencher les hostilités en y mettant le feu.

— Que faisons-nous, Stryke ?

— Je ne suis pas chaud pour rebrousser chemin et risquer un nouvel affrontement contre les kobolds. Et si nous contournons la vallée dans le noir, nous risquons de tomber sur des éclaireurs humains. Nous camperons ici ce soir, et nous verrons comment la situation évoluera demain.

Dans l'incapacité d'avancer ou de reculer, ils observèrent la scène qui se déroulait à leurs pieds.

Quand l'aube se leva, les Renards dormaient encore. Un rugissement montant du champ de bataille les réveilla en sursaut.

Dans la lumière froide du matin, ils virent clairement les deux armées, au moins aussi importantes que Coilla l'avait supposé.

— Ils ne tarderont pas à engager le combat, prédit Stryke.

Jup se frotta les yeux.

— Humains contre humains... De notre point de vue, ce n'est pas une mauvaise chose.

— Peut-être. Mais j'aurais préféré qu'ils choisissent un autre endroit et un autre moment. Nous avons assez de problèmes comme ça.

Un orc pointa un doigt vers le ciel. Plusieurs dragons approchaient.

— Des renforts pour les Multis, constata Alfray. Crois-tu qu'ils sont envoyés par Jennesta ?

— C'est possible, mais elle n'est pas la seule qui les contrôle.

— Évidemment, ricana Haskeer, il y a des nains dans les deux camps !

— Et alors ? répliqua Jup.

— Et alors, ça prouve que ceux de ton espèce sont prêts à se battre pour n'importe qui, du moment qu'on les paie.

— Je te l'ai déjà dit : je ne suis pas responsable de tous les nains de Maras-Dantia.

— Mais on est en droit de se demander ce que vaut une loyauté vendue au plus offrant, non ? Pour ce que nous en savons, tu...

Haskeer fut interrompu par une quinte de toux. Il s'empourpra et manqua s'étrangler.

— Tu vas bien ? demanda Alfray. Franchement, tu m'inquiètes un peu, depuis quelques jours.

Haskeer reprit son souffle et cracha :

— Lâche-moi les éperons, scieur d'os ! Je vais très bien !

Il recommença à tousser, mais un peu moins violemment.

Stryke était sur le point d'intervenir quand le cri d'un soldat détourna son attention.

Les Renards observèrent le pied de la colline, derrière eux. Un groupe de cavaliers orcs approchait, et ils étaient trois fois plus nombreux qu'eux.

— Vous croyez qu'ils sont à notre recherche ? demanda Coilla.

— C'est possible, répondit Stryke.

— À moins qu'il s'agisse d'autres renforts pour les Multis, avança Jup, optimiste.

Stryke mit une main en visière pour observer les nouveaux venus.

— Malédiction ! s'exclama-t-il au bout de quelques instants.

— Que se passe-t-il ?

— L'officier qui les dirige. Je le connais, et le moins qu'on puisse dire, c'est qu'il ne fait pas partie de mes amis.

— Mais c'est un orc, rappela Alfray. Nous sommes du même côté, après tout.

— Delorran et moi ? Jamais.

— Delorran ? s'exclama le médecin.

— Tu le connais aussi ? demanda Coilla.

— Oui. Stryke et lui ont un… passé chargé.

— Tu peux le dire. Que diantre fiche-t-il ici ?

Alfray n'hésita pas une seconde.

— C'est évident, non ? Quel meilleur chasseur envoyer à ta poursuite, sinon un officier qui te hait suffisamment pour ne pas abandonner ?

Le groupe de Delorran s'immobilisa. Son capitaine avança en compagnie d'un autre orc, qui leva une bannière de guerre et l'agita lentement au-dessus de sa tête.

Tous comprirent le signal.

—Ils veulent négocier, souffla Coilla.

—Tu viens avec moi, dit Stryke. Va chercher nos chevaux.

La femelle s'éloigna en courant.

Stryke se pencha vers Alfray et lui tendit l'étoile.

—Je te la confie. (Le vieil orc la glissa dans sa tunique.) Et maintenant, signale-leur que nous descendons parler.

L'étendard des Renards gisait dans l'herbe non loin de là. Alfray le déroula et envoya le message.

—Faites monter Darig en selle, ajouta Stryke.

—Pourquoi?

—Je veux qu'il soit prêt. Il faut que vous le soyez tous, au cas où nous devrions déguerpir en vitesse.

—Je ne sais pas s'il est en état de monter.

—C'est ça, ou l'abandonner ici.

—L'abandonner?

—Fais ce que je te dis, Alfray.

—Je le prendrai en croupe sur mon cheval.

Stryke réfléchit un instant.

—D'accord. Mais s'il te ralentit, tu le laisseras tomber.

—Je vais faire comme si je n'avais rien entendu…

—Souviens-t'en quand même. Ça pourrait nous éviter de perdre deux camarades au lieu d'un.

Alfray n'avait pas l'air content, mais il hocha la tête. Pourtant, Stryke ne croyait pas qu'il le ferait…

—Si Delorran te déteste à ce point, dit Jup, est-il bien sage d'y aller?

—Je ne peux pas envoyer quelqu'un d'autre, et nous sommes coincés ici. Restez sur vos gardes.

Stryke rejoignit Coilla. Ils montèrent en selle et descendirent le flanc de la colline.

—Laisse-moi faire, ordonna-t-il. S'il faut décamper à toute vitesse, obéis sans poser de questions.

La femelle eut un hochement de tête imperceptible.

Ils s'approchèrent de Delorran et de l'orc qui, à en juger par ses tatouages faciaux, devait être son sergent.

Stryke prit la parole le premier sur un ton presque désinvolte.

— Salut à toi, Delorran.

— Stryke, répondit son rival en serrant les dents.

La politesse, même limitée à sa plus simple expression, semblait lui réclamer un gros effort.

— Tu es bien loin de chez nous.

— Épargne-moi tes simagrées, tu veux ? Nous savons tous les deux pourquoi je suis là.

— Vraiment ?

— S'il faut que je te fasse un dessin, allons-y. Toi et ton unité, vous vous êtes absentés sans permission.

— Peux-tu m'expliquer pourquoi ?

— C'est évident : vous avez déserté.

— Ah bon.

— Et vous détenez un objet qui appartient à la reine. Elle m'a envoyé le récupérer par tous les moyens nécessaires.

— Tous les moyens nécessaires ? s'étonna Stryke. Tu irais jusqu'à prendre les armes contre tes camarades ? Ça n'a jamais été le grand amour entre nous, mais je ne pensais quand même pas que...

— Je n'ai aucun scrupule quand il s'agit de punir des traîtres ! cracha Delorran.

Stryke sursauta.

— Il n'y a pas une minute, nous étions de simples déserteurs. Ça fait une sacrée différence !

— Ne joue pas les innocents. Pas avec moi. Comment appelles-tu des soldats qui négligent de revenir d'une mission, volent Jennesta et s'allient avec les Unis ?

— Ça fait un paquet de charges. Mais nous ne nous sommes alliés ni avec les Unis, ni avec personne d'autre.

Réfléchis un peu. Même si nous le désirions, nous ne pourrions pas les approcher sans nous faire tailler en pièces.

— Je crois au contraire qu'ils accueilleraient à bras ouverts une unité de guerriers orcs. Ça leur permettrait de recruter d'autres traîtres dans ton genre. Mais je ne suis pas venu ici pour discuter. Je te juge selon tes actions, et le massacre de tout un campement de femelles et de jeunes ne parle pas en ta faveur.

— Quoi ? s'étrangla Stryke. Delorran, si tu fais allusion à ce que je crois, les orcs de ce campement ont succombé à une épidémie. Nous avons mis le feu à leur village pour…

— N'essaie pas de me faire gober tes mensonges ! Mes ordres sont clairs. Tu vas me remettre l'artefact, puis ordonner à tes soldats de déposer les armes et de se rendre.

— Et puis quoi encore ? s'exclama Coilla. Allez vous faire foutre !

Delorran foudroya la femelle du regard.

— Tes subordonnés ne sont pas très disciplinés, Stryke. Non que ça me surprenne beaucoup…

— Si elle ne l'avait pas dit, c'est moi qui l'aurais fait. Nous avons quelque chose que tu désires ? Viens nous le prendre.

Delorran fit mine de saisir son épée.

— Et si tu comptes violer une trêve, ajouta Stryke en désignant la bannière du sergent, je t'attends.

Il porta une main à son arme.

Les deux capitaines se regardèrent.

— Je te laisse deux minutes pour réfléchir, lâcha Delorran. Après ça, tu cèdes ou tu en subis les conséquences.

Stryke fit faire demi-tour à son cheval. Après avoir adressé une grimace d'adieu à Delorran, Coilla l'imita. Ils rejoignirent le reste de l'unité au galop.

Stryke rapporta leur conversation à son unité.

— Ils nous ont accusés de trahison et ils pensent que nous avons massacré les orcs du campement incendié.

— Comment peuvent-ils nous croire capables d'une pareille infamie ? s'écria Alfray.

— Delorran est prêt à croire n'importe quoi à mon sujet, du moment que c'est négatif. Dans une minute et demie, ils monteront ici pour nous capturer. Morts ou vifs.

Stryke regarda ses soldats.

— Il faut choisir. Si nous nous rendons, nous mourrons, soit des mains de Delorran, soit entre celles de Jennesta, quand il nous aura ramenés à Tumulus. Moi, je préfère crever ici, l'épée au clair. Qu'est-ce que vous en dites ? Vous êtes avec moi ?

Tous hochèrent la tête. Même Haskeer et son trio de partisans étaient d'accord pour se battre. Un peu moins enthousiastes que leurs camarades, certes, mais d'accord malgré tout.

— On ne va pas se laisser capturer aussi facilement, approuva Jup. Mais comment comptes-tu t'y prendre, Stryke ? Je te rappelle qu'une bataille est sur le point d'éclater derrière nous. Nous sommes pris entre deux feux.

Quelques voix s'élevèrent pour poser la même question.

— Nous renforcerons notre position si nous repoussons la première attaque de Delorran, dit Stryke. À propos, elle ne devrait plus tarder…

Au pied de la colline, les orcs se regroupaient pour charger.

— Tous en selle ! ordonna le capitaine. (Il désigna deux soldats de la pointe de son épée.) Aidez Darig à monter en croupe avec Alfray. Alfray, tu resteras à l'arrière. Allez, remuez-vous !

Ils coururent vers leurs chevaux en dégainant leurs

armes. Stryke reprit l'étoile au médecin et sauta en selle à son tour.

Deux tiers environ des orcs de Delorran fonçaient vers eux. Les autres resteraient en réserve dans la vallée.

— Nous battre contre les nôtres viole tous nos principes, dit Stryke. Mais souvenez-vous : ils sont persuadés que nous sommes des renégats, et ils nous abattront comme des chiens si nous leur en laissons l'occasion.

L'heure n'était plus aux palabres. Il leva le bras, l'abaissa brusquement et ordonna :

— Chargez !

Les Renards dévalèrent le flanc de la colline.

Bien que Delorran n'ait pas engagé toutes ses forces, ils étaient en infériorité numérique, mais leur position restait légèrement supérieure.

Les lames s'entrechoquèrent ; les chevaux hennirent et se cabrèrent ; des coups violents furent échangés. L'air s'emplit du fracas de l'acier alors que des épées se fracassaient contre des boucliers.

Pour les Renards, se battre contre des camarades était une expérience nouvelle et perturbante. Stryke espéra que ça n'entamerait pas leur détermination. Il n'était pas certain que ça affecterait les soldats de Delorran.

Mais il changea d'avis quand, après cinq minutes de combat intense, les attaquants se replièrent sans qu'aucun des deux camps n'ait subi de perte.

— Le cœur n'y était pas, devina Stryke en les regardant battre en retraite au pied de la colline. Mais je connais Delorran, il va leur frotter les oreilles ! Ils devraient nous donner plus de fil à retordre la prochaine fois.

Comme prévu, ils virent Delorran adresser à ses soldats ce qui ne ressemblait guère à de douces remontrances.

— Nous ne pourrons pas les repousser éternellement, dit Coilla.

Jup étudia le champ de bataille. Les deux camps avançaient lentement l'un vers l'autre.

— Et nous n'avons nulle part où fuir…

Les soldats de Delorran se préparèrent à lancer une deuxième attaque – au grand complet, cette fois.

Stryke prit sa décision. C'était de la folie, mais il ne voyait pas d'autre moyen.

— Écoutez-moi! beugla-t-il. Nous allons tenter le tout pour le tout. Faites-moi confiance.

— Tu comptes encore charger? interrogea Coilla.

L'unité de Delorran galopait vers eux.

— Faites-moi confiance, répéta Stryke, et suivez-moi. À mon signal!

L'ennemi se rapprochait, gagnant de la vitesse. Les Renards ne pouvaient plus douter qu'il était animé d'une ardeur nouvelle.

Stryke attendit que les soldats de Delorran ne soient qu'à un jet d'épieu. Alors, il tourna la tête vers le champ de bataille.

— Maintenant! cria-t-il.

Puis il fit pivoter son cheval vers le sommet de la colline.

Quelques secondes plus tard, il l'atteignit et dévala la pente en direction de la vallée.

— Oh, non, gémit Jup.

Haskeer semblait paralysé. Et il n'était pas le seul. Aucun des soldats n'avait réagi.

Delorran et sa compagnie étaient presque sur eux.

Coilla se reprit la première.

— Venez! rugit-elle. C'est notre seule chance!

Elle éperonna son cheval et s'élança à la suite de Stryke.

— Et meeeerde ! jura Haskeer.

Mais il partit au galop, et les autres Renards l'imitèrent.

Bien que Darig soit accroché à lui, Alfray parvint à dérouler leur bannière.

Quand ils atteignirent le sommet de la colline, Stryke avait quelques centaines de mètres d'avance sur eux.

Dans la vallée, en contrebas, les deux armées gagnaient de la vitesse. Les premiers rangs de fantassins baissèrent leurs lances. Les cavaliers chargèrent.

Le couloir qui les séparait se rétrécissait de seconde en seconde. Et les Renards couraient vers le piège, pareils à des chauves-souris infernales.

Delorran et ses soldats arrivèrent en haut de la colline.

Ils grognèrent en découvrant les humains qui grouillaient dans la vallée. Même si leur capitaine n'avait pas levé la main pour qu'ils fassent halte, ils auraient tiré sur les rênes de leurs chevaux.

Éberlués, ils regardèrent les orcs foncer vers la bande de terrain où les deux armées étaient sur le point d'entrer en contact.

— Qu'est-ce qu'on fait, chef ? demanda le sergent.

— Sauf si vous avez une meilleure idée, on les regarde se suicider, répondit Delorran.

Chapitre 16

La pente était si raide que les chevaux des Renards glissaient dessus davantage qu'ils ne galopaient.

Pivotant sur sa selle, Coilla scruta le sommet de la colline. Le reste de l'unité la suivit de près. Au-dessus, leurs poursuivants s'étaient arrêtés et les observaient, l'air incrédule. La femelle orc éperonna sa monture pour rattraper Stryke.

— Qu'est-ce qu'on fait ?

— On passe, un point c'est tout ! cria Stryke alors que le vent leur fouettait le visage. Les humains ne doivent pas s'y attendre.

— Ils ne sont pas les seuls…

Les armées Uni et Multi se rapprochaient de seconde en seconde.

Stryke tendit un index vers le bas.

— Mais il faut foncer et ne pas s'arrêter, même quand nous aurons atteint l'autre côté.

— Si nous l'atteignons, grogna Coilla.

Dans le fracas des sabots de leurs montures, ils prirent pied sur le sol de la vallée. Par-dessus son épaule, Stryke vit que les autres Renards étaient toujours ensemble. Gêné par le poids de Darig, qu'il avait pris en croupe, Alfray fermait la marche, mais il ne se laissait pas distancer.

À présent qu'ils se déplaçaient en terrain plat, ils pouvaient galoper plus vite. L'inconvénient, c'était qu'ils ne bénéficiaient plus d'une vue d'ensemble du champ de bataille. Les armées leur semblaient beaucoup plus proches, et il était plus difficile d'évaluer la trouée qui les séparait encore. Stryke éperonna son cheval déjà haletant et ordonna aux autres d'accélérer.

Ils s'engagèrent dans la vallée, le rugissement de milliers d'humains assoiffés de sang résonnant à leurs oreilles.

Puis ils surgirent entre les deux armées. Des ennemis sur leur gauche, des ennemis sur leur droite.

Un kaléidoscope de corps et de visages défila autour d'eux. Stryke avait vaguement conscience des têtes qui se tournaient sur leur passage, des doigts qui se tendaient vers eux, des cris inaudibles saluant leur irruption.

Il pria pour que l'élément de surprise et l'excitation due à la bataille imminente leur donnent l'avantage. Il espérait surtout que personne n'oserait réagir, faute de savoir de quel côté allaient se ranger ces intrus de dernière minute. Mais dès qu'ils auraient reconnu des orcs, les Unis supposeraient qu'ils venaient prêter main-forte aux Multis.

Ils avaient traversé un quart du champ de bataille quand des flèches et des épieux commencèrent à voler dans leur direction.

Les deux armées étaient encore assez loin pour que les projectiles retombent sans atteindre les Renards. Mais elles avalaient la distance de plus en plus vite. S'ils marquaient quelque hésitation, les orcs seraient balayés par deux lames de fond jumelles et meurtrières. Çà et là, des cavaliers se détachaient déjà de la masse pour galoper à leur rencontre.

Un groupe de fantassins armés de lances et d'épées larges se dressa en travers du chemin de Stryke. Il ne ralentit pas, et força le passage en les bousculant. Coilla et le reste de l'unité achevèrent de les piétiner. Mais si les humains avaient été moins surpris et mieux organisés, ils auraient pu leur barrer la route sans problème.

Les flèches ennemies venaient se planter de plus en plus près. Un javelot siffla dans l'air entre l'arrière-train du cheval de Stryke et le museau du guerrier qui le suivait. Des humains affluèrent des deux côtés pour attaquer les orcs, qui ripostèrent, abattant sans discrimination Unis et Multis.

Un humain vêtu de noir saisit les rênes du cheval de Coilla. Puis il planta ses talons dans le sol pour freiner l'animal, qui trébucha et fit un quart de tour, forçant les montures des autres Renards à ralentir. De toutes les directions, d'autres humains affluaient pour se jeter dans la mêlée.

Coilla dégaina un couteau et l'abattit sur le visage de son agresseur. Pendant que les autres orcs lui passaient sur le corps, la femelle enfonça ses talons dans les flancs de sa monture. Toute l'unité accéléra pour distancer les humains.

Sur le flanc de la colonne – autrement dit, dans une position vulnérable –, Haskeer balançait sa hache de droite et de gauche, fracassant le crâne des lanciers qui s'efforçaient de le désarçonner.

Il rugit et s'arracha à la mêlée.

Les Renards galopaient entre deux océans déchaînés de guerriers humains.

Stryke avait conscience qu'ils risquaient d'être submergés.

Vue du sommet de la colline, l'unité ressemblait à une poignée de perles noires ballottées par la main d'un géant. Delorran et ses soldats regardèrent l'étau se refermer sur les Renards.

— Les fous! s'exclama le capitaine. Ils préfèrent se suicider plutôt que d'affronter la justice de Jennesta.

— Ils ne s'en tireront pas, chef, affirma le sergent.

— Nous ne pouvons pas traîner ici et prendre le risque que les humains nous repèrent. Préparez-vous à rebrousser chemin.

— Et l'artefact, chef?

— Tu veux aller le chercher peut-être?

Dans la vallée, des centaines d'Unis et de Multis fonçaient sur les Renards pour leur barrer le chemin.

— Venez! cria Delorran.

Il fit pivoter son cheval et descendit l'autre flanc de la colline. Ses soldats lui emboîtèrent le pas.

Stryke vit les humains se regrouper pour bloquer le passage aux Renards. Sans ralentir, il les percuta de plein fouet et força le passage.

Quelques instants plus tard, les orcs vinrent s'écraser contre le mur d'humains, qu'ils taillèrent à coups d'épée. Le chaos fut total quand les Unis et les Multis commencèrent également à se battre entre eux.

On passait de la confusion à l'anarchie la plus absolue.

Un petit groupe d'Unis armés de lances faillit réussir à désarçonner Jup. Le sergent parvint à les maintenir à distance en faisant de grands moulinets avec son épée, mais il aurait fini par succomber si une poignée de Renards n'étaient pas venus l'aider. Dès qu'ils se furent débarrassés des humains, ils éperonnèrent leurs montures.

Alfray faisait de son mieux pour ne pas décrocher. Hélas, son passager le ralentissait. Ayant perdu tout espoir que les orcs soient venus leur prêter main-forte, des Multis se jetèrent sur eux. Alfray se battit comme un beau diable, mais il était gêné par son camarade blessé et par la bannière des Renards : une arme moins efficace et moins maniable qu'une épée. Sans compter que les autres étaient trop loin pour l'aider.

Ils étaient sur le point de se dégager et de s'enfuir quand la pointe d'une lance traversa le dos de Darig.

Le malheureux cria à la mort.

Alfray abattit son épée sur le lancier humain et lui découpa une belle tranche de viande dans le haut du bras. Mais le mal était déjà fait.

Darig s'affaissa sur la selle, sa tête basculant en avant. Alfray était trop occupé à repousser leurs autres attaquants pour lui prêter beaucoup d'attention.

Un cavalier se porta à leur rencontre. Affolé, leur cheval se cabra, et Darig roula à terre. Il avait à peine touché le sol quand une masse d'humains se jeta sur lui. Leurs épées, leurs haches, leurs épieux et leurs couteaux le réduisirent en bouillie.

Alfray poussa un cri de rage et de désespoir. D'un seul coup, il décapita le cavalier qui lui bloquait le chemin. Un bref regard vers Darig lui confirma qu'il ne pouvait plus rien faire pour lui.

Il éperonna son cheval, échappant de justesse à un autre assaut, et rattrapa les Renards qui se pressaient dans un goulet d'étranglement, à la lisière du champ de bataille.

Le vieil orc était convaincu qu'ils ne s'en sortiraient pas.

Derrière eux, les armées humaines engagèrent enfin le combat.

Le début de la bataille fut une bénédiction pour les orcs. Les humains étaient si occupés à s'entre-tuer qu'arrêter les Renards leur parut soudain très secondaire.

Après deux minutes de carnage qui semblèrent durer une éternité, l'unité s'arracha enfin à la vallée et entreprit de gravir le flanc des collines qui la bordaient.

Lorsqu'elle eut pris un peu de hauteur, Coilla regarda en bas. Une vingtaine ou une trentaine d'humains galopaient à leur poursuite. À en juger par leur apparence, ce devaient être des Unis.

—On a de la compagnie! cria-t-elle.

Stryke s'en était déjà aperçu.

—Continuez! ordonna-t-il.

Au sommet de la colline, ils découvrirent une pente douce qui descendait vers une plaine semée de bosquets.

Ils continuèrent à galoper.

Derrière, les humains ne faisaient pas mine de ralentir. L'écume aux naseaux, les chevaux des chasseurs et de leurs proies faisaient jaillir des mottes de terre sous leurs sabots.

Puis un bleu cria, et tous levèrent la tête.

Trois dragons approchaient.

Stryke supposa qu'ils étaient aussi à la poursuite des Renards. Il bifurqua vers les arbres pour se mettre à couvert.

—Baissez la tête! cria Jup.

Un des dragons piqua vers eux et ils sentirent une explosion de chaleur dans leur dos. Puis la créature redressa son vol pour rejoindre ses semblables.

Jetant un coup d'œil derrière eux, les orcs constatèrent que les humains et leurs montures avaient été massacrés par le souffle du dragon. Le sol était jonché de cadavres calcinés. Quelques cavaliers brûlaient encore sur leurs montures léchées par les flammes.

Ceux qui n'avaient pas été touchés perdirent tout intérêt pour la poursuite. Ils s'arrêtèrent et observèrent leurs camarades morts, l'air stupéfait, puis regardèrent les orcs s'enfuir sans lever le petit doigt pour les rattraper.

Stryke se demanda si le dragon avait agi volontairement. On ne pouvait jamais savoir, avec ces bestioles. Leur souffle était une arme très imprécise.

Comme en réponse à sa question, les monstres virèrent sur l'aile et se préparèrent à une seconde attaque. Les Renards talonnèrent leurs montures pour atteindre le couvert des arbres.

Une ombre immense s'abattit sur eux. Le souffle du dragon embrasa l'herbe à quelques mètres sur leur droite. Ils éperonnèrent de plus belle leurs chevaux.

Un autre dragon plongea, le battement de ses ailes générant une bourrasque qui manqua les désarçonner.

Les Renards s'engouffrèrent in extremis dans le bosquet. Au-dessus de leurs têtes, le souffle de la créature carbonisa les frondaisons. Des branches enflammées s'abattirent sur le sol au milieu d'une pluie d'étincelles et de feuilles racornies.

Sans ralentir, les orcs s'enfoncèrent entre les arbres. À travers le feuillage, ils apercevaient leurs adversaires volants, qui tentaient de les suivre.

Ils s'arrêtèrent de l'autre côté du bosquet. Dissimulés par la végétation, ils observèrent les dragons, toujours aux aguets, qui planaient en cercle dans le ciel. Stryke ordonna de mettre pied à terre et envoya des éclaireurs s'assurer qu'aucun humain ne les avait suivis jusque-là. Visiblement, ce n'était pas le cas.

L'arme à la main, les Renards attendirent une occasion de quitter leur cachette.

Haskeer porta son outre à ses lèvres. Il but longuement, la reboucha et recommença à se plaindre.

— C'était drôlement risqué comme manœuvre.

— Que voulais-tu faire d'autre ? répliqua Coilla. Et de toute façon, ça a marché, non ?

Haskeer ne pouvait pas le nier. Il se contenta donc de bouder dans son coin.

Par bonheur, le reste de l'unité ne partageait pas sa mauvaise humeur. Les bleus étaient tellement excités de s'en être sortis que Stryke dut leur ordonner de baisser le ton.

Seul Alfray semblait mélancolique. Il ne cessait de penser à Darig.

— Si je l'avais mieux surveillé, il serait peut-être encore avec nous.

— Tu ne pouvais rien faire de plus, assura son capitaine. Ne te tourmente pas avec des « si ».

— Stryke a raison, dit Coilla. Réjouissons-nous plutôt de n'avoir pas davantage de pertes.

— Tout de même…, murmura Stryke. Si quelqu'un est à blâmer pour la mort de nos camarades, c'est bien moi.

— Ne commence pas à broyer du noir, fit Coilla. Nous avons besoin d'un chef avec les idées claires, pas d'un officier rongé par la culpabilité.

Stryke laissa tomber le sujet. Plongeant une main dans sa poche, il en sortit l'étoile.

— Cet objet bizarre nous a déjà valu tant de problèmes, soupira Alfray. Il a mis nos existences sens dessus dessous. J'espère que ça en vaut la peine…

— Ce pourrait être la clé qui nous délivrera des chaînes du servage.

— Peut-être que oui, peut-être que non… À mon avis, ça fait un moment que tu cherchais un prétexte pour ruer dans les brancards.

— Comme nous tous, je suppose, éluda Stryke.

Les épaules d'Alfray s'affaissèrent.

— C'est possible. Mais à mon âge, on se méfie du changement.

— L'époque *est* au changement. Tout se transforme. Pourquoi pas nous ?

— Tu parles, ricana Haskeer. Le fond du problème, c'est que…

Le souffle coupé, il s'interrompit, tituba et tomba comme une masse sur le sol.

— Quoi encore ? s'exclama Coilla.

Ils se rassemblèrent autour du sergent.

— Que se passe-t-il ? s'inquiéta Stryke. Il est blessé ?

Alfray s'agenouilla pour examiner le sergent.

— Non.

Il posa une main sur son front, puis prit son pouls.

— Alors, qu'est-ce qu'il a ?

— De la fièvre. À mon avis, il souffre du même mal que Meklun.

Plusieurs orcs reculèrent vivement.

— Et il a tenté de nous le cacher, l'imbécile.

— Il n'est plus lui-même depuis quelques jours, souligna Coilla.

— Exact, murmura Alfray. Tous les signes étaient là. Je m'en doutais un peu, mais je ne voulais pas y croire.

— Allons, parle, le pressa Stryke.

— J'avais des soupçons sur la cause du décès de Meklun. Ses blessures étaient graves, mais il aurait pu s'en remettre. Je crois qu'il a attrapé quelque chose au campement que nous avons incendié.

— Il ne s'en est pas approché, rappela Jup. Il n'était déjà plus en état.

— Mais Haskeer y est allé, lui.

— Grands dieux, souffla Stryke. Il a dit qu'il n'avait pas touché aux cadavres. Il a dû mentir.

— S'il a contracté la tavelure rouge et qu'il l'a transmise à Meklun, ne pourrait-il pas nous avoir tous contaminés ? demanda Coilla.

Un murmure inquiet parcourut les rangs.

— Pas nécessairement, répondit Alfray. Meklun était affaibli par ses blessures, donc plus vulnérable. Si nous étions infectés, nous aurions déjà des symptômes. Quelqu'un a-t-il constaté quelque chose d'anormal ?

Les orcs répondirent « non » ou secouèrent la tête.

— D'après le peu que je sais des maladies humaines, continua Alfray, le risque de contamination est le plus élevé au cours des premières quarante-huit heures.

— Espérons que tu as raison, soupira Stryke. (Il baissa les yeux vers Haskeer.) Tu crois qu'il s'en sortira ?

— Il est jeune et robuste. Ça devrait l'aider.

— Que pouvons-nous faire pour lui ?

— Pas grand-chose à part essayer de contrôler sa fièvre et attendre qu'elle disparaisse.

— Encore un problème supplémentaire, gémit Coilla.

— Oui, et nous n'en avions vraiment pas besoin, renchérit Stryke, l'air sombre.

— Haskeer a de la chance que nous ne partagions pas ses idées sur l'élimination des blessés et des invalides. Vous vous souvenez de ce qu'il voulait faire à Meklun ?

— Oui. Plutôt ironique, quand on y pense…

— Et maintenant, chef ? demanda Jup.

— On s'en tient à notre plan. (Stryke désigna les dragons qui continuaient à survoler le bosquet.) Dès qu'ils seront partis – à supposer qu'ils le fassent –, nous nous remettrons en route pour Trinité.

Ils durent se tapir plusieurs heures sous le couvert des arbres.

Finalement, les dragons se lassèrent de tourner en rond. Ils s'en furent en direction du nord et disparurent à l'horizon.

Stryke ordonna à ses subalternes de hisser Haskeer sur son cheval et de l'attacher en selle. Un bleu reçut la mission de guider son sergent, toujours inconscient.

L'unité se remit prudemment en route vers Trinité. Stryke estima qu'il leur restait une journée et demie de voyage, à condition de ne pas rencontrer d'autres obstacles.

Ayant laissé Échevette derrière eux, ils pouvaient prendre le chemin le plus direct. Mais ça ne signifiait pas que leurs ennuis étaient terminés, car ils avançaient désormais dans le sud de Maras-Dantia, la région où les humains pullulaient. Ils optèrent donc systématiquement pour le chemin le plus protégé, coupant à travers bois ou s'engageant dans d'étroites vallées abritées des regards hostiles.

Le matin du deuxième jour, ils longèrent une petite forêt dont les colons humains avaient abattu presque tous les arbres. Ils avaient emporté beaucoup de troncs, mais d'autres pourrissaient inutilement sur place. Les souches couvertes de mousse ou de champignons indiquaient que les bûcherons avaient officié des mois auparavant.

Les Renards s'étonnèrent de ces ravages et des efforts qu'ils avaient impliqués. Sachant que ces exactions devaient être l'œuvre d'un grand nombre d'humains, ils redoublèrent de vigilance.

Quelques heures plus tard, ils découvrirent où était passé le bois manquant.

Ils venaient d'atteindre une rivière qui coulait en direction du sud-ouest, vers les monts Carascrag. Comme il était plus facile de se diriger en suivant un cours d'eau, les orcs longèrent sa berge. Bientôt, ils remarquèrent que le courant devenait moins fort.

Au sortir d'un lacet, ils comprirent la raison de ce ralentissement.

La rivière se transformait en un énorme lac à la surface scintillante qui occupait la majeure partie de ce qui était jadis une plaine. Le plan d'eau avait été créé artificiellement au moyen d'un barrage de bois dont les rondins devaient provenir en grande partie de la forêt abattue.

L'ouvrage les impressionna autant qu'il les désola. Plus haut qu'un pin adulte, il composait une barrière de six troncs d'épaisseur et sa longueur était bien supérieure à la portée d'une flèche. Les troncs avaient été alignés avec une grande précision, puis attachés avec des kilomètres et des kilomètres de lianes. Du mortier bouchait les minuscules brèches.

Sur les deux rives du cours d'eau, d'immenses étais assuraient la stabilité de la construction.

Les éclaireurs signalèrent une totale absence d'humains dans les environs.

Comme ils avaient chevauché sans répit depuis la veille, Stryke ordonna une halte et posta des sentinelles.

Dès qu'Alfray se fut occupé d'Haskeer, dont la fièvre s'était aggravée, il rejoignit les autres officiers pour parler de leur plan.

— Nous ne devons plus être très loin de Trinité, dit Stryke. Si les humains ont construit un barrage, c'est sans doute pour alimenter en eau une importante population.

— Et pour contrôler la ressource naturelle la plus importante, ajouta Alfray.

— Bref, ils doivent être aussi nombreux que bien organisés.

— Mais ils ignorent qu'ils ont nui au pouvoir magique en modifiant le cours de la rivière, dit Jup. Je sens l'énergie négative d'ici…

— Moi, ce que je sens, ce sont des ennuis en perspective, coupa Coilla avec son pragmatisme habituel. Trinité est une forteresse habitée par des Unis fanatiques. J'ai cru comprendre que les races aînées n'y sont pas exactement les bienvenues. Comment mettre la main sur la seconde étoile ? À moins que tu envisages une mission suicide, Stryke ?

— Je ne sais pas comment nous allons nous y prendre, avoua leur capitaine. Pour le moment, tenons-nous-en à la stratégie de base : approchons-nous le plus possible et cachons-nous le temps d'évaluer la situation. Il doit y avoir un moyen. Nous ignorons lequel, c'est tout.

— Et s'il n'y en avait pas ? s'inquiéta Alfray. Si nous ne pouvions pas nous infiltrer dans Trinité ?

— Nous devrons reconsidérer notre plan. Peut-être essayer de négocier avec Jennesta : l'étoile que nous avons en échange d'une amnistie.

— Ben voyons ! railla Coilla.

— À moins que nous options pour une existence de hors-la-loi. Ce que nous sommes déjà, en fait…

Jup sembla troublé.

— Cette perspective ne m'enchante guère, avoua-t-il.

— Alors, essayons de ne pas en arriver là ! Maintenant, allez tous vous reposer un peu. Je veux que nous nous remettions en route dans une heure au plus tard.

Chapitre 17

Ils repérèrent Trinité en fin d'après-midi.

Dissimulés par la végétation, tous les sens en alerte au cas où une patrouille passerait dans le coin, les Renards observèrent la communauté humaine de là.

La cité était une enclave défendue par un haut mur de bois muni de tours de garde. Au-delà se dressaient les monts Carascrag aux pics déchiquetés bleus comme de l'acier. L'air réchauffé par les sources thermales du désert de Kirgizil tourbillonnait de l'autre côté de la cordillère.

Une route conduisait à l'énorme porte à double battant qui devait être l'entrée principale de la ville. Pour le moment, elle semblait fermée. Trinité était entourée par des champs cultivés qui s'étendaient pratiquement jusqu'à la cachette des orcs. Mais la récolte promettait d'être piteuse et peu appétissante.

— Maintenant, nous savons pourquoi ils ont besoin de toute cette eau, dit Coilla.

— Pour ce qu'ils en font, grommela Jup. Regarde ces épis maigrichons ! Décidément, les humains sont stupides. Ils ne comprennent pas que perturber la terre leur porte autant préjudice qu'à nous.

— Comment allons-nous approcher de cet endroit, Stryke ? demanda Alfray. Sans parler de nous y infiltrer…

— La chance jouera peut-être en notre faveur. Nous n'avons vu aucun humain. À mon avis, tous sont partis se battre à Échevette.

— Ils n'auraient pas laissé leur communauté sans défense, dit Coilla. Et de toute façon, ils finiront par revenir.

— Je voulais dire que ça pourrait nous aider, se défendit Stryke, pas que ça résoudrait notre problème.

— Alors, on fait quoi ? insista Jup.

— On cherche un endroit où se cacher et on dresse le camp. Coilla, tu prendras trois bleus avec toi et vous ferez le tour de la ville de gauche à droite. Jup, tu en prendras trois autres et vous ferez la même chose en sens inverse. Tâchez de trouver une cachette qui convienne aussi aux chevaux. C'est compris ?

Ils firent oui de la tête et s'en furent.

Stryke se tourna vers Alfray.

— Comment va Haskeer ?

— Toujours pareil.

— On peut lui faire confiance pour nous compliquer la vie, même inconscient. Soigne-le du mieux possible. Les autres, gardez l'œil ouvert et tenez-vous prêts à vous battre, juste au cas où.

Ils s'installèrent pour observer et attendre.

— Je ne sais pas trop, murmura Jup.

Tapis sous les buissons, ils étudiaient une bouche de tunnel taillée à même la montagne.

— Ce qui m'inquiète, c'est qu'il n'y a pas d'autre issue, dit Alfray. Je crains que les chevaux ne s'affolent, là-dedans.

— C'est tout ce que nous avons trouvé, répéta Coilla, irritée.

— Elle a raison, approuva Stryke. Il faudra faire avec. Tu es certaine que ce tunnel est désaffecté ?

La femelle hocha la tête.

— Deux soldats l'ont exploré sur une bonne distance.

— Si les humains découvrent que nous nous cachons là, nous serons pris au piège comme des rats, dit Jup.

— C'est un risque à courir, trancha Stryke. (Il vérifia que la voie était libre.) Dépêchons-nous. Les chevaux d'abord.

L'unité gagna rapidement l'entrée de la mine. Certains animaux refusèrent d'avancer ; il fallut les traîner sur les derniers mètres.

À l'intérieur, il faisait noir et beaucoup plus frais que dehors.

La lumière du jour leur permettait d'y voir sur trente pas environ, jusqu'à l'endroit où le tunnel se rétrécissait. Après, c'étaient les ténèbres absolues.

— On se tient à l'écart de l'entrée, dit Stryke, et on n'allume pas de torches, sauf cas de force majeure.

Coilla frissonna.

— Je ne m'enfoncerai pas suffisamment là-dedans pour en avoir besoin. Cet endroit me fait froid dans le dos.

Jup passa une main sur le mur grossièrement taillé.

— À votre avis, que cherchaient les humains ici ?

Penché sur Haskeer et lui pressant une compresse humide sur le front, Alfray répondit :

— Sans doute de l'or, ou un autre minerai qu'ils considèrent comme précieux.

— J'ai déjà vu ce genre de chose, dit Jup en frappant la paroi de la pointe de sa botte. Ils voulaient extraire les cailloux noirs dont ils se servent comme combustible. Je me demande combien de temps ils ont mis à épuiser cette veine.

— Sans doute pas beaucoup, les connaissant ! lança Coilla. Tu dois avoir raison. J'ai entendu dire que les Unis avaient fondé Trinité ici parce que la région regorge de cailloux noirs.

— Une fois encore, ils violent la terre, marmonna le nain. Nous aurions dû détruire leur barrage pour leur donner une bonne leçon.

— Nous n'aurions pas pu le faire, le détrompa Stryke. Et ce n'est pas le but de notre venue. La priorité, c'est de trouver le point faible de Trinité.

— S'il y en a un.

— Nous ne le découvrirons pas en restant assis dans ce tunnel.

— Alors, quel est ton plan ? demanda Coilla.

— Mieux vaut éviter de nous balader trop nombreux en plein jour. J'aimerais me rendre compte par moi-même. Jup et toi m'accompagnerez…

— Ça me va. Je ne suis pas faite pour la vie de troglodyte.

— Les autres, vous restez ici ! ordonna Stryke. Alfray, poste deux sentinelles à l'entrée et deux autres dans les buissons pour vous avertir si quelqu'un approche. Et essayez de calmer les chevaux. Venez, tous les deux.

Coilla et Jup le suivirent.

Pliés en deux pour ne pas se faire remarquer, ils se déplacèrent d'une cachette à une autre en direction de la ville.

Ils traversaient un champ de maïs quand Coilla saisit le bras de Stryke.

— À terre ! siffla-t-elle, l'entraînant vers le sol.

Les trois officiers s'aplatirent entre les épis. À moins de vingt mètres d'eux se tenaient les premiers humains qu'ils aient vus depuis la bataille d'Échevette. Un petit groupe de femmes, toutes vêtues de noir, récoltaient des plantes dans un champ voisin et les chargeaient dans les paniers placés sur le dos de plusieurs mules. Deux hommes barbus montaient la garde près des animaux.

Stryke porta un doigt à ses lèvres, puis fit signe aux autres de le suivre. Rampant sur les coudes et les genoux, ils contournèrent les humains en silence.

Ils débouchèrent sur une grande bande de terre battue couverte de galets. À l'abri des hautes herbes, ils comprirent que c'était la route qui conduisait aux portes de Trinité. Comme il ne semblait pas y avoir d'humains dans les champs d'en face, ils s'apprêtèrent à la traverser.

Coilla allait s'élancer quand ils entendirent le roulement sourd de chariots qui approchaient. Ils reculèrent et se tapirent de nouveau entre les épis de maïs.

Une colonne de véhicules entra dans leur champ de vision. Le premier était une carriole tirée par deux magnifiques juments blanches. Deux humains vêtus de noir et armés jusqu'aux dents occupaient le banc du conducteur. Deux autres étaient assis à l'arrière sur une confortable banquette : un garde muni d'un arc, et le mâle le plus inquiétant que Stryke ait jamais vu.

Il était le seul à porter un chapeau – une sorte de tuyau de poêle en feutre que les humains appelaient «haut-de-forme». Très grand et très mince, il avait un visage buriné orné d'une moustache grisonnante et terminé par un menton pointu. Entre les deux, des lèvres pincées qui ne devaient pas avoir l'habitude de sourire. Au-dessus, des yeux sombres au regard intense…

La carriole passa.

Elle fut suivie par trois chariots aux attelages de bœufs, tous conduits par deux humains armés et vêtus de noir. Des nains si nombreux qu'ils étaient forcés de se tenir debout s'entassaient à l'arrière.

Alors que la petite colonne se dirigeait vers les portes de la ville, Stryke remarqua l'air préoccupé de Jup.

— Imagine ce qu'Haskeer aurait dit, soupira le nain.

—Ce n'étaient pas des prisonniers, n'est-ce pas? demanda Coilla.

Stryke secoua la tête.

—On dirait plutôt des ouvriers. Mais c'est surtout le grand humain de la carriole que j'ai trouvé intéressant.

—Hobrow? avança Coilla.

—Il avait le maintien d'un chef…

—Et les yeux de poisson mort qui vont avec, marmonna Jup.

Des gardes apparurent au sommet du mur d'enceinte. Les portes s'ouvrirent lentement, offrant un bref aperçu de l'intérieur de la ville, puis se refermèrent dès que les véhicules furent entrés. Les orcs entendirent le bruit d'une barre de fer que l'on remettait en place.

—Le voilà, notre moyen d'accès! triompha Jup.

—Que veux-tu dire? demanda Stryke.

—Faut-il que je te fasse un dessin? Ils utilisent des nains comme ouvriers. Au cas où tu ne l'aurais pas remarqué, j'en suis un.

—C'est très risqué, Jup, dit Coilla.

—Tu vois une autre solution?

—Même si tu arrives à entrer, que comptes-tu faire après?

—Recueillir des informations. Observer la disposition des lieux et les défenses. Peut-être me faire une idée de l'endroit où est l'étoile.

—À supposer que Mobbs ait vu juste, et qu'il y en ait bien une.

—Nous ne le saurons jamais si personne n'y va…

—Nous ignorons quel système de sécurité ils utilisent, dit Stryke. Suppose qu'ils connaissent tous les ouvriers nains…

—Ou que les ouvriers se connaissent entre eux,

renchérit Coilla. Comment réagiraient-ils à la présence d'un intrus ?

— Je n'ai pas dit que ce serait facile, coupa Jup. Mais il m'étonnerait beaucoup que les humains connaissent chaque nain par son nom. Ils méprisent les races aînées. Je les imagine mal prendre la peine de se familiariser avec l'une d'elles.

Coilla fronça les sourcils.

— Ce n'est qu'une supposition.

— Et un risque à courir, insista Jup. Pour ce qui est des nains eux-mêmes... À vue de nez, ils viennent d'au moins quatre tribus différentes.

— Comment le sais-tu ? s'étonna Stryke.

— À cause de leur façon de s'habiller : la couleur de leurs foulards, la coupe de leurs pourpoints... On peut déterminer l'origine d'un nain selon ce genre de détails vestimentaires.

— Lesquels portes-tu ? demanda Coilla.

— Aucun. J'ai dû m'en débarrasser en entrant au service de Jennesta, pour qu'on puisse connaître mon allégeance d'un simple coup d'œil. Mais je peux facilement y remédier.

Stryke était toujours sceptique.

— Ça fait beaucoup de « si » et de « peut-être ».

— Je sais. Et encore, je n'ai pas abordé le problème principal. Il doit y avoir un dispositif de contrôle des allées et venues des ouvriers. Je suppose que les humains les comptent régulièrement, à défaut de vérifier leur identité.

— Autrement dit, t'infiltrer parmi eux ne servirait à rien même si nous trouvions un moyen de le faire.

— C'est vrai, concéda Jup. Il faudrait m'*échanger* contre l'un d'eux.

Coilla lui jeta un regard surpris.

—Et comment faire ?

—Je ne sais pas encore... Si nous y arrivions, trois éléments joueraient en notre faveur. Le premier, c'est qu'un nouvel arrivant ne déclencherait pas les soupçons des nains, parce qu'ils viennent de plusieurs tribus différentes. Le deuxième, c'est que les humains sont généralement incapables de nous distinguer les uns des autres.

—Et le troisième ?

—Ils ne doivent pas s'attendre à ce qu'un nain ennemi veuille s'introduire dans leur ville.

Stryke secoua la tête.

—Ne le prends pas mal, Jup, mais ta race a la réputation de... disons, de se laisser porter par le vent. Les humains savent que vous vous battez pour le plus offrant. Sans vouloir te vexer.

—Je ne suis pas fâché, assura Jup. Ça fait longtemps que j'ai cessé de m'excuser pour le comportement de mes semblables. Mais postulons que les humains ne pensent pas qu'un nain seul soit assez fou pour s'infiltrer chez eux. Voilà au moins un point sur lequel ils réagissent comme les races aînées : ils voient seulement ce qu'ils s'attendent à voir. Ils utilisent des nains. Je suis un nain. Avec un peu de chance, ils n'iront pas chercher plus loin.

—Avec un peu de chance, répéta Coilla sur un ton moqueur. Les humains sont des monstres, mais pas forcément des imbéciles.

—Je sais.

—Comment dissimuleras-tu tes tatouages ? demanda Stryke.

—Avec des racines de garva. En les écrasant dans de l'eau et en ajoutant un peu d'argile, je devrais obtenir une couleur assez proche de celle de ma peau. Je n'aurai qu'à m'en tartiner le visage pour passer inaperçu.

— À condition que personne ne t'inspecte de trop près. Tu vas vraiment prendre beaucoup de risques…

— Mais tu es d'accord sur le principe ? demanda Jup.

Stryke réfléchit un moment.

— Je ne vois pas d'autre moyen, admit-il. Donc… oui.

Jup sourit.

Instinctivement, les trois officiers se tordirent le cou pour vérifier qu'il n'y avait pas d'humains alentour.

— Tout de même, ne vous excitez pas trop, dit Coilla. Il nous faut encore régler pas mal de détails. Par exemple, la façon de t'échanger contre un des ouvriers.

— Tu as une idée ? demanda Stryke.

— Nous pourrions peut-être tendre une embuscade à un des chariots, la prochaine fois qu'ils sortiront de la ville. Nous enlèverons un passager, et Jup se mêlera aux autres.

— Non. Trop de choses peuvent mal tourner, et ça alerterait les humains.

— Tu as raison, ça ne marcherait pas. Qu'en penses-tu, Jup ?

— À mon avis, il vaudrait mieux localiser l'endroit d'où viennent les nains. Les humains vont les chercher quelque part, et ça ne devrait pas être trop loin d'ici. Il doit y avoir dans les environs un village ou un point de rendez-vous.

— Ça semble logique, admit Stryke. Et pour le découvrir, nous n'aurons qu'à suivre les chariots la prochaine fois qu'ils sortiront.

— Exactement, dit Jup. Nous serons obligés de nous déplacer à pied, mais ils n'ont pas l'air d'avancer très vite.

— Dans ce cas, espérons que tu as raison et que le point de rendez-vous n'est pas loin d'ici. (Stryke examina leur plan.) Ça ira. Coilla, tu rejoins les autres et tu leur expliques ce qui se passe. Puis tu reviens ici avec deux soldats, et nous attendrons que les chariots ressortent.

— Tu sais que c'est de la folie, j'espère ?
— La folie devient notre spécialité. File !

Coilla eut un pâle sourire et s'en fut en rampant à travers champs.

Les chariots qui transportaient les nains quittèrent Trinité au crépuscule. Cette fois, la carriole d'Hobrow ne les accompagnait pas.

Stryke, Coilla, Jup et deux autres orcs laissèrent les véhicules passer et prendre un peu d'avance. Puis ils les suivirent en se faufilant entre les épis de maïs. Quand ils atteignirent la fin de la zone cultivée, ils durent redoubler d'inventivité pour ne pas se faire repérer, mais ils avaient assez d'expérience pour ça.

Par bonheur, les chariots, pleins à craquer, se déplaçaient assez lentement pour ne pas les distancer. Ils finirent par quitter le chemin et s'engagèrent dans une plaine, en direction du Bras de Calyparr. Trois kilomètres plus loin, ils s'arrêtèrent dans un bosquet.

Les orcs regardèrent les conducteurs baisser le hayon pour laisser descendre leurs passagers. Ceux-ci se dispersèrent, seuls ou par petits groupes.

— C'est donc un point de rendez-vous, pas un village, constata Stryke.
— Ils doivent venir de plusieurs communautés des environs, dit Jup. Tant mieux pour nous. Ça nous facilitera le travail.

Les chariots firent demi-tour et prirent le chemin du retour. Alors qu'ils passaient devant eux bien plus rapidement qu'à l'aller, les orcs baissèrent la tête. Plusieurs nains les frôlèrent également sans les voir.

— Jusqu'ici, tout va bien, murmura Stryke. Maintenant, on attend le matin et on espère que les humains reviendront les chercher.

Il distribua les tours de garde. Puis ses compagnons et lui s'installèrent pour la nuit.

Qui se déroula sans incident.

Peu après l'aube, des nains affluèrent sur le lieu de rendez-vous. Jup noua autour de son cou un foulard couleur rouille qui était l'emblème d'une obscure et lointaine tribu. Puis il étala la pâte de garva sur ses joues pour dissimuler ses tatouages de sergent. Stryke avait redouté que ça ne se voie, mais il dut reconnaître que le camouflage était remarquable.

— Maintenant, nous devons intercepter un ouvrier solitaire avant qu'il rejoigne les autres.

Les orcs sondèrent les environs à la recherche d'un candidat potentiel. Un des soldats donna un coup de coude à Stryke et tendit le doigt. Sur leur droite, un nain se frayait un chemin dans les herbes hautes.

— J'y vais, déclara Jup.

Stryke lui posa une main sur le bras.

— Tu es sûr ?

— Il faut que ce soit moi. Tu comprends, n'est-ce pas ?

— D'accord. Mais emmène Coilla pour couvrir tes arrières.

Les deux officiers partirent, pliés en deux et marchant sur la pointe des pieds.

Les autres suivirent leur cible du regard en tenant à l'œil les ouvriers qui se rassemblaient sur le lieu de rendez-vous.

Le nain disparut soudain entre les hautes herbes, qui s'agitèrent brièvement. Quelques instants plus tard, Jup se releva et se dirigea vers le bosquet d'un pas nonchalant.

Les autres l'observèrent, prêts à bondir de leur cachette pour voler à son secours.

— Il est doué pour faire comme si de rien n'était, reconnut Stryke.

Un buisson ondula sur sa droite, et Coilla réapparut.

— Il est arrivé ? demanda-t-elle.

— Pas encore.

Jup atteignit le bosquet où attendaient déjà des dizaines de nains. Ses camarades se tendirent : c'était la première épreuve d'une longue série.

Mais ni les nains ni les conducteurs des chariots ne lui prêtèrent la moindre attention.

Quelques minutes plus tard, tous montèrent dans les véhicules. Jup, qui s'était tenu jusque-là à l'écart de ses semblables, dut s'approcher. Son déguisement suffirait-il à les tromper ? Les orcs retinrent leur souffle.

Jup se mêla aux ouvriers et monta dans un chariot. Personne ne protesta. Les conducteurs refermèrent les hayons, prirent place à l'avant des véhicules et firent claquer leur fouet. Les bœufs se mirent en route ; le convoi s'ébranla.

Tapis dans leur cachette, les orcs le regardèrent passer. Ils attendirent un peu avant de lui emboîter le pas.

Les chariots regagnèrent Trinité par le même chemin que la veille.

Stryke et ses compagnons, eux, durent faire quelques détours pour éviter les humains qui travaillaient dans les champs, aux abords de la ville. Les femmes occupées à récolter les épis semblaient plus nombreuses que la veille. Idem pour les gardes qui les protégeaient.

Les Renards ne purent pas s'approcher du mur d'enceinte autant qu'ils l'auraient souhaité. Mais ils rampèrent jusqu'au sommet d'une petite butte, d'où ils pourraient suivre la progression du convoi jusqu'à son entrée dans Trinité.

Comme la veille, des gardes apparurent sur les remparts et dévisagèrent les visiteurs. Quelques instants plus tard, les immenses portes s'ouvrirent et les orcs purent de nouveau jeter un coup d'œil sur la ville.

Les chariots entrèrent en cahotant. Des humains vêtus de noir se hâtèrent de refermer les portes.

En entendant le bruit sourd de la barre qu'ils remettaient en place, Stryke espéra qu'on ne venait pas de sonner le glas pour Jup.

Chapitre 18

Les grandes portes se refermèrent derrière Jup avec un grincement funeste.

Il regarda discrètement autour de lui. La première chose qu'il vit, ce fut des dizaines de gardes vêtus de noir, tous armés jusqu'aux dents.

Trinité était une ville austère dont la disposition aurait ravi le plus exigeant stratège. Ses bâtiments s'alignaient en rangées bien nettes. Certains étaient des chaumières aux murs de pierre de taille à abriter une famille. D'autres, plus larges et en bois, ressemblaient à des baraquements militaires. Tous étaient reluisants de propreté et impeccablement entretenus.

Plus loin, on apercevait des tours droites comme des I qui surplombaient les toits. Des avenues et des ruelles aussi droites que la trajectoire d'une flèche quadrillaient l'ensemble. Même les arbres avaient été plantés en ligne.

Des humains se déplaçaient à travers cette rigueur étouffante. Comme les gardes, ils portaient des vêtements noirs à la coupe sévère.

Jup avait à peine jeté un regard sur la ville quand lui et ses compagnons – aucun ne lui avait adressé la parole et ils ne bavardaient pas non plus entre eux – furent sèchement invités à descendre des chariots.

Encore un instant de vérité. Le Renard découvrirait bientôt si les humains avaient une liste des noms de leurs ouvriers. Dans ce cas, il s'ensuivrait certainement quelque chose de pénible, pour ne pas dire de fatal.

En accord avec la symétrie qui caractérisait l'endroit, les nains se rangèrent en colonnes parallèles derrière les chariots qui les avaient amenés. Au profond soulagement de Jup, des humains longèrent les rangs, tendant l'index vers chaque nain à mesure qu'ils les dénombraient. Celui qui s'occupait de sa colonne remuait les lèvres en même temps, mais il le dépassa sans ciller.

Jup se demandait ce qui allait arriver ensuite quand il détecta des signes d'agitation à l'entrée d'un des baraquements. L'humain que Stryke, Coilla et lui avaient aperçu la veille dans la carriole, et qu'ils avaient supposé être Kimball Hobrow, apparut sur le seuil.

Son regard était toujours aussi froid, son expression pareillement impassible. Comme la première fois, Jup ne put pas lui attribuer un âge. Une inspection attentive ne lui révéla pas grand-chose de plus que son premier coup d'œil furtif, mais il estima que cet homme devait être au milieu de sa vie, même s'il n'était pas spécialiste en biologie humaine. Il savait qu'il existait une formule pour déterminer une équivalence d'âge, comme avec les chats et les chiens, mais il ne s'en souvenait pas.

La seule chose incontestable, c'était le charisme d'Hobrow et son aura d'autorité et de puissance.

Les gardes firent silence et s'écartèrent pour le laisser passer. Hobrow se dirigea vers un chariot et grimpa sur le banc du conducteur, ajoutant encore à l'aspect imposant de sa haute silhouette. Il promena son regard pénétrant sur les nains. Malgré lui, Jup frissonna.

Hobrow leva les mains comme pour réclamer le calme.

Pourtant, pas un bruit ne s'était fait entendre depuis son apparition.

— Je suis Kimball Hobrow! dit-il d'une voix basse et soyeuse. Certains d'entre vous sont nouveaux ici…

Jup fut ravi de l'apprendre. Ainsi, il courrait moins de risques d'être démasqué.

— Les autres ont déjà entendu ce que je vais vous dire, continua Hobrow, mais ça mérite d'être répété. J'attends de vous que vous obéissiez aux ordres et que vous vous souveniez de votre statut. Nous vous tolérons dans l'enceinte de cette ville afin que mon peuple puisse se consacrer à des tâches plus importantes.

Autrement dit, nous sommes ici pour nettoyer leurs déjections, songea Jup. *Quelle surprise…*

Marquant une pause, Hobrow étudia son public pour donner plus de poids à ses paroles.

— Nous autorisons certaines choses et en interdisons d'autres. Vous avez le droit de travailler dur aux tâches pour lesquelles nous vous rétribuons largement. Et celui de faire preuve de la déférence appropriée envers ceux qui valent mieux que vous. Enfin, celui de respecter notre croyance en un unique Créateur.

Voilà pour le bâton. Et la carotte?

— En revanche, nous interdisons la paresse, l'insolence, l'insubordination, le relâchement moral et le langage profane.

Grands dieux, réalisa Jup, *c'était la carotte!*

— Nous ne tolérons pas non plus la consommation d'alcool, de pellucide ou d'autres substances toxiques. Vous n'adresserez jamais la parole à un humain les premiers, et vous exécuterez sans poser de question tout ordre donné par un surveillant ou un citoyen. En toutes circonstances, vous vous plierez aux lois de notre Seigneur, et serez punis pour chaque transgression. Comme notre Créateur, je peux reprendre ce que j'ai donné.

Hobrow promena de nouveau son regard d'acier sur les nains. Jup remarqua qu'ils détournaient la tête pour l'éviter, et il les imita pour ne pas attirer l'attention.

L'humain ôta son chapeau, révélant une tignasse de cheveux noirs striés de mèches argentées.

— À présent, nous allons prier pour le bon déroulement de notre labeur.

Jup regarda les autres ouvriers. Ceux qui portaient un chapeau l'enlevèrent également. Suivant leur exemple et celui d'Hobrow, le Renard baissa la tête. Il se sentait un peu ridicule et ne comprenait pas en quoi il était nécessaire d'agir ainsi. Quand il voulait s'adresser à ses propres dieux, il ne faisait pas autant de simagrées. Les dieux ne jugeaient certainement pas les requêtes de leurs fidèles en fonction du chapeau qu'ils portaient !

— Ô Créateur de toute chose, psalmodia Hobrow, nous Te supplions humblement d'entendre notre prière. Bénis le labeur de ces misérables créatures ; aide-nous à les arracher à leur ignorance et à leur barbarie. Bénis les efforts de Tes élus, afin que nous puissions Te servir et T'honorer. Prête force et vigueur à notre bras, pour que nous puissions accomplir notre mission et être les instruments de Ta divine volonté. Laisse-nous être Ton épée, et sois en retour le bouclier qui nous protégera contre les hérétiques et les blasphémateurs. Apprends-nous à être reconnaissants pour les infinies bontés que Tu nous accordes, ô Seigneur.

Sans ajouter un mot, il remit son chapeau, descendit du chariot et regagna le bâtiment d'où il était sorti. Quelques fidèles lui emboîtèrent respectueusement le pas.

— Il en fait, du zèle, commenta Jup à l'adresse du nain qui se tenait derrière lui.

Celui-ci ne répondit pas, se contentant de l'examiner sans trop de curiosité.

Je sens que je vais me plaire ici…

Un garde prit la place d'Hobrow sur le banc du chariot.

— Les nouveaux, restez là pour qu'on vous attribue un poste ! Les autres, rejoignez le vôtre dans le calme.

La majorité des nains partirent dans différentes directions.

— Revenez au crépuscule pour qu'on vous ramène chez vous ! cria le garde.

Il ne restait plus que Jup et quatre autres ouvriers. Ainsi exposé, le Renard se sentait plus vulnérable. Ses compagnons se rapprochant du garde, il suivit le mouvement.

— Vous avez entendu les paroles du maître. Assurez-vous de vous conformer à ses directives. Nous avons les moyens de punir ceux qui commettraient des infractions. (Le garde consulta une feuille de parchemin.) Nous avons besoin de trois ouvriers supplémentaires pour la reconstruction du square municipal. Toi, toi et toi, suivez-le.

Un surveillant fit signe aux nains que le garde venait de sélectionner et ils partirent ensemble.

— Il nous faut un ouvrier pour aider à creuser la nouvelle fosse d'aisance, près du mur sud.

Avec la chance que j'ai, songea Jup, *ce sera forcément moi…*

— Toi.

Le garde désigna l'autre nain, qui rejoignit un surveillant en faisant une tête d'enterrement.

Resté seul avec le garde, Jup commença à se sentir mal à l'aise. Un instant, il crut que les humains avaient éventé sa ruse et que c'était un piège destiné à l'isoler de ses semblables.

L'humain le fixa.

— Tu as l'air costaud.

— Euh... Je suppose que oui, balbutia Jup.

— Oui *messire*, l'informa le garde d'un ton hautain. Tous les humains s'appellent « messire » pour les gens de ton espèce.

— Oui, messire, corrigea Jup avec toute l'humilité qu'il put imiter.

Intérieurement, il enrageait d'être obligé de lécher les bottes d'un envahisseur.

Le garde consulta de nouveau son parchemin.

— Nous avons besoin d'une autre paire de bras aux fours de l'arboretum.

— Du quoi... messire ?

— De la serre, si tu préfères. Nous y faisons pousser des plantes qui ont besoin de chaleur. Ton boulot consistera à alimenter les feux... (Le garde eut un geste impatient.) On t'expliquera tout ça.

Jup suivit l'humain qu'on lui avait affecté comme surveillant. Le type garda le silence et le Renard ne tenta pas d'engager la conversation.

Il espérait obtenir un travail qui lui laisserait la latitude de s'échapper et d'explorer un peu la ville. Mais les humains prenaient la sécurité très au sérieux et ne lâchaient pas les étrangers d'une semelle. Des cals sur les mains, voilà sans doute tout ce que Jup retirerait de cette mission. Et il aurait de la chance de ne pas y laisser sa tête.

Son surveillant, qui le précédait de deux pas, s'engagea dans une avenue bordée de maisons quasi identiques. Au bout, ils tournèrent à droite dans une seconde artère qui ressemblait en tout point à celle qu'ils venaient de quitter. Jup trouvait cette uniformité un peu perturbante.

Au croisement suivant, le nain aperçut le plus grand

bâtiment qu'il ait vu jusque-là à Trinité. Taillé dans le granit, il était quatre ou cinq fois plus haut que les demeures environnantes, dont il se distinguait également par une double porte de chêne que surmontait une énorme fenêtre ovale aussi large et haute que deux ou trois humains mis bout à bout et munie d'une vitre.

Jup avait vu du verre une seule fois, dans le palais de Jennesta. Il savait que c'était un matériau rare et cher, difficile à fabriquer. Celui-ci présentait une teinte bleue, et s'ornait du symbole des Unis : un X. Le nain supposa que ce bâtiment était un lieu de culte. Son surveillant le fixant avec insistance, il baissa la tête et feignit l'indifférence.

Il n'avait pas beaucoup de temps pour remplir sa mission. Même s'il savait que ses camarades se donneraient du mal pour dissimuler le corps de l'ouvrier qu'il avait tué, les parents et amis du défunt signaleraient sûrement sa disparition dès le lendemain.

Jup et son surveillant longèrent le temple et franchirent l'angle d'une autre avenue où se dressait un bâtiment plus petit, mais d'apparence plus excentrique. Jusqu'à la hauteur d'une épaule de nain, les murs extérieurs se composaient de blocs de pierre pas plus gros que des briques. Au-dessus s'élevaient des rideaux de verre maintenus par des châssis de bois et surmontés par un toit plat. La condensation les rendant opaques, Jup put à peine distinguer, de l'autre côté, une masse de formes irrégulières verdâtres.

Ce curieux bâtiment était flanqué d'une autre structure plus petite et plus traditionnelle, aux murs de bois et de pierre. Le surveillant poussa Jup dans sa direction.

Quand ils entrèrent, une vague de chaleur les assaillit.

Jup remarqua l'absence de mur de séparation entre cette structure et le bâtiment en verre, qui devait être l'arboretum. Une humidité brûlante régnait à l'intérieur.

La serre était remplie de plantes en bacs posés sur le sol, des pots étant rangés sur une multitude d'étagères. Certaines avaient des fleurs, d'autres pas. On distinguait des tiges graciles, de petits buissons replets et des vrilles grimpantes. Le nain ne reconnut aucune variété.

L'extension de l'arboretum abritait trois fours énormes qui se dressaient contre un mur blanchi à la chaux. Des feux rugissaient dans leur gueule béante. Des piles de bûches et de cailloux noirs aux formes irrégulières servaient à les alimenter. Jup fut un peu rassuré de voir qu'une partie au moins des arbres sauvagement abattus servaient à quelque chose.

Une gouttière d'argile pénétrait dans le bâtiment par une ouverture ménagée dans le mur. Elle était remplie d'eau fumante qu'elle acheminait au-dessus des fours, la déversant dans les tuyaux qui serpentaient autour de l'arboretum.

Jup dut reconnaître que c'était un système ingénieux, même s'il n'en comprenait pas bien l'utilité.

Deux nains s'affairaient devant les fours : le premier y pelletait des cailloux noirs, l'autre y jetait des bûches. Ils étaient couverts de suie et de transpiration. Assis près de la porte (aussi loin que possible des brasiers), un garde les surveillait. Il se leva à l'entrée de Jup et de l'humain qui l'accompagnait.

— Sterling…

— Istuan, le salua son camarade. (Il désigna Jup.) Je t'amène un nouveau.

Istuan ne gratifia pas le nain d'un coup d'œil.

— Il était temps, grommela-t-il. Nous avons du mal à maintenir une température correcte avec deux paires de bras.

Jup apprécia beaucoup le «nous».

Sterling salua Istuan et repartit.

— Il y a des réservoirs dehors, dit Istuan sans préambule. Ils alimentent la gouttière que tu vois ici. L'eau doit toujours rester chaude, sinon les plantes ne sont pas contentes.

Il s'exprimait sur un ton à la fois mécanique et condescendant, comme s'il s'adressait à un animal domestique pas très futé.

— De quel genre de plantes s'agit-il ? demanda Jup.

Istuan eut l'air surpris que l'animal domestique sache parler. Il prit un air soupçonneux.

— Ça ne te regarde pas. Tout ce que tu as besoin de savoir, c'est qu'il ne faut pas que la température baisse à l'intérieur de la serre. Sinon, tu recevras le fouet.

— Oui, messire, répondit Jup, imitant une humilité de bon aloi.

— Ton boulot consiste à vérifier le niveau de l'eau dans les réservoirs, à fournir du combustible à tes camarades et à les relever quand ils seront fatigués. C'est bien compris ?

Le nain hocha la tête.

— Maintenant, tu prends une pelle et tu amènes du charbon, ordonna le surveillant en désignant une porte, sur le côté.

Elle donnait sur une cour fermée où se dressaient de petites montagnes de bois et de cailloux à brûler, ainsi que deux réservoirs semblables à des tonneaux montés sur pattes.

Jup s'attela à ravitailler ses camarades en combustible. Le labeur étant exténuant, ni les autres nains ni leur gardien ne paraissaient enclins à discuter.

Au bout d'environ une heure, l'humain se leva et s'étira.

— J'ai un rapport à faire, les informa-t-il. Mais n'en profitez pas pour vous tourner les pouces, sinon, ça bardera à mon retour.

Dès qu'il fut parti, Jup tenta d'engager la conversation avec ses camarades.

—Drôles de plantes, commenta-t-il.

Un des nains se contenta de hausser les épaules ; l'autre ne réagit pas.

—Je n'ai jamais rien vu de semblable, insista Jup. Visiblement, ce ne sont pas des légumes.

—Non, dit enfin un de ses camarades. Ce sont des herbes. Je crois qu'elles servent à fabriquer des remèdes.

—Vraiment ?

Jup s'approcha pour les inspecter de plus près.

—Tu ne peux pas aller dans la serre, dit l'autre nain. C'est interdit.

Jup écarta les mains.

—D'accord, d'accord. Je suis curieux, c'est tout.

—Mauvaise idée. Contente-toi de faire ton boulot et d'encaisser ta paie.

Il se remit au travail et n'échangea pas d'autres propos avec ses collègues jusqu'au retour du gardien.

L'homme lui confia un bâton gradué et l'envoya mesurer le niveau d'eau dans les réservoirs. Coup de chance, il était assez bas pour justifier un remplissage. Le surveillant et les deux autres nains partirent dans un chariot, confiant à Jup le soin de continuer à alimenter les feux.

Dès qu'ils eurent disparu, Jup passa dans la serre. Il ne réussit pas à identifier les plantes, mais ça n'avait rien d'étonnant, car il ne s'était jamais intéressé à la question. Décidant qu'Alfray en saurait peut-être davantage, il préleva quelques feuilles au hasard. Au cas où les gardes fouilleraient les ouvriers avant de les laisser quitter la ville, il retira une de ses bottes et les glissa à l'intérieur.

C'était sans doute sa seule chance d'explorer les lieux. Il mit une grande quantité de combustible dans les fours en espérant que ça suffirait à entretenir les feux jusqu'à son retour. Puis il approcha de la porte, l'ouvrit avec précaution et jeta un coup d'œil dans la rue. Ne voyant personne, il se glissa dehors.

Pendant que son surveillant l'escortait jusqu'à l'arboretum, Jup avait repéré d'autres nains qui allaient et venaient, portant des messages ou effectuant quelque autre course. Il se mit en route d'un pas déterminé, en espérant que les humains qu'il croiserait le croiraient chargé d'une mission.

Jup savait où il comptait aller. Selon son raisonnement, si l'instrumentalité avait été incluse dans les pratiques religieuses des Unis, le temple serait l'endroit le plus logique où la conserver.

Il se doutait que les nains ne devaient pas être les bienvenus dans un lieu de culte Uni, et que le châtiment, pour ceux qui s'y introduiraient, serait exemplaire. Mais il n'aurait servi à rien de prendre tous ces risques pour infiltrer Trinité s'il n'accomplissait pas sa mission.

Comme lors de son premier passage, les portes du temple étaient fermées. Autrement dit, celui-ci pouvait grouiller d'humains.

Jup prit une profonde inspiration, s'approcha de l'entrée et posa sa main sur la poignée. La porte s'ouvrit. Le temple étant vide, il se faufila à l'intérieur.

L'endroit se caractérisait par une sobriété presque austère, mais il était néanmoins élégant grâce aux différentes sortes de bois utilisées pour le meubler en l'absence d'ornements plus ostentatoires. Quelques rangées de bancs faisaient face à un autel rudimentaire.

Une fenêtre ovale identique à celle de l'entrée se découpait au-dessus de l'autel, mais elle avait une teinte écarlate et non bleutée. Comme sa jumelle, elle était marquée de l'emblème Uni, et la lumière qui la traversait projetait un X allongé sur les lattes en pin du plancher.

Jup s'approcha en silence de l'autel. Sur une modeste nappe blanche, deux chandeliers encadraient un symbole métallique, un gobelet d'argent et un cube de verre transparent.

L'étoile était à l'intérieur.

Jup supposait que les autres instrumentalités ressembleraient à celle qui était en possession des Renards. C'était partiellement vrai. L'objet faisait à peu près la même taille, et il était également garni de pointes. En revanche, il en comptait cinq au lieu de sept, et elles étaient disposées différemment. De plus, l'artefact était d'une couleur verte plutôt que sablonneuse.

Le nain hésita. Son instinct le poussait à briser le verre pour s'emparer de l'étoile, avec l'espoir qu'il réussirait à la faire sortir en douce de Trinité. Mais son bon sens lui soufflait que c'était une idée suicidaire.

Il entendit des voix à l'extérieur. Plusieurs humains approchaient. Comme il n'avait aperçu aucune autre issue, Jup chercha une cachette du regard. Ne voyant que l'autel, il plongea derrière à l'instant où la porte s'ouvrait.

À plat ventre sur le sol, il risqua un coup d'œil dans la salle.

Kimball Hobrow entra et enleva son chapeau. Il était suivi par deux mâles humains à l'air tout aussi grave que lui. Ils remontèrent la travée centrale. Un moment, Jup crut qu'ils étaient informés de sa présence et qu'ils venaient le chercher. Il serra les poings, déterminé à ne pas se laisser prendre facilement.

Mais les trois hommes s'installèrent sur le banc de devant. Sans doute pour prier, pensa Jup.

Cette fois encore, il avait tort.

—Où en sommes-nous pour l'eau, Thaddeus ? demanda Hobrow.

—Le problème est résolu. Nous pourrions commencer à puiser dans nos réserves privées aujourd'hui même, si nécessaire.

—Et les essences ? Leur présence est-elle facilement détectable ?

—Pas quand elles ont été mélangées à de grandes quantités d'eau. Enfin, pas avant qu'elles prennent effet. Nous ferons les derniers tests dans deux jours.

—J'espère bien. Je ne tolérerai aucun retard.

—Oui, maître.

—Réjouis-toi, Thaddeus ! Le plan du Seigneur se déroule à la perfection, et lorsque nous aurons triomphé ici, nous répandrons le fléau bien au-delà. Le jour de la délivrance de notre race approche, mes frères. Comme celui où nous nous débarrasserons enfin de la pestilence Multi.

Jup ne savait pas de quoi ils parlaient, mais ça ne lui disait rien qui vaille.

Hobrow se leva d'un bond et se dirigea vers l'autel. Jup se tendit. Il ne pouvait pas voir l'humain, mais il avait l'impression qu'il observait l'étoile… ou manipulait le cube de verre. Il fut soulagé quand le fanatique retourna vers ses fidèles.

—Nous ne devons pas perdre de vue la croisade contre Grahtt. Sommes-nous également parés sur ce point ?

À la mention du royaume des trolls, Jup tendit l'oreille.

—La bataille d'Échevette est survenue à un mauvais moment, dit le troisième humain d'une voix nerveuse. Elle a mobilisé trop d'hommes à nous. Deux semaines au moins passeront avant que nous disposions de soldats en quantité suffisante.

Hobrow n'eut pas l'air content de l'apprendre.

— Ça n'ira pas. Les hérétiques détiennent ce qui *doit* nous appartenir. Le Seigneur ne peut être frustré.

— Impossible de déclencher les hostilités avec moins d'un régiment complet. Ce serait un désastre.

— Dans ce cas, engagez plus de non-humains pour faire le travail de nos fidèles. Rien ne doit s'opposer à l'accomplissement de notre plan. Nous en reparlerons demain. Retournez à vos occupations, et ayez confiance en notre Seigneur. Nous accomplissons Sa volonté, donc nous ne pouvons pas échouer.

Les fidèles prirent congé, mais Hobrow resta dans le temple. Il s'assit de nouveau sur le banc, croisa les mains et baissa la tête.

— Seigneur, donne-moi la force dont j'ai besoin. Nous ne demandons pas mieux que de T'obéir, mais Tu dois nous fournir ce qu'il faut pour ça. Bénis nos efforts. Permets-nous de purifier ce royaume, afin que Tes élus puissent le cultiver en paix.

Jup sentit la nervosité le gagner. Si Hobrow s'attardait encore, il aurait des problèmes.

— Soutiens-nous lorsque nous affronterons les hérétiques non humains de Grahtt. Permets-nous de nous emparer de ce qu'ils détiennent afin que nous l'utilisions pour Te servir. Arme-moi d'une résolution inébranlable, et ne me laisse pas Te décevoir.

Hobrow se leva et sortit.

Jup se força à attendre quelques instants avant de quitter sa cachette. Le cœur battant, il entrouvrit la porte. N'apercevant personne aux alentours, il sortit du bâtiment et regagna au plus vite l'arboretum.

Que signifiait ce qu'il venait d'entendre?

Jup espérait qu'Istuan et ses camarades ne seraient pas encore revenus, et qu'aucun autre garde ne serait passé en son absence. Il constata avec soulagement que la serre était vide. Les feux semblant sur le point de s'éteindre, il se remit à pelleter le combustible avec frénésie.

Les flammes avaient retrouvé un niveau acceptable quand il entendit un chariot s'arrêter devant la serre.

Istuan entra et promena un regard critique à la ronde. Jup se raidit, attendant un sermon. Mais l'humain hocha la tête en signe d'approbation.

— Je vois que tu as bien transpiré.

Jup répondit par un petit sourire, car il était trop essoufflé pour parler.

Istuan lui affecta la tâche harassante de transférer l'eau dans les réservoirs. Et quand il eut terminé, d'autres besognes exténuantes l'attendaient. Jup ne s'en plaignit pas : cela lui laissait du temps pour réfléchir.

Sa première conclusion fut qu'il ne pourrait pas s'emparer de l'étoile ce jour-là. Mais il avait repéré l'endroit où elle était et glané d'autres informations, même s'il n'y comprenait pas grand-chose.

Dans un silence presque total, le labeur se poursuivit jusqu'au crépuscule. Puis Istuan ordonna aux ouvriers de regagner la porte principale de la ville, où les chariots les attendaient pour les ramener chez eux. Il les laissa partir seuls.

Les compagnons de Jup ne se montrèrent pas plus bavards une fois dehors.

Pendant qu'ils descendaient l'avenue, une carriole les dépassa. Hobrow était à l'arrière en compagnie d'une femelle humaine : pas tout à fait une adulte, mais déjà plus une enfant. Ses vêtements étaient les plus colorés que Jup ait vus à Trinité. Sur son visage grassouillet encadré de cheveux blonds brillaient deux yeux d'un bleu de porcelaine. Mais le rictus de sa bouche trahissait sa cupidité et son tempérament colérique.

Lorsque la carriole se fut éloignée, Jup demanda à ses compagnons qui elle était.

—La fille d'Hobrow, répondit le moins taciturne des deux avec une grimace.

—Qu'y a-t-il de si drôle ?

—Son nom. Elle s'appelle Miséricorde.

Ils arrivèrent au point de rendez-vous, où les chariots les attendaient.

Comme le craignait Jup, les gardes les comptèrent et les fouillèrent. Mais ils se contentèrent de palper leurs vêtements et de plonger la main dans leurs poches. Personne ne demanda au nain d'ôter ses bottes. Il songea qu'il avait bien fait de ne pas voler l'étoile dans le temple.

Quelqu'un lui fourra des pièces dans la main. Puis il monta dans un chariot.

La réouverture des portes fut l'événement le plus réconfortant de la journée.

Chapitre 19

De retour dans la mine désaffectée, Jup raconta son aventure aux Renards. Alfray examina les feuilles qu'il avait ramenées.

—Tu t'es bien débrouillé, le félicita Stryke, mais je ne suis pas chaud pour te laisser y retourner. Il y a trop de risques que quelqu'un ait signalé la disparition du nain que tu as tué.

—Je le sais. Crois-moi, ça ne m'enchante pas plus que toi. Mais si nous voulons mettre la main sur cette étoile, je ne vois pas d'autre moyen.

—La trouver était une chose, dit Coilla. La faire sortir en sera une autre. Quel est ton plan ?

—Je pourrais peut-être vous la passer par-dessus le mur…

—Ça ne serait pas pratique du tout, objecta Stryke.

—Pourquoi ne pas faire une copie de l'étoile et l'échanger avec la vraie ? demanda Coilla.

—Bonne idée. Mais ça ne marcherait pas non plus. Nous n'avons ni le talent ni les matériaux nécessaires.

—Sans compter que l'étoile que j'ai vue à Trinité est différente de la nôtre, leur rappela Jup. Donc, nous devrions nous fier à mes seuls souvenirs. Et même si nous parvenions à la copier, ça ne résoudrait pas le problème de la sortie de l'original.

— C'est vrai, dit Stryke. Je pensais à une approche plus directe – notre spécialité.

— Tu ne comptes pas prendre cette ville d'assaut ? s'écria Coilla. Nous sommes une poignée !

— Pas tout à fait, la rassura Stryke. Mais mon plan reposerait en grande partie sur les épaules de Jup, et ce serait encore plus dangereux que ce qu'il a fait jusqu'à présent.

— Où veux-tu en venir ?

— Tu récupéreras l'étoile, puis nous *te* récupérerons.

— Comment ?

— C'est très simple. Si tout se passe bien, demain, tu seras à Trinité avec l'étoile, et nous serons dehors. Aurais-tu un moyen de nous faire entrer ?

— Je ne sais pas…

— As-tu remarqué une issue, hormis la porte principale ? Une entrée que nous aurions négligée pendant notre reconnaissance ?

— Non.

— Dans ce cas, nous devrons passer par la porte principale.

— Comment ? répéta le nain.

— Nous conviendrons d'une heure. Il faudra que tu sortes de l'arboretum, que tu t'empares de l'étoile…

— Puis que j'aille à la porte principale – qui est trop lourde pour une seule personne et surveillée en permanence – et que je l'ouvre. Tu m'en demandes beaucoup !

— Je n'ai pas dit que ce serait facile. Tu devras te débarrasser des gardes et enlever la barre. Nous attendrons à proximité pour t'aider à ouvrir. Ensuite, il faudra filer le plus vite possible. Mais si tu penses que c'est trop risqué, nous pouvons chercher un autre moyen.

— Il n'y avait que deux gardes à l'entrée quand je suis reparti. Je suppose qu'il serait possible de les neutraliser sans faire trop de bruit. D'accord, on peut essayer ça.

Alfray les rejoignit, les feuilles à la main.

— Il y aura un autre facteur à considérer, annonça-t-il en les brandissant.

— Qu'est-ce que c'est ? demanda Stryke.

— Je connais deux de ces trois plantes, bien qu'elles soient assez rares. Ça, c'est de la wentyx, qu'on trouve surtout dans le sud de Maras-Dantia. Et ça, c'est du lys des vallées qui pousse seulement dans l'ouest... Même si la plupart des habitants du coin n'en verront jamais de leur vie. Quant à ça... Je ne sais pas de quoi il s'agit. À mon avis, les humains ont dû l'apporter avec eux. Mais je suppose qu'elle produit le même effet que les deux autres.

— À savoir... ? demanda Stryke.

— Une mort immédiate. Les deux que je connais comptent parmi les plantes les plus dangereuses de Maras-Dantia. Le lys des vallées produit des baies extrêmement toxiques, même si on les ingère en petite quantité. Quant à la wentyx, il faut faire bouillir sa tige pour obtenir une substance vraiment active. Ces deux végétaux ont un autre point commun : leur toxine est très difficile à diluer dans l'eau. Comprenez-vous maintenant ce qu'Hobrow a en tête ?

— Par les dieux, souffla Jup. Les humains cultivent ces plantes pour éliminer les races aînées.

Alfray hocha la tête.

— Ce sera un massacre ! Et ça explique le barrage : Hobrow protège l'approvisionnement en eau de Trinité pour que ses habitants n'aient rien à craindre quand il commencera à répandre le poison.

— J'ai vu des puits dans la ville, objecta Jup.

— Le barrage leur offre une garantie supplémentaire.

— À moins qu'ils comptent empoisonner l'eau du fleuve, dit Stryke. Il leur suffira de faire savoir à toutes les races qui peuplent la région que l'accès est libre…

— Ou de le laisser sans protection, coupa Coilla, en sachant très bien que les gens viendront se servir. Surtout dans le cas d'une sécheresse, qui n'aurait rien d'improbable vu les perturbations climatiques que connaît Maras-Dantia depuis quelques années.

— D'une façon ou d'une autre, résuma Alfray, ce sera la fin de tous les habitants de la région, humains mis à part.

Jup se souvint de quelque chose.

— Hobrow a dit que, si ça fonctionnait ici, ils recommenceraient sur une plus grande échelle. D'après la façon dont ils traitent les nains, ils sont très portés sur la pureté raciale. Quel meilleur moyen de la préserver que d'éliminer toutes les races non humaines ?

— C'est absurde ! explosa Alfray. Les premières personnes qui boiront cette eau en mourront, mais ensuite, tout le monde se méfiera. Comment les Unis peuvent-ils croire que ça marchera ?

— Peut-être sont-ils trop aveuglés par la haine pour faire preuve de bon sens, dit Stryke. Ou ils pensent éliminer assez de gens pour que ça en vaille quand même la peine.

— Les monstres ! grogna Coilla. Nous ne pouvons pas les laisser faire.

— Comment penses-tu les en empêcher ? demanda Stryke. Jup va déjà avoir assez de mal à s'emparer de l'étoile sans que nous lui confiions une autre mission suicide.

— Tu veux faire comme si de rien n'était ?

— D'après ce que Jup nous a raconté, l'arboretum est au cœur de la ville. Nous ne pourrons pas nous glisser jusque-là, surtout si quelqu'un a constaté la disparition de l'étoile et déclenché l'alarme. Tout ce que nous pouvons faire, c'est avertir les autres races aînées et espérer qu'elles nous prendront au sérieux.

— C'est tout ?

— Et si j'arrivais à saboter leurs plans de l'intérieur ? intervint Jup.

— Essaie, si ça te chante, lâcha Stryke. Mais l'étoile doit rester ta priorité. Le pouvoir qu'elle nous promet sera beaucoup plus utile à Maras-Dantia que le sauvetage *éventuel* des habitants de cette région.

— L'un d'entre vous s'est-il demandé où Hobrow s'était procuré cette étoile ? s'inquiéta Alfray.

— Oui, fit Stryke. Mais souviens-toi de ce que nous a dit Mobbs : il est possible que les humains soient tombés dessus par hasard, et qu'ils ignorent tout de son potentiel.

— Un peu comme nous, alors ! railla Coilla.

— S'il connaissait le pouvoir des instrumentalités, Hobrow n'aurait pas manqué de se lancer à la recherche des autres, affirma Jup. C'est un vrai tyran.

— Et un criminel, puisqu'il mijote d'éliminer des races entières.

— Très bien, déclara Stryke. Nous ne pouvons rien faire de plus ce soir.

Jup se tourna vers Alfray.

— Comment va Haskeer ?

Si le médecin fut surpris qu'il s'inquiète de l'état de santé de son frère ennemi, il se garda de le montrer.

— Pas trop mal. La fièvre ne devrait pas tarder à tomber.

— Dommage qu'il soit hors du coup. Aussi irritant soit-il, son aide aurait été appréciable, demain.

Ils parlèrent encore un peu de leur plan avant de se perdre en conjectures sur ce qu'Hobrow comptait faire à Grahtt. Puis ils se résolurent à prendre quelques heures de sommeil malgré toutes les questions demeurées sans réponse.

Le lendemain, Jup n'eut pas plus de mal à s'infiltrer dans Trinité que la veille.

Il se présenta au point de rendez-vous, monta dans un chariot et en descendit une fois en ville. Alors qu'il sautait à terre, il remarqua que cinq humains étaient postés sur le mur d'enceinte. Son cœur se serra. Mais il se consola en pensant que les gardes seraient peut-être moins nombreux à l'heure fixée par Stryke.

Cette fois, Jup avait dissimulé un couteau dans sa botte. Si les humains ne l'avaient pas fouillé la veille, pourquoi le feraient-ils aujourd'hui ?

Hobrow ne revint pas faire son petit discours. Et quand les ouvriers reçurent l'ordre de rejoindre leurs postes respectifs, Jup emboîta directement le pas aux deux autres nains affectés à l'arboretum. Istuan lui confiant les mêmes tâches que le jour précédent, il se mit au travail.

Jup devait retrouver les autres Renards à la porte principale vers midi, soit dans quatre heures d'après ses estimations. Mais il devrait quitter l'arboretum bien avant, s'il voulait passer par le temple pour s'emparer de l'étoile.

En s'affairant, il gardait un œil sur la petite jungle de plantes qui s'épanouissaient dans la serre. Il ne voulait pas repartir sans avoir au moins tenté de les détruire. Stryke ne lui en avait-il pas donné la permission ? Ça l'obligerait à prendre des risques supplémentaires, mais le jeu en valait la chandelle.

Son plan, pour s'échapper de l'arboretum, était simple, direct et nécessairement brutal. Il le passa en revue tout en charriant des bûches et des cailloux noirs de la cour jusqu'aux fours.

Comme toujours quand on attend quelque chose avec impatience, le temps parut se traîner. Mais Jup savait qu'il ne tarderait pas à accélérer de nouveau. Ruisselant de sueur, il continua à pelleter du combustible en jetant de fréquents regards à la serre.

Quand il jugea le moment venu, il sortit du bâtiment, prétendument pour vérifier le niveau d'eau dans les réservoirs. Il ne voulait pas utiliser son couteau contre ses collègues à moins d'y être obligé. Alors, il choisit une solide bûche avant de se dissimuler derrière la porte pour attendre.

Quelques minutes passèrent avant qu'une voix retentisse à l'intérieur. Jup ne put comprendre les mots, mais il devina qu'on s'enquérait de lui. Il ne réagit pas.

La porte s'ouvrit et un des nains avança dans la cour.

Jup attendit qu'il referme le battant. Puis il brandit sa massue improvisée et l'abattit sur la nuque de l'ouvrier qui tomba comme une masse. Jup le traîna derrière une pile de charbon.

Il se tapit de nouveau derrière la porte, et l'attente recommença.

Cette fois, il n'y eut pas d'éclat de voix pour l'avertir. Le battant s'ouvrit à la volée, livrant passage non à une, mais à deux silhouettes.

Jup se jeta sur Istuan et sur l'autre nain. Il neutralisa l'ouvrier sans effort, grâce à l'effet de surprise, et au fait que son adversaire n'avait pas d'arme, mais le surveillant se révéla plus coriace.

— Misérable vermine ! rugit-il en brandissant sa propre massue.

Contrairement à celle de Jup, elle était conçue pour assommer.

Ils échangèrent des coups en ahanant. Jup eut peur que

l'humain ne crie et n'attire d'autres gardes. Il devait mettre un terme à ce combat le plus vite possible.

Le surveillant ne semblait pas décidé à se laisser faire. Il abattit son arme sur le bras de Jup. Pas assez fort pour le mettre hors d'état de nuire, mais suffisamment pour décupler sa détermination.

Le nain redoubla d'ardeur, faisant pleuvoir les coups sur son adversaire en cherchant une ouverture. Quand Istuan leva sa massue pour lui taper sur la tête, Jup propulsa la sienne, qui alla s'écraser sur le menton de l'humain.

Le surveillant hoqueta de douleur et laissa échapper son arme. Jup lui flanqua un bon coup sur le crâne, l'étendant pour le compte.

Puis il se débarrassa de la bûche désormais inutile pour s'emparer d'une hache qui servait à débiter le bois de chauffe. Il l'utilisa pour couper la gouttière et se rua à l'intérieur de la serre.

Au-dessus des fours, l'eau s'évaporait déjà. Jup saisit une pelle, préleva des charbons ardents et alla les répandre parmi les plantes de l'arboretum. Il recommença la manœuvre plusieurs fois, alternant cailloux noirs et bûches enflammées, jusqu'à ce que les feuilles commencent à se ratatiner et que le feu se communique aux étagères de bois.

Jup espérait faire d'une pierre deux coups : l'incendie détruirait les plantes toxiques, et il créerait une diversion bienvenue qui permettrait aux Renards de s'emparer de l'étoile.

Quand il fut certain que le feu avait pris, il jeta un coup d'œil dans la rue et sortit en claquant la porte derrière lui. Tandis qu'il longeait la structure de verre, il aperçut de la fumée de l'autre côté des vitres, et de minuscules flammes jaunes. Il se dirigea vers le temple d'un bon pas, mais sans oser courir.

Le nain se demanda de combien de temps il disposait avant qu'on donne l'alarme. Le soleil approchait du zénith. Les Renards devaient déjà être en position, et il ne voulait pas les décevoir.

Il pressa l'allure en s'efforçant de ne pas songer à l'énormité de la mission qu'il avait entreprise.

À l'instant où il franchissait l'angle de l'avenue, les portes du temple s'ouvrirent, livrant passage à un flot de fidèles. Sans doute venaient-ils d'assister à un service religieux. Jup se figea, abasourdi par cette multitude d'humains.

Conscient qu'il risquait d'attirer l'attention en restant planté là, le nain se força à se remettre en marche très lentement, la tête baissée. Il dépassa le temple en prenant garde à ne pas gêner les fidèles qui se dispersaient. Très peu lui prêtèrent attention. Pour la première fois, Jup s'avisa que faire partie d'une race considérée comme méprisable avait aussi des avantages.

Il se dissimula dans une ruelle, attendit que la voie soit libre puis revint sur ses pas, bien décidé à adopter une approche directe – et tant pis pour les conséquences! Courant vers les portes du temple, il les ouvrit d'une bourrade.

À son grand soulagement, le bâtiment était désert.

Jup courut vers le cube de verre, le souleva et le projeta contre l'autel pour le briser. Puis il s'empara de l'étoile, la fourra dans une de ses poches et s'enfuit.

Dehors, il remarqua une colonne de fumée en direction de l'arboretum. Quelqu'un cria dans son dos. Regardant par-dessus son épaule, il avisa quatre ou cinq gardes qui fonçaient vers lui.

Jup prit ses jambes à son cou. Désormais, toute prudence était superflue.

Les gardes le poursuivirent dans les rues de Trinité en agitant le poing et en hurlant des imprécations. D'autres humains se joignirent à eux. Quand Jup arriva en vue de la porte principale, il avait une foule enragée à ses trousses.

Deux surprises l'attendaient. La première fut que les sentinelles étaient plus nombreuses que prévu. Le nain en compta huit. Aucun espoir de toutes les neutraliser à lui seul. Deux, sans problème. Trois, avec un peu de chance. Quatre, peut-être. Mais deux fois plus... Impossible.

La seconde surprise, c'était que la carriole d'Hobrow était là. Miséricorde y était assise seule. Quelques pas plus loin, son père parlait avec un garde.

Jup eut une idée. Un peu folle, mais au point où il en était...

Alertés par les cris de ses poursuivants, Hobrow et les gardes pivotèrent vers lui. Les gardes dégainèrent leurs armes et s'avancèrent.

Jup s'élança en direction de la carriole. Les humains modifièrent leur trajectoire pour l'intercepter, et même Hobrow, qui avait compris son intention, courut vers lui.

Le cœur battant à tout rompre, Jup atteignit le véhicule avec trois pas d'avance. Il bondit à l'intérieur. Au moment où Miséricorde lâchait un glapissement, il la saisit par le col, tira son couteau de sa botte et lui appliqua la lame sur la gorge.

Hobrow et les gardes voulurent monter dans la carriole.

— Arrière ! cria Jup en appuyant son couteau sur la chair rose de la femelle tremblante.

— Lâche-la ! ordonna Hobrow.

— Un pas de plus, et je la saigne.

Jup soutint le regard du fanatique en priant pour qu'il ne devine pas qu'il bluffait. Miséricorde était sans doute un spécimen peu ragoûtant d'humaine, et la fille d'un dictateur, mais elle sortait à peine de l'enfance et il ne tenait pas à lui faire du mal.

— Mon père vous tuera, promit Miséricorde.

Sortant de la bouche de quelqu'un d'aussi jeune, ces paroles lui donnèrent la chair de poule.

— La ferme !

— Vous êtes un monstre ! Un ogre rabougri ! Une abomination ! Un…

Il la piqua de la pointe de son couteau.

Elle déglutit et se tut.

— Ouvrez les portes !

La foule s'était arrêtée et l'observait en silence. L'arme à la main, les gardes s'étaient figés. Hobrow continuait à fixer Jup de son regard pénétrant.

— Ouvrez les portes, répéta le nain.

— Tu n'as pas besoin de ça pour sortir…

— Ouvrez les portes, et je la laisserai partir.

— Comment puis-je en être certain ?

— Vous êtes obligé de me faire confiance.

Hobrow plissa les yeux.

— Et une fois dehors, tu crois pouvoir aller loin ?

— C'est mon problème. Maintenant, ouvrez ces foutues portes ou je la saigne comme une truie !

Hobrow serra les poings.

— Si tu touches à un seul cheveu de la tête de cette enfant…

— Vous ne voulez pas que je lui fasse de mal ? Alors ouvrez les portes !

Hobrow garda le silence quelques secondes. Jup se demanda s'il tenait tant que ça à sa fille. Puis il se détourna et donna un ordre bref aux gardes. Deux hommes soulevèrent la barre pendant que les autres poussaient les portes.

Pour Jup, c'était l'instant de vérité. Si les Renards ne l'attendaient pas dehors, il n'avait aucune chance de s'en tirer.

Les rênes des chevaux dans une main, son couteau toujours plaqué sur la gorge de Miséricorde dans l'autre, il conduisit la carriole vers la sortie.

Pas le moindre signe des Renards. Cela n'inquiéta pas Jup outre mesure : il savait que ses compagnons ne resteraient pas à découvert.

Alors qu'il avançait sur la route, les orcs jaillirent soudain du couvert des hautes herbes.

— Descends, ordonna Jup à l'humaine.

Elle le dévisagea, les yeux écarquillés de terreur.

— Descends ! cria-t-il.

Miséricorde sauta à terre et courut vers son père, qui lui tendait les bras.

À présent qu'elle était libre, plus rien ne retenait les humains. Ils chargèrent en hurlant. Jup fit claquer les rênes de son attelage.

En se déversant par les portes grandes ouvertes, les gardes aperçurent les Renards. Ils croyaient s'apprêter à lyncher un nain, pas à engager un combat contre une unité d'orcs.

La soudaineté de leur apparition et la férocité de leur attaque désarçonnèrent les humains. Coilla ajouta encore à la confusion en tirant sur les gardes du mur d'enceinte, tandis que trois soldats faisaient pleuvoir des flèches sur la foule.

Sous le commandement de Stryke, les autres repoussèrent les gardes, qui rompirent les rangs et battirent en retraite dans l'enceinte protectrice de Trinité tandis qu'Hobrow s'égosillait vainement.

Stryke sauta sur le banc de la carriole.

— Ils vont aller chercher des chevaux ! On fiche le camp !

Coilla et quelques autres soldats grimpèrent à l'arrière de la carriole ; le reste de l'unité trottina à côté d'eux sur le chemin.

— Tu l'as ? demanda Stryke.
Jup eut un large sourire.
— Je l'ai.
Les Renards s'enfuirent en emportant leur trophée.

Chapitre 20

Kimball Hobrow était fou de rage.
Autour de lui, les gardes couraient vers leurs chevaux ou se précipitaient sur les remparts. Les citoyens prenaient les armes pour engager la poursuite. Certains pansaient les blessés et emportaient les morts. Une équipe de pompiers acheminait de l'eau vers l'arboretum en flammes.

Miséricorde tirait sur la manche de son père, exigeant sur un ton geignard :

— Tue-les, papa ! Tue-les tous !

Hobrow leva les bras et rugit pour se faire entendre dans le chaos :

— Traquez-les, mes frères ! Au nom du Tout-Puissant qui est votre guide et votre épée, retrouvez-les et faites-leur sentir le poids de Sa colère !

Des cavaliers en armes s'élancèrent sur la route. Des chariots pleins de citoyens furieux les suivirent en cahotant.

Un surveillant échevelé au visage couleur de cendre courut vers Hobrow.

— Le temple ! Il a été profané !

— Profané ? Comment ça ?

— On a volé une relique !

L'expression d'Hobrow s'assombrit davantage. Saisissant

le garde par le col, il l'attira à lui avec une brutalité et une force que sa frêle silhouette ne laissait pas soupçonner.

— Quelle relique ? rugit-il, ses yeux lançant des flammes.

Les Renards avaient laissé leurs chevaux dans un bosquet sous la surveillance d'Alfray et d'un soldat. Haskeer aussi était là, à demi assommé par la fièvre et attaché sur le dos de sa monture.

Il leur fallut moins d'une minute pour abandonner la carriole et se hisser en selle. Alors qu'ils galopaient entre les arbres, une foule d'humains apparut sur la route de Trinité.

Un peu plus tôt, Stryke avait décidé qu'ils prendraient plein ouest, vers le Bras de Calyparr. Dans cette direction, le terrain était à la fois assez praticable pour mener un train d'enfer, et assez varié pour se dissimuler en cas de besoin.

Leurs poursuivants étaient désorganisés et mal remis du choc de l'attaque surprise. Mais ils se révélèrent tenaces. Plusieurs heures durant, ils talonnèrent les Renards sans les perdre de vue. Puis les chariots surchargés et les cavaliers les moins endurants se laissèrent distancer.

À la fin de la journée, il ne restait qu'une poignée d'acharnés aux trousses des Renards. Une petite poussée de vitesse et quelques ruses de vétérans finirent par les faire décrocher.

Lorsqu'ils atteignirent le bord du Bras de Calyparr, Stryke autorisa les orcs à ralentir.

— Nous nous sommes encore fait un ennemi, dit Coilla.

Personne n'avait prononcé un mot depuis le début de la poursuite.

— Et un ennemi puissant, renchérit Alfray. À mon avis, Hobrow ne laissera pas l'étoile lui échapper aussi facilement.

— En parlant de l'étoile… Si tu nous la faisais voir, Jup? proposa Stryke.

Le nain prit l'instrumentalité dans sa poche et la tendit à son chef. Stryke la compara à la première, puis les fourra toutes les deux dans sa sacoche.

— Je n'étais pas certain qu'il y arriverait, avoua Alfray.

— J'ai eu de la chance, reconnut Jup.

Sortant un mouchoir, il essuya son visage encore couvert de pâte de garva.

— Ne te sous-estime pas, dit Stryke. Tu t'es très bien débrouillé.

— La grande question, c'est: que faisons-nous maintenant? lança Alfray.

— Tu te le demandes vraiment? lâcha Stryke.

Le médecin soupira.

— C'est bien ce que je craignais. Grahtt?

— Il pourrait y avoir une autre étoile là-bas.

— Nous n'en avons aucune preuve. Tout ce que nous savons, c'est qu'Hobrow compte y aller. Ça n'en fait pas forcément la destination idéale pour nous.

— Après le coup que nous venons de lui porter, ça m'étonnerait qu'il se mette en route tout de suite.

— Supposons que son expédition à Grahtt n'ait aucun rapport avec l'étoile, intervint Jup. Et si ça faisait simplement partie de son plan pour éliminer les races aînées?

— Tu crois vraiment qu'il irait fourrer lui-même le poison dans la gorge des trolls? demanda Stryke. Il doit y avoir une autre raison.

— Les humains ont l'habitude de massacrer tout ce qui bouge.

— Pas quand ils peuvent laisser de l'eau empoisonnée s'en charger à leur place. Ce serait trop risqué. Descendrais-tu dans ce labyrinthe à moins d'y être forcé?

—C'est exactement ce que tu nous demandes de faire !

—J'ai bien précisé « à moins d'y être forcé ». Maintenant, trouvons un endroit pour camper et pour réfléchir au calme.

Un peu plus tard, pendant que Stryke et Coilla chevauchaient en tête de la colonne, il lui demanda ce qu'elle pensait de son idée d'aller à Grahtt.

—Ce n'est pas plus fou que la plupart des choses que nous avons faites récemment, même si je crains que les trolls soient encore pires que les fanatiques d'Hobrow. L'idée d'entrer sur leur territoire ne m'enchante guère.

—Donc, tu es contre ?

—Je n'ai pas dit ça ! Il vaut mieux avoir une mission que d'errer sans but. Mais je veux que nous ayons une stratégie avant de nous approcher de Grahtt. Souviens-toi que nous avons réussi à nous mettre quasiment tout le monde à dos ces deux dernières semaines. Nous comptons des ennemis dans tous les camps.

—C'est peut-être une bonne chose…

—Je ne vois pas en quoi !

—Ça nous obligera à rester constamment sur nos gardes.

—Ça, c'est sûr ! Dis-moi, quelle part de ta décision d'aller à Grahtt est fondée sur la logique, et quelle part… sur un caprice ?

—À peu près cinquante-cinquante.

Coilla sourit.

—Au moins, tu es honnête.

—Avec toi, oui. N'imagine pas que j'en ferai autant avec eux, ajouta Stryke en désignant le reste de l'unité.

—Pourtant, ils ont aussi leur mot à dire, pas vrai ?

Surtout maintenant que nous sommes des hors-la-loi.

— C'est vrai, et je ne les pousserai jamais à faire quelque chose s'ils ne le veulent pas. Mais hors-la-loi ou pas, nous devons maintenir une certaine discipline, dans notre intérêt à tous. Donc, à moins que quelqu'un d'autre veuille prendre le commandement, c'est toujours moi qui décide.

— Je n'y vois pas d'objection, et je crois que les autres non plus. Mais il va bientôt falloir régler une question en suspens : celle du cristal.

— Tu veux dire, faut-il le partager entre nous ou le considérer comme un trésor de guerre collectif ? J'y ai beaucoup réfléchi. Peut-être devrions-nous voter à ce sujet. Exceptionnellement.

— Oui ! Si tu le fais trop souvent, ça risque de saper ton autorité…

Ils chevauchèrent en silence quelques minutes, puis Coilla lança :

— Bien entendu, il y a une autre solution que d'aller à Grahtt.

— Laquelle ?

— Nous pourrions retourner à Tumulus et échanger les deux étoiles contre nos vies.

Stryke secoua la tête.

— Nous savons par Delorran ce qu'on pense de nous là-bas. Chacun de vous est libre, mais personnellement, je n'ai pas l'intention de rentrer.

— Dieux que je suis contente de te l'entendre dire ! s'exclama Coilla, radieuse. Tout vaut mieux que d'affronter la réception que Jennesta nous réserverait.

Quelque chose comme un banquet se préparait dans le grand hall du palais de Jennesta.

Mais bien que l'immense table soit dressée pour un

repas, il n'y avait pas de nourriture. Hormis la reine, ses domestiques et ses gardes, cinq convives étaient présents.

Aucun ne semblait se réjouir beaucoup.

Les deux premiers étaient des orcs : le général Mersadion et le capitaine Delorran, fraîchement revenu de la chasse aux Renards. L'un comme l'autre paraissaient très nerveux. Pourtant, ils étaient moins tendus que les trois autres invités.

Des humains.

Jennesta traitait avec eux parce qu'elle soutenait la cause Multi. Ainsi, la présence de membres de cette race en son palais n'avait rien d'inhabituel. Mais la nature de ces trois humains-là changeait tout...

Remarquant la gêne de Mersadion et de Delorran, leur souveraine prit la parole.

— Général, capitaine, laissez-moi vous présenter Micah Lekmann, dit-elle en indiquant l'homme du milieu.

Une barbe aurait dissimulé en partie la cicatrice qui courait depuis sa pommette droite jusqu'au coin de sa bouche. Au lieu de cela, il n'arborait qu'une moustache noire en bataille. Ses cheveux étaient gras, sa peau burinée et marquée par des cicatrices de vérole. Sa poitrine musclée et la coupe de ses vêtements le désignaient comme un guerrier.

Un guerrier qui ne s'embarrassait pas de futiles notions de galanterie.

— Et voilà ses... associés, conclut Jennesta.

Elle ne précisa pas leurs noms, comme pour inviter Lekmann à les présenter lui-même.

L'humain eut un sourire onctueux et désigna du pouce son voisin de droite.

— Greever Aulay.

C'était le plus petit membre du trio. Sa silhouette frêle contrastait avec la carrure robuste de son chef, et son visage évoquait celui d'un rat. Sous ses cheveux d'un blond sablonneux, un bandeau de cuir noir dissimulait son œil droit. Une barbichette compensait son absence de menton. Quand il sourit, ses lèvres fines s'écartèrent, révélant des dents gâtées.

—Et voici Jabez Blaan, ajouta Lekmann.

Son voisin de gauche était de loin le plus imposant. À lui seul, il devait peser autant que les deux autres humains réunis, et il n'avait pourtant pas un gramme de graisse.

Sa tête sphérique au crâne rasé était posée sur son tronc sans qu'on ait jugé nécessaire de les relier par un cou. Son nez, qui avait dû être cassé à plusieurs reprises, imitait à la perfection une poignée de porte. Ses yeux ressemblaient à s'y méprendre aux trous jumeaux laissés par deux jets d'urine dans la neige. Quant à ses poings, il aurait pu s'en servir pour abattre un chêne centenaire.

Il hocha brièvement la tête pour saluer Jennesta.

Delorran et Mersadion observaient les trois humains d'un air vaguement inquiet.

—Ces hommes ont des talents très spéciaux dont je pourrais avoir usage, annonça Jennesta. Mais nous y reviendrons plus tard.

Le parchemin que Delorran avait ramené était posé devant elle. Elle le tapota d'un de ses longs ongles vernis.

—Grâce au capitaine Delorran, qui revient d'une mission capitale, nous savons que mon artefact est tombé entre les mains des Renards. Hélas, il n'a pas poussé le zèle jusqu'à me le ramener, ou à traîner les larrons devant ma justice.

Mal à l'aise, Delorran se racla la gorge.

—Ils ont reçu le châtiment qu'ils méritaient. Comme je l'ai mentionné dans mon rapport, les Renards ne sont plus.

—Vous les avez vus mourir ?

— Pas exactement, Votre Majesté. Mais quand je les ai abandonnés à leur sort, ils n'avaient aucun espoir de s'en tirer. Leur mort était certaine.

— Pas si certaine que vous le pensez, capitaine.

— Ma dame?

— Disons que la nouvelle de leur mort a été beaucoup exagérée, susurra Jennesta.

— Ils ont survécu à la bataille d'Échevette?

— En effet.

— Mais…

— Comment suis-je au courant? Parce qu'une patrouille de dragons les a pris en chasse à la sortie du champ de bataille, et qu'elle n'a pas réussi non plus à les éliminer.

— Votre Majesté, je…

— Vous auriez mieux fait de rester un peu plus longtemps sur place, pour constater la destruction des Renards au lieu de faire une simple *supposition*. N'est-ce pas, capitaine?

Jennesta s'était exprimée sur un ton taquin, comme si elle réprimandait un enfant.

— Oui, Votre Majesté, souffla Delorran.

— Vous avez entendu parler de la fin regrettable du général Kysthan. C'est lui qui a fait les frais de votre échec.

Mal à l'aise, Delorran s'agita sur son siège.

Jennesta claqua des doigts, et des domestiques elfes munis de plateaux d'argent avancèrent pour distribuer aux convives des gobelets de vin.

— Un toast, proposa la reine en levant le sien. À la restitution de ce qui m'appartient, et à la perte de mes ennemis.

Elle but. Les autres l'imitèrent.

— Ça ne signifie pas que je vous fais grâce, capitaine, ajouta-t-elle.

Delorran ne comprit pas tout de suite et se contenta de la fixer en écarquillant les yeux. Puis une lueur affolée passa dans son regard. Il regarda le gobelet qu'il tenait et pâlit.

Le gobelet lui échappa des mains et se brisa en tombant.

Le capitaine porta une main à sa gorge.

—Vous… n'avez pas…, croassa-t-il.

Il se leva maladroitement, renversant sa chaise.

Jennesta le regarda sans ciller.

Delorran fit un pas titubant dans sa direction et voulut dégainer.

Elle ne bougea pas.

Il n'était déjà plus capable de coordonner ses mouvements. La sueur dégoulinait sur son visage grimaçant de douleur. Un halètement rauque montant de sa gorge, il tomba à genoux, de l'écume au coin des lèvres. Un filet de sang coula de sa bouche.

Il arqua le dos et battit des jambes.

Puis il s'immobilisa, le visage figé sur une atroce expression.

—Pourquoi gaspiller ma précieuse magie? lança Jennesta à l'assemblée. De plus, je cherchais un cobaye pour tester cette potion.

Saphir se faufila entre les jambes des invités et fit mine de laper le vin renversé. Jennesta la chassa avec un gloussement amusé.

Elle releva la tête. Les trois humains fixaient leurs verres d'un air inquiet qui la fit éclater de rire.

—Ne vous en faites pas, messires. Je n'ai pas besoin d'attirer des gens ici pour les empoisonner. Et cessez donc de me regarder ainsi, Mersadion! Je ne me serais pas donné tout ce mal pour vous promouvoir si j'avais voulu vous expédier dans la tombe dès aujourd'hui. Mais demain, peut-être…

Ç'aurait pu être une plaisanterie…

Jennesta enjamba le cadavre et vint s'asseoir près de ses autres invités.

—Assez joué, il est temps de parler affaires. Général, je vous ai dit que Lekmann et ses associés avaient certains talents. En particulier, celui de retrouver les hors-la-loi.

—Voulez-vous dire que ce sont des chasseurs de primes ?

—C'est ainsi que certains nous appellent, dit Lekmann. Nous préférons nous considérer comme des justiciers mercenaires.

Jennesta eut un rire de gorge.

—Une définition qui en vaut une autre. Mais ne soyez pas si modeste. Expliquez au général quelle est votre spécialité.

Lekmann adressa un signe de tête à Greever Aulay. Celui-ci tira un sac de sous sa chaise et le posa sans douceur devant lui.

—Notre spécialité, c'est de pourchasser les orcs, affirma Lekmann.

Aulay renversa le contenu du sac. Cinq ou six petits objets ronds, de couleur brunâtre, roulèrent sur la table. Mersadion les observa sans réagir, avant de comprendre de quoi il s'agissait. Des têtes réduites d'orcs. Il eut une grimace écœurée.

Lekmann fit un sourire obséquieux.

—Nous ne pourchassons que des renégats, se justifia-t-il.

—J'espère que vous ne laisserez pas vos préjugés nuire à notre collaboration avec ces humains, dit Jennesta à Mersadion. J'attends que vous coopériez avec eux de votre mieux.

L'ambition du jeune général eut raison de son dégoût. Il se reprit.

— En quoi consiste la mission que vous leur avez confiée ?

— Traquer les Renards et récupérer mon artefact, évidemment. Rassurez-vous : leurs efforts ne se substitueront pas aux vôtres, mais ils les compléteront. J'ai jugé le moment idéal pour faire appel à des professionnels spécialisés dans ce genre de tâche.

Mersadion se tourna vers Lekmann.

— N'êtes-vous que trois, ou avez-vous des... assistants ?

— Nous pouvons faire appel à d'autres personnes en cas de besoin. Mais en règle générale, nous préférons travailler seuls.

— Dans quel camp êtes-vous ?

— Le nôtre. (Lekmann regarda Jennesta.) Et celui de notre employeur.

— Ils n'adhèrent ni aux croyances des Unis, ni à celles des Multis, précisa la souveraine. Ce sont des opportunistes dénués de religion, pas vrai, Lekmann ?

Le chasseur de primes hocha la tête, même si Mersadion n'était pas certain qu'il connaisse le sens du mot « opportuniste ».

— Ça fait d'eux l'instrument idéal de ma vengeance, continua Jennesta, car seul l'argent les motive. Et je peux leur en offrir suffisamment pour me garantir leur loyauté.

Mersadion oublia ses derniers scrupules.

— Comment allons-nous procéder, ma dame ?

— Aux dernières nouvelles, nous savons que les Renards se dirigeaient vers Trinité. Vous conviendrez que c'est une curieuse destination pour des orcs. À moins, comme l'insinuait Delorran, qu'ils ne se soient ralliés à la cause Uni. Personnellement, je trouve ça difficile à avaler. Mais s'ils sont vraiment à Trinité, quelle qu'en soit la raison, nos amis humains sont sans aucun doute les plus qualifiés pour les y débusquer.

— Quels sont vos ordres ? demanda Lekmann.

— Le cylindre doit être votre priorité. Si vous pouvez éliminer les voleurs au passage – et particulièrement leur chef –, tant mieux. Mais ne faites rien qui puisse compromettre la récupération de mon artefact. Quant aux méthodes... Je vous laisse carte blanche.

— Vous pouvez compter sur nous... Votre Majesté, ajouta Lekmann comme s'il venait de se souvenir du protocole.

— Je l'espère. Dans votre propre intérêt. (La voix et l'expression de Jennesta se durcirent.) Et si vous songiez à me trahir, sachez que ma soif de vengeance sera inextinguible.

Les humains ne purent s'empêcher de regarder le cadavre de Delorran.

— En outre, personne ne vous proposera autant d'argent que moi pour récupérer cet artefact. (Déployant de nouveau ses charmes, Jennesta eut un sourire qu'on aurait presque pu qualifier de chaleureux.) Je suis prête à retourner jusqu'à la dernière pierre de Maras-Dantia pour reprendre ce qui m'appartient. Aussi, j'ai décidé de respecter la tradition...

Elle fit signe à deux de ses gardes, qui traînèrent le corps de Delorran vers une petite porte. Puis elle se tourna vers un domestique.

— Fais-les entrer.

Le serviteur se dirigea vers la grande porte de la salle de réception et l'ouvrit. Deux vénérables elfes avancèrent et s'inclinèrent.

— J'ai une proclamation à vous confier, annonça Jennesta. Faites-la circuler dans tout le royaume, et envoyez des messagers dans tous les endroits où elle pourrait intéresser quelqu'un. Vas-y, ordonna-t-elle au domestique resté près de la porte.

Celui-ci déroula un parchemin et lut avec l'accent chantant des elfes :

— Par ordre de Son Altesse impériale la reine Jennesta de Tumulus, les soldats orcs connus sous le nom des Renards, qui appartenaient autrefois à sa horde, seront désormais considérés comme des renégats et des hors-la-loi. Ils ne bénéficieront plus de sa protection, et une forte récompense en argent, en pellucide ou en terres sera attribuée à toute personne qui ramènera la tête des officiers de cette unité : pour mémoire, le capitaine Stryke, les sergents Haskeer et Jup, les caporaux Alfray et Coilla.

» En outre, une récompense sera également attribuée pour le retour – morts ou vifs – des soldats répondant aux noms de Bhose, Breggin, Calthmon, Darig, Eldo, Finje, Gant, Gleadeg, Hystykk, Jad, Kestix, Liffin, Meklun, Nep, Noskaa, Orbon, Prooq, Reafdaw, Seafe, Slettal, Talag, Toche, Vobe, Wrelbyd et Zoda. Toute personne qui les aidera recevra le châtiment prévu par la loi. Longue vie à Sa Majesté la Reine Jennesta.

Le domestique enroula le parchemin et le tendit à l'un des elfes.

— Maintenant, chargez-vous de répandre la nouvelle, leur ordonna Jennesta.

Les serviteurs reculèrent en s'inclinant et quittèrent la pièce.

Jennesta se leva, les autres convives l'imitant à la hâte.

Son regard se posa sur les chasseurs de primes.

— Vous feriez mieux de vous mettre en route sans attendre si vous voulez prendre la concurrence de vitesse.

(Avec un sourire cruel, elle ajouta:) Voyons où les Renards trouveront refuge, à présent.

Puis elle leur tourna le dos et sortit.

Chapitre 21

Jup tamponnait doucement le front d'Haskeer avec un chiffon humide.

À l'extérieur de la tente, Stryke, Alfray et une poignée de soldats observaient la scène avec stupéfaction. Le médecin secoua la tête.

— Maintenant, j'ai vraiment tout vu.

— Ça prouve bien qu'on se fait toujours des idées fausses sur les gens, ajouta Stryke.

Ils firent signe aux soldats de retourner à leurs occupations.

Haskeer reprit connaissance. Clignant des yeux comme si la lumière les blessait, il marmonna quelque chose d'incompréhensible. Jup n'était pas certain qu'il se soit aperçu que c'était lui qui le veillait. Il rinça le chiffon et l'appliqua de nouveau sur le front du malade.

— Que se…? marmonna Haskeer d'une voix pâteuse.

— Tout va bien, assura Jup. Tu seras bientôt redevenu toi-même.

— Hein?

L'expression hébétée d'Haskeer pouvait être due à son état… ou à la découverte que Jup s'occupait de lui. Le nain préféra ne pas s'en offusquer.

— Il s'est passé pas mal de choses pendant que tu

te reposais. J'ai pensé qu'il vaudrait mieux te mettre au courant.

— Quoi ?

— Peu importe que tu comprennes ce que je raconte ou pas, mon vieux. Tu ne vas pas y couper.

Bien qu'Haskeer soit à moitié comateux, Jup entreprit de lui relater en détail son équipée à Trinité. Il arrivait au moment où il avait mis le feu à l'arboretum quand son camarade referma les yeux et commença à ronfler bruyamment.

Jup se releva.

— Ne crois pas t'en tirer comme ça. Je reviendrai, promit-il.

Il sortit de la tente.

Dehors, un pâle soleil filtrait entre les nuages. Le doux bourdonnement des essaims de fées résonnait au loin.

Jup étudia le paysage. Le terrain qui bordait le Bras de Calyparr était marécageux et inhospitalier. Les orcs avaient dressé leur camp à l'endroit le plus sec qu'ils avaient pu trouver, mais leurs bottes s'enfonçaient dans le sol boueux.

Pour le moment, tous étaient occupés à ramasser du bois pour le feu, à préparer le dîner ou à se charger d'autres tâches routinières mais indispensables.

Alfray et Coilla s'approchèrent du nain.

— Comment va-t-il ? demanda le médecin.

— Il a repris connaissance une minute ou deux, dit Jup. Mais il s'est évanoui de nouveau pendant que je lui racontais ce que nous avons fait à Trinité. Je ne suis pas certain qu'il ait tout compris.

— L'hébétude est une conséquence typique de certaines maladies humaines, commenta Alfray. Il ne devrait pas tarder à recouvrer ses facultés. Mais je m'étonne que tu te montres aussi gentil avec lui...

— Je n'ai jamais rien eu contre lui. Même s'il se méfie de moi et ne cesse de m'insulter, il reste un camarade.

— C'est normal qu'il ait l'air pathétique dans son état, dit Coilla. Ne te laisse pas trop attendrir.

— Aucun danger, gloussa Jup.

Alfray prit une grande inspiration.

— Vous savez, il fait plus froid qu'il ne devrait, et j'ai connu des endroits plus secs, mais nous ne sommes pas si mal ici. Ce petit bout de terre n'a pas été trop affecté par les troubles qui ravagent Maras-Dantia. En plissant les yeux et en faisant appel à son imagination, on pourrait presque se croire revenu au bon vieux temps.

Coilla allait répondre quand ils furent interrompus par des cris montant d'un bosquet voisin. On aurait dit des exclamations de joie plus qu'un avertissement, mais ils décidèrent néanmoins d'en découvrir la raison. Stryke se joignit à eux.

Un soldat vint à leur rencontre en courant.

— Que se passe-t-il, Prooq? demanda Stryke.

— Un truc bizarre, chef.

— De quel genre?

— Vous feriez mieux de venir voir.

Le reste des orcs se massait à la lisière des arbres. Un petit groupe de silhouettes paradait devant eux.

— Oh, non, soupira Alfray. Maudite vermine!

— Qu'est-ce que c'est? demanda Jup.

— Des nymphes des bois.

— Et une succube ou deux, ajouta Stryke.

Les femelles voluptueuses portaient des robes profondément décolletées et fendues jusqu'en haut des cuisses pour ne rien voiler de leurs charmes. Secouant leur crinière couleur d'automne, elles prenaient des poses outrancières. Un gémissement aigu peu mélodieux emplissait l'air autour d'elles.

— Qu'est-ce que c'est que ce raffut ? cria Jup.

— Leur chant de séduction, révéla Alfray. Comme celui des sirènes, il est censé être irrésistible.

— Visiblement, la réalité n'arrive pas à la cheville de la légende…

— On dit que ce sont de grandes enchanteresses.

— Elles n'enchantent qu'elles-mêmes, grommela Coilla. Je trouve qu'elles ressemblent à des putains décaties.

Les nymphes se pavanaient, l'air de plus en plus provocant, et lançaient des invitations sans équivoque aux soldats. Certains paraissaient tentés.

— Regardez-les ! fulmina Coilla. Franchement, je suis déçue par leur comportement. Je ne pensais pas que des professionnels se laisseraient contrôler par leurs organes reproducteurs !

— Ils sont jeunes et ils n'ont jamais dû rencontrer de nymphes, dit Alfray. Ils ignorent que c'est une illusion qui risque de les tuer.

— Au sens littéral du terme ? s'étonna Jup.

— Si on leur en laisse l'occasion, ces créatures aspirent l'essence vitale des mâles assez stupides pour céder à leurs avances.

Jup étudia les femelles qui se pavanaient.

— Il doit y avoir de pires façons de mourir…

— Jup ! s'exclama Coilla.

Le nain rougit.

— Je me demande ce qu'elles fichent ici, dit Stryke. Ce n'est pas l'endroit idéal pour attirer des voyageurs imprudents…

— Deux solutions, spécula Alfray. Elles se sont fait chasser par les habitants de leur région d'origine après avoir causé trop de ravages, ou par d'autres nymphes plus jeunes et plus séduisantes qui leur ont piqué toutes leurs proies.

—À les voir, je pencherais plutôt pour la deuxième solution, dit Coilla.

—Elles ne sont pas très dangereuses en soi, ajouta le médecin. Il faut que leurs victimes se donnent à elles de leur plein gré. À ma connaissance, elles ne savent pas se battre.

Les soldats adressaient des propos de plus en plus grivois aux nymphes et plusieurs firent mine de répondre à leur invitation.

—Heureusement qu'Haskeer n'est pas là, commenta Jup.

—Je ne veux même pas imaginer ça! s'exclama Alfray.

—Nous n'avons pas de temps à perdre avec ces bêtises, décida Stryke.

—C'est exactement ce que je pensais, dit Coilla, les dents serrées.

Elle dégaina son épée et s'avança vers le bosquet.

—Je t'ai dit qu'elles ne savent pas se battre! cria Alfray dans son dos.

Coilla l'ignora. Mais ce n'était pas sur les nymphes qu'elle avait l'intention de taper. Elle distribua des coups du plat de son arme sur les fesses des soldats pour attirer leur attention.

Dans un chœur de glapissements, les orcs s'égaillèrent pour regagner le campement. Les nymphes crachèrent des jurons très peu féminins et s'éloignèrent en se dandinant.

Coilla revint vers les autres.

—Rien de tel qu'une bonne raclée pour étouffer les feux de la passion, déclara-t-elle en rengainant son épée. Mais nos camarades m'ont déçue en s'intéressant à ces catins.

—Nous avons perdu assez de temps, coupa Stryke. Impossible de traîner ici jusqu'à la fin de nos jours. Il faut prendre une décision, et tout de suite.

Après avoir pesé le pour et le contre, ils décidèrent d'aller dans le royaume des trolls. Une fois sur place, ils évalueraient la situation et aviseraient.

Le chemin qu'ils choisirent, une ancienne route commerciale, remontait vers le nord, en direction de la communauté Multi de Damebois. Avant de l'atteindre, ils bifurqueraient vers le nord-est pour gagner Grahtt. Le voyage serait dangereux, mais pas plus que n'importe quel déplacement dans le Sud infesté d'humains. Tout ce qu'ils pouvaient faire, c'était ouvrir grand leurs yeux et leurs oreilles.

Haskeer n'avait pas pris part au débat, un événement sans précédent dans l'histoire de l'unité. Les autres officiers mirent son humeur taciturne sur le compte de la maladie. En revanche, il avait recouvré assez de force pour tenir en selle, et suffisamment de fierté pour refuser l'aide qu'on lui offrit.

Stryke insista pour chevaucher près de lui. Au bout d'une heure de silence, il lui demanda :

— Comment vas-tu ?

Haskeer le dévisagea, l'air surpris.

— Je ne me suis jamais senti aussi bien, affirma-t-il.

Stryke en doutait fort, vu son comportement étrange. Depuis qu'il avait repris connaissance, le sergent ne s'était disputé avec personne. Mais il se contenta de répondre :

— Tant mieux.

Quelques instants passèrent avant qu'Haskeer demande :

— Je peux voir les étoiles ?

Surpris par cette requête, Stryke hésita. Puis il pensa : *Pourquoi n'aurait-il pas envie de les voir ? Il en a le droit autant que les autres.* Et il ne doutait pas de réussir à maîtriser son sergent au cas où il tenterait un mauvais coup.

Stryke prit les étoiles dans sa sacoche de ceinture et les tendit à Haskeer.

À en juger par l'expression du soldat, il n'avait jamais rien vu d'aussi fascinant que les instrumentalités. Il tendit la main pour les prendre. De nouveau, Stryke hésita avant de les poser dans sa paume tendue.

Haskeer observa les étoiles en silence pendant si longtemps que Stryke commença à se sentir mal à l'aise. Une lueur étrange brillait dans les yeux de son sergent.

— Elles sont magnifiques, déclara-t-il enfin en relevant la tête.

Stryke s'attendait si peu à cette réaction qu'il ne sut pas quoi répondre. De toute façon, il n'en aurait pas eu le temps, car un éclaireur revint vers eux au galop.

— Rends-les-moi! ordonna Stryke en tendant la main.

Haskeer continuait à fixer les artefacts.

— Haskeer! Les étoiles! s'impatienta son chef.

— Hein? Ah, oui. Tiens.

Stryke venait de les ranger dans sa sacoche quand l'éclaireur les rejoignit.

— Que se passe-t-il, Talag?

— Un groupe d'humains vient vers nous, chef. Ils sont vingt ou trente, à un peu plus d'un kilomètre d'ici.

— Hostiles?

— Je ne pense pas qu'ils représentent une menace, à moins que ça soit une ruse. Ce sont surtout des femmes, des enfants et quelques vieillards des deux sexes. On dirait des réfugiés.

— Ils vous ont vus?

— Je ne crois pas. Ce ne sont pas des combattants, capitaine. La plupart ont du mal à marcher.

— Je viens avec toi.

Stryke jeta un coup d'œil à Haskeer. Il s'attendait à ce

que son sergent réagisse violemment à la perspective d'une rencontre avec des humains. Comme il ne disait rien, Stryke ralentit pour permettre à Coilla et Jup – qui chevauchaient de front – de le rattraper.

— Vous avez entendu ?

La femelle orc hocha la tête.

— Je pars avec Talag. Faites suivre les autres et, euh… Gardez un œil sur lui, ajouta Stryke à voix basse, en désignant Haskeer.

Les deux officiers hochèrent la tête.

— Alfray ! cria Stryke. Tu viens avec moi !

Coilla et Jup prirent la tête de la colonne tandis que leur chef s'éloignait en compagnie de Talag et d'Alfray. Ils éperonnèrent leurs chevaux et arrivèrent bientôt en vue des humains.

L'éclaireur ne s'était pas trompé : le groupe se composait essentiellement de femmes – certaines portant un bébé dans les bras –, d'enfants et de quelques vieillards qui suivaient avec peine. À la vue des orcs, ils lâchèrent des cris alarmés. Les gamins se collèrent aux jupes de leurs mères, tandis que les vieux tentaient de prendre un air menaçant.

Stryke ne détecta aucune menace, et ne vit pas de raison de leur faire peur. Il arrêta son cheval et mit pied à terre pour sembler moins effrayant.

Alfray et Talag l'imitèrent.

Une femme avança vers eux. Elle semblait encore assez jeune sous la crasse qui maculait son visage. Une tresse de cheveux blonds pendait jusqu'à sa taille, et ses vêtements étaient en lambeaux. Malgré la peur qui se lisait sur son visage, elle fit face à Stryke, levant fièrement le menton.

— Nous sommes de pauvres réfugiés, dit-elle d'une voix tremblante. Aucune mauvaise intention ne nous anime, et même dans le cas contraire, nous ne pourrions pas vous nuire. Nous voulons seulement passer.

Stryke la trouva courageuse.

— Nous ne faisons pas la guerre aux femmes, aux enfants et aux gens qui ne nous menacent en rien, la rassura-t-il.

— Ai-je votre parole que vous ne nous ferez pas de mal?

— Vous l'avez. (Il scruta les visages las des humains.) D'où venez-vous?

— De Damebois.

— Vous êtes des Multis?

— Oui. Et les orcs se battent de notre côté, pas vrai? lança son interlocutrice, sans doute pour se rassurer.

— Exact.

Stryke jugea inutile de lui dire qu'on ne leur avait pas laissé le choix.

— C'est logique. Comme nous, déclara la femme, les races aînées vénèrent un panthéon de dieux.

Stryke hocha la tête et ne répondit pas. Il existait davantage de différences que de similitudes entre les orcs et les humains, mais à quoi bon le souligner?

— Que s'est-il passé à Damebois pour que vous vous enfuyiez? demanda-t-il.

— Une armée Uni nous a attaqués. La plupart de nos hommes sont morts et nous avons réussi à nous échapper de justesse…

— Votre communauté est tombée aux mains de l'ennemi?

— Elle résistait encore quand nous sommes partis. Quelques défenseurs continuaient à lutter, mais je doute qu'ils tiennent longtemps. Seriez-vous en chemin pour leur prêter main-forte?

Stryke avait espéré que la femme ne poserait pas la question.

— Non, avoua-t-il. Nous allons en mission à Grahtt. Je suis désolé.

Les épaules de la femme s'affaissèrent.

— Et moi qui croyais que vous étiez la réponse à nos prières… (Elle se força à sourire.) Bah, les dieux veilleront sur nous.

— Où allez-vous ? demanda Alfray.

— Je ne sais pas… Nous espérions trouver refuge dans une autre communauté Multi.

— Si vous voulez un conseil, ne vous aventurez pas dans les plaines. La région d'Échevette est particulièrement dangereuse en ce moment.

— C'est ce que nous avons entendu dire.

— Continuez à longer le Bras de Calyparr, dit Stryke. Je n'ai pas besoin de vous conseiller d'éviter Trinité.

Il songea à mentionner les fidèles d'Hobrow qui les recherchaient peut-être encore, mais préféra s'abstenir.

— Nous pensions nous diriger vers la côte ouest, précisa la femme. Il me semble que nous serions bien accueillis à Hexton ou à Vermillon.

— C'est très loin d'ici, dit Stryke.

Surtout pour des gens dans un état aussi pathétique, se garda-t-il d'ajouter.

— Avec l'aide des dieux, nous réussirons.

Il n'avait aucune raison d'être bien disposé envers les humains, mais il espéra tout de même que la femme ne se trompait pas.

À cet instant, le reste de l'unité apparut à un détour de la route et galopa vers eux.

Effrayés, les réfugiés s'agitèrent de nouveau.

—Ne vous inquiétez pas. Nous ne vous ferons pas de mal, répéta Stryke.

Les Renards mirent pied à terre et étudièrent le groupe pitoyable d'humains.

Coilla et Jup avancèrent. La vue d'une femelle orc et d'un nain provoqua force hoquets de surprise et chuchotements. Seul Haskeer resta en arrière, mais Stryke avait autre chose en tête que ses excentricités.

—Nous avons seulement les vêtements que nous portions, reprit la femme. Auriez-vous de l'eau à nous donner?

—Oui, et peut-être des rations. Mais pas beaucoup. Nous sommes un peu justes…

—C'est très gentil. Merci.

Pendant que deux soldats s'occupaient de collecter des outres, une petite fille avança, les yeux écarquillés et un pouce dans la bouche. Elle agrippa les jupes de la femme en dévisageant les Renards.

—Pardonnez-lui, dit la femme. Bien que vous vous soyez toujours battus de notre côté, peu d'entre nous ont eu affaire à des orcs.

L'enfant, blonde comme elle, avec les mêmes yeux, lâcha sa jupe et fit quelques pas hésitants vers les Renards. Son regard passa de Coilla à Stryke, puis à Alfray et Jup. Ôtant son pouce de sa bouche, elle se concentra sur Coilla et tendit un doigt.

—Qu'est-ce que c'est? demanda-t-elle.

La femelle orc fronça les sourcils.

—Les marques sur ta figure, précisa l'enfant.

—Oh, les tatouages. Ce sont des emblèmes de notre grade.

La fillette n'eut pas l'air de comprendre.

—Ça permet de savoir qui commande.

Avisant un bâton, Coilla s'accroupit pour le ramasser.

— Je vais te montrer. Tu vois Stryke? dit-elle en le désignant de la pointe du bâton. Il a deux traits sur chaque joue. Comme ça :

« ((», dessina-t-elle dans la poussière du chemin.

— Ça veut dire qu'il est le capitaine : notre chef. Ça, c'est Jup. Il est sergent – le bras droit du capitaine, si tu préfères –, et ses tatouages ressemblent à ça : « -(—)- ». Alfray et moi, nous venons ensuite. Nous sommes des caporaux, et nous portons un seul symbole : « (». Tu comprends?

La fillette sourit à Coilla, prit le bâton et griffonna à son tour dans la poussière.

Les soldats revinrent avec de l'eau et des rations, qu'ils entreprirent de distribuer.

— Ce n'est pas grand-chose, dit Stryke, mais nous vous les offrons de bon cœur.

— C'est toujours plus que ce que nous avions avant de vous rencontrer. Que les dieux vous bénissent.

Stryke se sentait mal à l'aise. Jusque-là, ses rapports avec les humains avaient consisté à en tuer un maximum. Il regarda les réfugiés remercier chaleureusement les Renards, puis baissa les yeux vers Coilla, qui jouait toujours avec l'enfant.

— Le destin nous réserve parfois de drôles de tours, pas vrai? murmura Jup.

La femme l'entendit.

— Vous trouvez ça bizarre? Nous aussi, à vrai dire. Mais nous ne sommes pas si différents de vous et des autres races aînées. Au fond, nous aspirons tous à la paix et nous haïssons la guerre.

— Les orcs sont nés pour se battre, s'indigna Stryke. (Il se radoucit un peu en voyant l'expression de la femme.)

Mais seulement pour une juste cause. La destruction gratuite ne nous attire pas.

—Ma race vous a causé beaucoup de torts…

Il fut surpris qu'elle le reconnaisse.

La fillette tendit la main pour prendre l'outre offerte par un orc. Elle la déboucha et la porta à ses lèvres. À cet instant, son petit visage se contracta, et elle émit un son terrible.

—Atchoum !

Coilla se releva d'un bond. Le soldat et elle reculèrent précipitamment.

La femme eut un sourire qui horrifia Stryke.

—Pauvre petite. Elle a attrapé un rhume.

—Un rhume ?

—Rien de grave. Ce sera fini dans un jour ou deux. (Elle posa une main sur le front de l'enfant.) Comme si ce n'était pas assez dur… Je suppose qu'elle va nous le passer à tous.

—Ce… rhume, articula Coilla. C'est une maladie ?

—Une maladie ? Oui, mais…

—Tous aux chevaux ! cria Stryke.

Les soldats coururent vers leurs montures en abandonnant les outres et les rations.

Les humains écarquillèrent les yeux.

—Je ne comprends pas ! cria la femme. Qu'est-ce qui se passe ? Ma fille n'a qu'un simple rhume…

Stryke craignait que les Renards se jettent sur les réfugiés pour les massacrer. Mieux valait ne pas s'attarder ici.

—Nous devons partir. Je suis désolé. Je vous souhaite de vous en sortir.

Puis il courut vers son cheval.

—Attendez ! cria la femme. Je ne…

Stryke l'ignora. Il éperonna sa monture et partit au galop, le reste de l'unité sur les talons.

Les humains les suivirent du regard, abasourdis.

— C'est passé près! cria Jup alors qu'ils s'éloignaient à bride abattue.

— Ça montre qu'on ne peut pas faire confiance aux humains, conclut Alfray. Qu'ils soient Unis ou Multis.

En ce qui concernait Jennesta, un bon Uni était un Uni mort.

De fait, les cadavres entassés dans la tranchée qu'elle contemplait s'étaient révélés très utiles. Mais elle ne savait pas si elle devait se réjouir du résultat qu'ils lui avaient permis d'obtenir.

Jennesta avait voulu utiliser l'eau ensanglantée comme support d'un sort de clairevision. Pendant un conflit, il était toujours bénéfique de connaître la disposition des forces ennemies. Mais elle avait à peine commencé à scruter la surface du liquide quand le visage hautain d'Adpar lui était apparu.

Au moins, cette mijaurée de Sanara s'était abstenue d'intervenir dans leur conversation, pour une fois.

Jennesta avait écouté les salutations hypocrites de sa sœur avant de lâcher :

— Le moment est mal choisi pour bavarder.

— *Moi qui pensais que ça t'intéresserait d'avoir des nouvelles de la bande de hors-la-loi que tu déploies tant d'efforts pour retrouver!*

Une alarme résonna dans la tête de Jennesta. Mais elle fit de son mieux pour feindre l'indifférence.

— Des hors-la-loi? Quels hors-la-loi?

— *Tu arrives peut-être à berner tes sujets, mais tu n'as jamais su me donner le change, ma chérie. Ne prends pas cet air innocent; ça me fiche la nausée. Nous savons toutes les deux de quoi je parle.*

—Admettons. Qu'as-tu à me dire à leur sujet ?

—*Seulement qu'ils se sont emparés d'une autre relique.*

—Comment ?

—*À moins qu'une fois encore, tu n'aies pas la moindre idée de ce que je veux dire…*

—D'où tiens-tu cette nouvelle ?

—*J'ai mes sources.*

—Si tu es mêlée à cette histoire d'une façon quelconque…

—*Moi ? Mêlée à quelle histoire, au juste ?*

—Essayer de ruiner mes plans te ressemblerait.

—*Ainsi, tu as des plans ! Peut-être que ça va m'intéresser, finalement.*

—Tiens-toi à l'écart, Adpar ! Si jamais tu…

—Ma dame ! appela une voix.

Jennesta leva les yeux. Le général Mersadion se tenait devant elle, l'air penaud d'un enfant venu annoncer qu'il a fait pipi dans sa culotte. Elle le foudroya du regard.

—Qu'y a-t-il ?

—Vous m'aviez demandé de vous avertir quand nous serions sur le point de…

—Oui, oui. J'arrive.

Mersadion recula en baissant humblement la tête.

Jennesta regarda de nouveau le visage grimaçant d'Adpar.

—Je n'en ai pas terminé avec toi, promit-elle.

Du plat de la main, elle gifla l'eau glacée et ensanglantée, bannissant l'image de sa sœur.

Puis elle se releva et se dirigea vers le général.

Ils étaient au sommet d'une colline qui surplombait un champ de bataille. Le conflit sur le point d'éclater dans la plaine opposerait à peine deux milliers de guerriers, mais son enjeu était d'une importance stratégique considérable.

L'armée de Jennesta comptait une majorité d'orcs, de Multis et de nains. En face, il y avait des Unis et quelques autres nains.

— Je suis prête, dit-elle à Mersadion. Préparez la protection.

Le général abattit comme un couperet le tranchant de sa main. Une rangée de clairons orcs, disposés le long de la colline, tournèrent le dos au champ de bataille et émirent une note aiguë.

Mersadion se couvrit les yeux. Dans la plaine, les forces de Jennesta entendirent le signal et l'imitèrent, au grand étonnement des Unis.

Levant les bras, Jennesta décrivit des arabesques dans l'air. Puis elle plongea une main dans la poche de sa cape et en sortit une gemme aussi grosse que le poing. Une myriade de couleurs tourbillonnaient à l'intérieur.

Jennesta la lança en l'air.

Elle n'avait pas fait d'effort particulier. Pourtant la gemme continua à s'élever comme une plume emportée par le vent. Plus bas, ses ennemis la virent briller à la pâle lueur du soleil et suivirent son ascension d'un air fasciné.

Une poignée d'entre eux remarquèrent la réaction des Multis et se couvrirent également les yeux. Il y en avait toujours quelques-uns de plus intelligents que les autres, pensa Jennesta. Mais jamais assez.

La gemme s'éleva paresseusement en tournant sur elle-même. Puis elle explosa, libérant un éclair dont l'intensité aurait fait pâlir celle du soleil.

La lueur aveuglante se dissipa aussitôt. Alors, des cris retentirent dans la plaine. Les Unis titubèrent en se griffant les yeux, lâchèrent leurs armes et se bousculèrent les uns les autres.

Les clairons sonnèrent de nouveau.

Les soldats de Jennesta se découvrirent les yeux et lancèrent l'assaut.

Mersadion n'avait pas quitté sa souveraine.

—Les munitions optiques complètent bien notre arsenal, vous ne trouvez pas? lança-t-elle d'un ton satisfait.

Les cris de leurs ennemis aveuglés montaient jusqu'à eux.

—Mais nous ne pourrons pas nous en servir souvent. D'abord parce qu'ils finiraient par s'y habituer. Ensuite, parce que c'est exténuant.

Jennesta se tamponna le front avec un mouchoir de dentelle.

—Amenez-moi mon cheval.

Le général courut chercher l'animal.

Sur le champ de bataille, les choses tournaient à la boucherie. Une vision gratifiante, mais dont Jennesta ne se souciait guère.

Pour le moment, elle ne pensait qu'aux Renards.

Chapitre 22

Deux jours passèrent sans incident notable pour les Renards.

Seule l'humeur d'Haskeer éveillait quelque inquiétude. Le sergent alternait entre les périodes de gaieté et de dépression, et il racontait des choses que ses camarades avaient du mal à comprendre. Alfray leur expliqua qu'il se remettait d'une maladie à laquelle la plupart des membres des races aînées auraient succombé. Mais son état ne tarderait pas à s'améliorer.

Stryke n'était pas le seul à se demander ce qui arriverait alors.

Ce problème passa au second plan quand ils atteignirent Grahtt au soir du troisième jour.

Le royaume des trolls s'étendait au centre de grandes plaines avec lesquelles il présentait pourtant un net contraste. Les hautes herbes qui l'entouraient cédaient vite la place à des buissons qui se racornissaient à leur tour pour révéler un sol dur comme la pierre. Même les collines à la silhouette déchiquetée ressemblaient à de gigantesques rochers à peine couverts d'une fine couche de terre.

Comme tous les habitants de Maras-Dantia, les orcs savaient que les courants souterrains et les activités minières frénétiques des trolls avaient foré dans les entrailles de Grahtt un labyrinthe de tunnels et de grottes.

Quant à ce que contenait ce labyrinthe… Mystère. Parmi les intrépides qui avaient eu le courage de s'y aventurer, peu étaient revenus pour raconter ce qu'ils avaient vu.

— Ça fait combien de temps que personne n'a organisé d'attaque contre cet endroit ? demanda Stryke.

— Je ne sais pas, répondit Coilla. Et ceux qui l'ont fait devaient disposer de forces bien plus conséquentes qu'une unité d'orcs.

— Kimball Hobrow semble s'en croire capable.

— Ça m'étonnerait qu'il vienne ici sans le soutien d'une armée. Et nous ne sommes plus qu'une vingtaine…

— Le nombre nous fait défaut, reconnut Stryke, mais pas l'expérience ni la détermination.

— Pas la peine de me faire l'article, grogna Coilla. Je suis d'accord avec toi. Non que je me réjouisse à l'idée de descendre sous terre… (Elle étudia le paysage rocailleux.) Cela dit, notre belle résolution ne nous servira pas à grand-chose si nous ne réussissons pas à trouver un accès.

— On dit qu'il existe des passages secrets. Je doute que nous puissions en découvrir un. Mais on parle également d'une entrée principale. Ce serait un bon début…

— Les trolls doivent la dissimuler aussi.

— Ils n'en ont peut-être pas besoin… Ils disposent de gardes en quantité suffisante pour la protéger. En plus, la réputation de Grahtt suffit à éloigner la plupart des curieux.

— Quand on parle du loup… Regarde ça.

Coilla désigna un promontoire rocheux. Le côté qui leur faisait face paraissait beaucoup trop sombre, même pour du granit. Plissant les yeux, Stryke vit qu'il s'agissait d'une ouverture.

Ils s'en approchèrent prudemment.

On aurait dit l'entrée d'une caverne. Bien qu'il soit difficile d'en avoir la certitude à cause de l'obscurité, la grande grotte semblait vide.

—Attends.

Coilla prit à sa ceinture un briquet de silex et un des chiffons dont elle se servait pour polir ses couteaux. Elle fit jaillir une étincelle et enflamma le tissu, produisant assez de lumière pour leur permettre d'y voir à quelques pas devant eux.

Ils franchirent le seuil de la caverne.

—Juste un rocher creux, commenta Stryke dix secondes plus tard.

Coilla baissa les yeux.

—Ne bouge plus, souffla-t-elle en saisissant le bras de son compagnon. Regarde.

Trois mètres devant eux, un trou s'ouvrait dans le sol. Ils regardèrent dedans, mais ne purent rien distinguer. Coilla lâcha son chiffon enflammé. Il devint un minuscule point lumineux puis disparut.

—On dirait un puits sans fond…

—J'en doute. À moins que les autres groupes aient trouvé un meilleur accès, il faudra nous contenter de celui-là.

Greever Aulay passa nerveusement un doigt sur son bandeau.

—Ça me fait toujours mal quand ces crevures sont dans le coin, se plaignit-il.

Lekmann éclata d'un rire moqueur.

Son compagnon se rembrunit.

—Tu peux te marrer! Mais je souffrais comme un damné dans le palais de Jennesta, avec tous ces orcs autour.

— Qu'en penses-tu, Jabez ? Tu crois que le gamin a un détecteur d'orcs dans son orbite vide ?

— Non. Mais il doit en être persuadé depuis qu'un de ces monstres a emporté son œil.

— Vous ne savez pas de quoi vous parlez, grommela Aulay. Et cesse de m'appeler « gamin », Micah.

Trinité était déjà loin derrière eux. Leurs recherches ne les avaient pas conduits à l'intérieur de la ville. Ils n'étaient pas inconscients à ce point ! S'étant présentés comme de braves Unis, ils avaient appris par les femmes qui travaillaient aux champs que les Renards étaient passés par là.

Ils avaient semé une jolie pagaille ! Mais quand Lekmann avait essayé d'en apprendre davantage, les femmes s'étaient tues. Tout ce qu'il avait pu leur soutirer, c'était que les orcs avaient commis un crime assez terrible pour justifier que la moitié de la population les pourchasse jusqu'au Bras de Calyparr.

Autrement dit, les Renards n'étaient pas de mèche avec les Unis. Non que les chasseurs de primes s'en soucient : ils aspiraient seulement à mettre la main sur l'artefact de Jennesta… et sur un maximum de têtes de renégats, pour toucher une belle récompense.

Ils avaient pris à leur tour la direction du détroit, avec l'espoir de localiser les orcs. Mais ça faisait plus d'une journée qu'ils longeaient l'eau, et ils n'avaient pas aperçu trace de leurs proies.

— Je ne crois pas que nous les trouverons ici, dit Blaan.

— La réflexion, c'est mon domaine, pas le tien, répliqua sèchement Lekmann.

— Il a peut-être raison, intervint Aulay. S'ils sont passés dans le coin, ils ont dû repartir depuis longtemps.

— Donc, ton détecteur n'est pas si fiable que ça, railla Lekmann.

Ils s'interrompirent au détour d'un bosquet et écarquillèrent les yeux.

—Tiens, tiens, murmura Lekmann. Qu'avons-nous là ?

Un camp misérable se dressait au bord de la route. Il abritait un groupe de femmes humaines, d'enfants et de vieillards qui semblaient tous à bout de forces.

—Je ne vois pas d'hommes, constata Aulay. Ils ne risquent pas de nous faire d'ennuis.

Voyant approcher les trois cavaliers, les humains se pétrifièrent. Mais une femme vint à leur rencontre. Malgré ses vêtements crasseux et la tresse blonde qui pendouillait dans son dos, elle avait un port de tête altier.

Elle dévisagea les nouveaux venus : le grand maigre avec la cicatrice, le petit borgne et le chauve bâti comme une montagne.

Lekmann lui fit un sourire concupiscent.

—Bonjour.

—Qui êtes-vous ? demanda la femme, soupçonneuse. Que voulez-vous ?

—Vous n'avez rien à craindre de nous, ma dame. Nous vaquons à nos affaires. En fait, nous avons beaucoup de choses en commun !

—Vous êtes des Multis ?

C'était tout ce qu'elle avait besoin de savoir.

—Oui, ma dame. Nous vénérons les mêmes dieux que vous.

Elle sembla un peu soulagée.

—Ça vous embêterait si nous mettions pied à terre ? demanda Lekmann.

—Je ne peux pas vous en empêcher.

Il descendit de cheval lentement pour ne pas l'effrayer. Aulay et Blaan l'imitèrent.

—Nous chevauchons depuis longtemps, dit Lekmann en s'étirant. C'est agréable de se reposer un peu.

—Nous ne voudrions pas nous montrer impolis, mais nous n'avons ni eau ni nourriture à partager avec vous, dit la femme.

—Peu importe! Je vois que la chance ne vous a pas souri dernièrement. Voilà longtemps que vous êtes sur les routes?

—Une éternité, me semble-t-il.

—D'où venez-vous?

—De Damebois. Des troubles ont éclaté là-bas.

—Comme partout ailleurs. C'est l'époque qui veut ça, affirma Lekmann.

La femme dévisagea Aulay puis Blaan.

—Vos amis ne sont pas très bavards.

—Ils préfèrent l'action au bavardage. D'ailleurs, nous n'avons pas de temps à perdre. Nous nous sommes arrêtés parce que nous espérions que vous pourriez nous aider.

—Comme je vous l'ai dit, nous n'avons pas de…

—Pas de cette façon. Nous sommes à la recherche de… certaines personnes. Si vous voyagez depuis un certain temps, vous les avez peut-être croisées.

—Nous n'avons pas rencontré grand-monde sur la route.

—Vraiment? Même pas des orcs?

Il sembla à Lekmann qu'il avait mis dans le mille. Les traits de la femme se durcirent.

—Non, affirma-t-elle avec force.

—Mais si, maman!

Une fillette s'approcha des chasseurs de primes en sautillant.

—Les gens bizarres avec des marques sur la figure, insista-t-elle en parlant du nez, comme si elle était enrhumée. Tu ne te souviens pas?

Lekmann jubila. Enfin une piste!

—Ah, si, dit la femme sur un ton faussement détaché. Nous en avons croisé un groupe il y a deux jours. Ils avaient l'air pressé.

Lekmann allait lui poser une autre question, mais la fillette vint se planter devant lui.

—Vous êtes leurs amis? demanda-t-elle en reniflant.

—Pas maintenant! cria Lekmann, irrité par cette interruption.

Effrayée, la petite fille revint en courant vers sa mère, qui paraissait plus méfiante que jamais. Les autres Multis jetaient des regards soupçonneux aux chasseurs de primes, mais ils ne leur prêtèrent aucune attention.

Lekmann laissa tomber son masque amical.

—Vous savez où ils sont allés? demanda-t-il brutalement.

—Pourquoi me l'auraient-ils dit?

La femme était en colère. Dommage.

—Et que leur voulez-vous? ajouta-t-elle.

—Nous avons une affaire à régler avec eux.

—Vous êtes certains de ne pas être des Unis?

Aulay et Blaan éclatèrent d'un rire inquiétant.

—Qui êtes-vous? insista la femme.

—Des voyageurs qui se remettront en route dès que vous leur aurez indiqué une direction. (Lekmann jeta un coup d'œil rusé à la ronde.) Vos hommes pourraient peut-être nous renseigner?

—Ils… ils sont partis chasser…

—Ça m'étonnerait beaucoup! Je ne crois pas qu'ils vous accompagnent. Sinon, quelques-uns seraient restés avec vous pour vous protéger.

—Ils sont tout près d'ici, et ils ne tarderont pas à revenir, mentit la femme, du désespoir dans la voix. Si vous ne voulez pas de problèmes…

— Vous êtes une piètre menteuse. (Lekmann fixa la fillette d'un air entendu.) Tâchons de régler ça en douceur. Où sont allés ces orcs ?

La femme lut une absence totale de scrupules dans ses yeux.

— Très bien, capitula-t-elle. Ils ont parlé d'aller à Grahtt.

— Le royaume des trolls ? Pourquoi feraient-ils une chose pareille ?

— Comment le saurais-je ?

— Ça ne colle pas. Vous êtes certaine qu'ils n'ont rien dit d'autre ?

— Oui.

Des larmes dans les yeux, la fillette tira sur la jupe de sa mère.

— Ce n'est rien, ma chérie. Tout va bien.

— Je crois que vous me cachez quelque chose, grogna Lekmann.

— Je vous ai dit tout ce que je savais, murmura la femme.

— Vous comprendrez que je m'en assure…

Lekmann fit un signe de tête à ses compagnons. Tous les trois se déployèrent pour prendre les réfugiés en tenailles.

Quand ils repartirent, ils étaient certains qu'elle leur avait dit la vérité.

Selon Stryke, les circonstances imposaient une approche directe.

— Nous n'avons qu'une seule chance, et pas d'autre solution que de tenter un assaut frontal. On entre, on prend ce qu'on est venus chercher et on se tire !

— À t'entendre, c'est tout simple, dit Coilla. Mais tu as pensé aux difficultés que nous rencontrerons ? D'abord pour entrer ! Nous n'avons découvert qu'un seul accès, et il ne conduit peut-être pas au labyrinthe des trolls. Sans compter qu'il semble très profond.

— Nous avons des rouleaux de corde. En cas de besoin, nous pouvons en tresser d'autres.

— Admettons. Ensuite, « prendre ce que nous sommes venus chercher »... Plus facile à dire qu'à faire. Nous ignorons combien de kilomètres de tunnels s'étendent là-dessous. Si les trolls détiennent une étoile – je dis bien « si » –, il faudra la localiser dans une obscurité complète. N'oublie pas que les trolls voient dans le noir, et pas nous.

— Nous emporterons des torches.

— Histoire de passer inaperçus, je suppose ? Nous serons sur leur terrain, donc désavantagés. Quant à ressortir...

— Nous avons déjà pris beaucoup de risques. Quelques-uns de plus ou de moins ne m'arrêteront pas, affirma Stryke.

— Je le sais bien, soupira Coilla. Tu as décidé d'aller jusqu'au bout, pas vrai ?

— Oui. Mais je n'oblige personne à me suivre, rappela Stryke.

— La question n'est pas là. Je m'inquiète seulement de ton plan... Charger aveuglément n'est pas toujours la meilleure solution.

— Parfois, il faut s'y résoudre... À moins que tu voies un meilleur moyen.

— C'est bien ce qui m'ennuie, avoua Coilla. Je n'en vois pas !

— Je sais que toutes les choses qui pourraient mal tourner te tracassent. Moi aussi. C'est pour ça que nous prendrons tout notre temps pour nous préparer.

— Pas trop, quand même, intervint Alfray. Tu as pensé à Hobrow ?

—Nous lui avons donné une bonne leçon. Je doute qu'il ose s'attaquer à nous avant un moment.

—Mais pour ce que nous en savons, ce n'est pas le seul qui nous en veut. Et une cible mobile est toujours plus difficile à atteindre.

—C'est vrai. Cela dit, les gens n'aiment pas trop s'attaquer à des cibles qui ripostent.

—Sauf s'ils sont assez nombreux.

—Que veux-tu dire par « prendre tout notre temps » ? demanda Coilla.

Stryke observa le soleil, qui se couchait à l'horizon.

—La nuit ne tardera pas à tomber. Nous pourrions consacrer la journée de demain à chercher un autre accès, en quadrillant le secteur pour le passer au peigne fin. Si nous trouvons un meilleur accès, nous l'utiliserons. Sinon, nous emprunterons celui que nous connaissons.

—Et qui n'en est peut-être pas un.

—Stryke, je ne veux pas jouer les rabat-joie, dit Jup, mais s'il y a bien une étoile et si nous réussissons à nous en emparer... Que ferons-nous après ?

—J'espérais que personne ne poserait la question.

—Il le faut pourtant, affirma Alfray. Sans ça, il ne servirait à rien de prendre tous ces risques pour nous infiltrer à Grahtt.

—Bien sûr que si ! Nous sommes des orcs. Nous avons besoin d'objectifs à atteindre. Tu le sais.

—En toute logique, avança Coilla, si nous ressortons de Grahtt en un seul morceau, il nous faudra un plan pour localiser les autres étoiles.

—Nous avons eu de la chance jusque-là, grogna Jup. Ça ne durera pas éternellement.

—Nous forgeons notre chance ! déclara Stryke.

—S'il est vraiment hors de question de vendre les

étoiles à Jennesta, je pensais que… commença Coilla.

—C'est exclu! cria Stryke. Au moins, en ce qui me concerne.

—Dans ce cas, nous pourrions peut-être les vendre à quelqu'un d'autre.

—Qui?

—Je ne sais pas! explosa Coilla. Comme tout le monde, je lance des idées au hasard! Mais si nous ne pouvons pas rassembler les cinq instrumentalités, celles que nous détenons ne nous serviront à rien, alors qu'un bon paquet d'argent nous faciliterait la vie.

—Les étoiles sont la clé d'un pouvoir susceptible de libérer les orcs et les autres races aînées. Je refuse de m'en séparer. Si nous avons besoin d'argent, nous vendrons du pellucide.

—En parlant des cristaux, as-tu décidé de ce que nous allons en faire? demanda Alfray.

—Pour l'instant, il vaut mieux les maintenir dans l'escarcelle commune de l'unité. Des objections?

Personne ne parla.

Haskeer, qui n'avait pas participé à la conversation, s'approcha, arborant l'expression hagarde à laquelle ils s'étaient presque habitués.

—Que se passe-t-il?

—Nous cherchions un moyen d'entrer à Grahtt, expliqua Coilla.

Le visage d'Haskeer s'éclaira.

—Pourquoi ne pas demander la permission des trolls?

Tous éclatèrent de rire…

Puis réalisèrent que ça n'était pas une plaisanterie.

—Comment ça, demander leur permission? s'étrangla Alfray.

—Les choses seraient quand même plus faciles si nous nous entendions bien avec les trolls, non?

La mâchoire d'Alfray lui en tomba sur les genoux.

— D'ailleurs, s'enthousiasma Haskeer, tous nos ennemis pourraient devenir nos amis si nous prenions la peine de parlementer avec eux plutôt que de les combattre.

— Je n'arrive pas à croire que ces mots sortent de ta bouche, souffla Coilla.

— Ça te paraît stupide ?

— Non, mais ça te ressemble si peu !

Haskeer réfléchit intensément.

— Bon, d'accord. Alors, on n'aura qu'à les tuer.

— C'est plus ou moins ce que nous comptons faire, si nous y sommes obligés, avoua Coilla.

Haskeer eut un sourire rayonnant.

— Génial. Si vous avez besoin de moi, appelez ! Je serai en train de nourrir mon cheval.

Il se détourna et s'éloigna.

— Que diantre… ? s'exclama Jup.

Coilla secoua la tête.

— Il a perdu la boule.

— Tu crois toujours qu'il s'en remettra, Alfray ? demanda Stryke.

— J'admets qu'il y met le temps. Mais j'ai déjà vu ce genre de réaction chez des soldats affectés par une forte fièvre. Après, ils passent plusieurs jours dans une sorte de brouillard, et il n'est pas rare qu'ils se conduisent bizarrement.

— « Bizarrement » ! répéta Coilla. On dirait qu'on lui a changé le cerveau !

— Je ne sais plus si je dois m'inquiéter pour lui ou remercier les dieux de l'avoir rendu plus aimable, avoua Jup.

— Au moins, ça nous fait des vacances, dit Coilla. Surtout à toi.

— Alfray, tu supposes que son comportement est une

conséquence de sa maladie, résuma Stryke. Et si ce n'était pas le cas ? S'il avait… Je ne sais pas, moi… Pris un coup sur la tête sans que nous nous en apercevions ?

— C'est possible, mais j'aurais vu une bosse pendant que je le soignais. Je ne suis pas expert en matière de blessures à la tête. Comme toi, je sais seulement qu'elles peuvent pousser les gens à se comporter d'une façon étrange…

— Haskeer semble inoffensif, mais mieux vaut garder un œil sur lui, au cas où…

— Tu comptes le laisser participer à la mission ? s'inquiéta Coilla.

— Non, il nous gênerait, la rassura Stryke. Il nous attendra ici avec un ou deux soldats pour garder les chevaux et le campement. Sans compter le cristal. Je pensais que tu pourrais rester aussi.

Les narines de la femelle orc frémirent.

— Tu me considères comme un fardeau ?

— Bien sûr que non. Mais je sais que tu détestes les espaces clos. Tu nous l'as assez seriné ! Et j'ai besoin de laisser quelqu'un de fiable derrière nous, parce que je ne compte pas emmener les étoiles. Ce serait un trop gros risque. Tu pourrais veiller sur elles jusqu'à notre retour. (Remarquant son expression, Stryke ajouta :) En réalité, je me disais que tu pourrais reprendre le flambeau si nous ne revenions pas.

— Toute seule ? s'étrangla Coilla.

— Il te resterait Haskeer…, dit Jup.

Elle le foudroya du regard.

— Très drôle.

Tous tournèrent la tête vers le sergent…

… qui tapotait affectueusement la tête de son cheval.

Chapitre 23

La colère du Seigneur avait frappé.
Pour Kimball Hobrow, aucun doute n'était permis.

La poursuite des hérétiques non humains qui avaient volé son bien l'avait conduit sur les rivages du Bras de Calyparr en compagnie de plus de deux cents fidèles. À la tombée de la nuit, ils avaient découvert un charnier : les cadavres de deux douzaines de femmes, d'enfants et de vieillards jonchaient le bord de la piste, à la sortie d'un bosquet.

À leurs vêtements provocants, dont les couleurs vives témoignaient d'une insupportable vanité, Hobrow les identifia aisément. C'étaient des blasphémateurs, de misérables âmes perdues qui avaient dévié du droit chemin pour rejoindre l'engeance Multi.

Hobrow se déplaçait entre les corps, une poignée de gardes sur les talons. Si la vue de leurs chairs mutilées et ensanglantées le troubla, il n'en laissa rien paraître.

— Voyez de quelle façon notre Seigneur punit ceux qui embrassent le paganisme obscène des races impures ! Dans Sa grande sagesse, mes frères, Il a désigné des non-humains pour être l'instrument de Sa vengeance. Les hérétiques ont frayé avec le serpent, et le serpent les a dévorés. Il ne saurait y avoir de plus juste châtiment.

Il continua son inspection, étudiant le visage des cadavres et la nature de leurs blessures.

—Le Tout-Puissant a le bras long, et Son courroux ne connaît pas de limites. Il frappe les infidèles aussi sûrement qu'Il récompense Ses élus.

Un garde le héla, à l'autre extrémité du charnier. Hobrow le rejoignit.

—Qu'y a-t-il, Calvert ?

—Celle-ci est toujours vivante, maître, dit le soldat en désignant une femme à la longue tresse blonde.

Elle avait la poitrine déchiquetée. Sa respiration laborieuse indiquait que la fin était proche.

Hobrow s'accroupit près d'elle ; le regard de la femme se posa sur lui. Elle tenta de dire quelque chose, mais aucun son ne s'échappa de ses lèvres.

Hobrow se pencha davantage.

—Parle, mon enfant. Soulage ton âme en confessant tes péchés.

—Ils... Ils...

—Qui ?

—Ils sont venus... Et...

—Tu veux parler des orcs ?

Les yeux de la femme se voilèrent, annonçant l'approche de la mort.

—Oui... Les orcs...

—Ce sont eux qui vous ont fait ça ?

—Les orcs... Sont venus...

Les gardes s'étaient rassemblés autour de la femme.

Hobrow leva la tête vers eux.

—Vous voyez ? triompha-t-il. Aucun humain n'est à l'abri des déprédations des races aînées, même ceux qui sont assez stupides pour prendre leur parti. Où sont-ils allés, mon enfant ?

— Les orcs…

— Oui, les orcs, répéta Hobrow. Tu sais où ils sont allés ?

La femme ne répondit pas. Il lui prit la main et la serra dans la sienne pour la faire réagir.

— Où sont-ils allés ? répéta-t-il.

— Gra-Grahtt…

— Juste ciel !

Hobrow se releva.

La femme tendit un bras vers lui, mais personne n'y prit garde.

Puis sa main retomba.

— À vos chevaux ! beugla Hobrow, une flamme messianique dansant dans son regard. La vermine que nous recherchons s'est alliée avec une autre race maudite ! Mes frères, nous partons en croisade !

Portés par sa ferveur, les fidèles s'élancèrent vers leurs montures.

— Nous nous vengerons ! jura Hobrow. Le Seigneur nous guidera et nous protégera.

Les Renards passèrent toute la journée à chercher un autre accès. Mais s'il en existait un, il était trop bien dissimulé pour qu'ils le découvrent. N'ayant pas rencontré de troll pendant leurs investigations, ils estimèrent avoir quand même eu beaucoup de chance.

Stryke décida qu'ils emprunteraient l'entrée principale — comme il avait décidé de la baptiser — aux premières lueurs de l'aube. Les trolls ayant la réputation de s'aventurer à l'extérieur la nuit, Stryke fit doubler la garde et ordonna au reste de l'unité de dormir avec toutes ses armes à portée de main.

Alfray proposa qu'ils partagent un peu de pellucide. Stryke n'y vit pas d'objection, pour peu qu'ils s'en tiennent à de petites quantités et n'en donnent pas aux gardes. Lui n'en consomma pas. Il alla s'allonger sur une couverture, un peu à l'écart des autres, pour réfléchir en paix à son plan.

La dernière chose qu'il sentit, avant de sombrer dans le sommeil, fut l'odeur entêtante du cristal.

Les étoiles commençaient à poindre dans le ciel. Jamais il ne les avait vues briller d'une lueur aussi limpide.

Il était au bord d'une falaise abrupte.

À un jet de lance se dressait une paroi jumelle, surplombée d'arbres au tronc fier et élancé. Entre les deux, un canyon… Au fond, un torrent rugissant projetait des gerbes d'écume blanche en martelant les rochers sur son passage.

Des deux côtés, le précipice s'étendait aussi loin que porte son regard. Un pont suspendu de lianes et de lattes de bois se balançait doucement au gré de la brise. Sans savoir pourquoi, il s'y engagea.

Quand il se fut éloigné de l'abri de la falaise, il sentit le vent fraîchir, charriant la brume humide du torrent. Il avançait lentement, en savourant la beauté du paysage et en inspirant à pleins poumons l'air cristallin.

Stryke avait parcouru un tiers du chemin quand il vit que quelqu'un venait à sa rencontre. Il ne distinguait pas encore ses traits, mais la silhouette approchait d'un pas assuré.

Il ne ralentit pas et put bientôt voir son visage.

C'était la femelle orc qu'il avait déjà rencontrée… là. Où que soit le « là » en question !

Elle portait toujours sa coiffe guerrière de plumes écarlates. La poignée de son épée, qu'elle avait accrochée dans son dos, dépassait de son épaule gauche. Sa main droite courait avec grâce sur la rambarde de corde.

Ils se reconnurent en même temps et se sourirent.

— Nos chemins se croisent de nouveau, dit la femelle

alors qu'ils se rejoignaient au milieu du pont. J'en suis ravie.

Stryke eut le même pincement au cœur que lors de leurs rencontres précédentes.

— *Moi aussi.*

— *Vous êtes vraiment un orc étrange.*

— *Pourquoi ?*

— *Vos allées et venues sont enveloppées de mystère.*

— *Je pourrais en dire autant de vous.*

— *Sûrement pas. Je suis toujours ici. Vous apparaissez et disparaissez comme la brume au-dessus de cette rivière. Où allez-vous ?*

— *Nulle part. Je… suppose que j'explore les parages. Et vous ?*

— *Je vais où la vie me mène.*

— *Pourtant, vous portez votre épée d'une façon si peu militaire que vous ne pourrez pas la dégainer rapidement en cas de besoin.*

Elle regarda le fourreau pendu à sa ceinture.

— *Pas vous ! Mais je préfère ma façon…*

— *C'était également la coutume dans mon pays, autrefois. Mais ça ne l'est plus depuis longtemps.*

— *Je ne menace personne, et je vais où bon me semble sans jamais rencontrer de danger. N'en est-il pas ainsi, là d'où vous venez ?*

— *Non.*

— *Alors, ce doit être un lieu bien sinistre. Cela dit sans vouloir vous offenser.*

— *Pourquoi m'offenserais-je ? Vous avez raison.*

— *Peut-être devriez-vous vous installer ici.*

Il ne savait pas s'il devait prendre ces mots pour une invitation.

— *Ce serait très agréable. J'aimerais pouvoir le faire.*

— Quelque chose vous en empêche ?
— J'ignore comment venir ici !

La femelle éclata de rire.

— On peut toujours compter sur vous pour parler par énigmes. Comment osez-vous dire une chose pareille, alors que vous y êtes ?

— Ça n'a pas plus de sens pour moi que pour vous. (Il baissa les yeux vers le courant tumultueux.) Je ne comprends pas davantage la façon dont je viens ici que cette rivière ne sait comment et pourquoi elle va jusqu'à la mer. Pourtant, il en est ainsi depuis toujours, et le temps n'a pas de prise sur elle.

La femelle se rapprocha de lui.

— Le temps n'a pas de prise sur nous non plus. Nous nous laissons porter par les flots de la vie. (Plongeant une main dans sa poche, elle en tira deux petits cailloux ronds.) Je les ai pris sur la berge de la rivière. (Elle les laissa tomber dans le canyon.) À présent, ils ne font de nouveau plus qu'un avec elle, tout comme vous et moi ne faisons qu'un avec le fleuve du temps. N'est-il pas approprié que nous nous rencontrions sur un pont ?

— Je ne suis pas certain de comprendre.
— Vraiment ?
— Je sens que vos paroles sont pleines de vérité, mais je n'arrive pas à mettre… le doigt dessus.
— Tendez la main plus loin et vous comprendrez.
— De quelle façon ?
— En cessant d'essayer.
— Et vous m'accusez de parler par énigmes !
— La vérité est simple ; c'est nous qui choisissons de la considérer comme une énigme. Vous finirez par comprendre.
— Quand ?
— Vous avez déjà commencé en posant cette question.

Soyez patient, étranger. (Elle sourit.) Je ne connais toujours pas votre nom.

—*Ni moi le vôtre.*

—*Comment vous appelez-vous ?*

—*Stryke.*

—*Stryke. Un nom qui sonne bien. Il vous va à merveille. Stryke, Stryke, Stryke, répéta la femelle comme si elle savourait la puissance des syllabes sur sa langue.*

—Stryke ! Stryke !

Quelqu'un le secouait.

—Hein ? Oh… Comment vous appelez-vous ?

—C'est moi, Coilla. Avec qui m'as-tu confondue ? Tu vas te réveiller, bon sang ?

Clignant des yeux, il regarda autour de lui. Le jour se levait et ils étaient à Grahtt.

—Tu as l'air bizarre, s'inquiéta Coilla. Tu vas bien ?

—Oui… J'étais en train de rêver.

—Ça t'arrive souvent, ces derniers temps. Tu es sûr que ça n'était pas un cauchemar ?

—Non. Loin de là.

Jennesta rêvait de sang et de flammes, de mort et de destruction, de souffrance et de désespoir. Elle rêvait des principes même de la luxure et du bonheur qu'ils lui apportaient.

Elle s'éveilla dans son sanctuaire. Le corps torturé d'un mâle humain à peine adulte gisait sur l'autel parmi les détritus du rituel de la veille. Sans lui jeter un regard, Jennesta se leva et se drapa d'une cape de fourrure. Puis elle enfila une paire de bottes de cuir pour compléter sa tenue.

L'aube se levait et une journée chargée l'attendait.

Quand elle sortit de sa chambre, les gardes postés devant la porte se redressèrent.

—Venez, leur ordonna-t-elle.

Ils lui emboîtèrent le pas.

Elle les précéda dans un labyrinthe de couloirs et d'escaliers de pierre et émergea au grand air sur le terrain d'exercice qui s'étendait devant son palais.

Plusieurs centaines de soldats orcs s'y tenaient en rangs serrés. Ce «public», bien que limité, comptait des représentants de chaque régiment. Ainsi, Jennesta ne doutait pas que ce qu'elle s'apprêtait à faire arriverait aux oreilles de tous les membres de sa horde.

Les soldats faisaient face à un poteau de bois de la taille d'un petit arbre. Un orc y était attaché, entouré de fagots qui lui montaient jusqu'à la taille.

Le général Mersadion salua Jennesta d'une courbette.

—Nous sommes prêts, Votre Majesté.

—Énoncez le verdict.

Mersadion fit un signe de tête à un capitaine. L'orc avança et déroula un parchemin. De la voix de stentor qui lui avait valu cette tâche peu enviable, il lut:

—Par ordre de Sa Majesté la reine Jennesta, que tous prennent connaissance du jugement porté par le tribunal militaire contre Krekner, sergent ordinaire de la Horde Impériale.

Tous les regards étaient rivés sur le prisonnier.

—Les charges sont les suivantes: *primo*, Krekner a volontairement désobéi à un ordre donné par un officier supérieur; *secundo*, en désobéissant à cet ordre, il a fait preuve de couardise devant l'ennemi. Le tribunal l'a reconnu coupable des deux chefs d'accusation, et condamné à subir le châtiment prévu par la loi.

Le capitaine baissa le parchemin. Un lourd silence tomba sur le terrain d'exercice.

Mersadion s'adressa au prisonnier.

— Vous avez le droit de faire appel auprès de la reine. L'exercerez-vous ?

— Oui, répondit Krekner d'une voix qui ne tremblait pas.

Il supportait l'épreuve avec beaucoup de dignité.

— Allez-y, l'invita Mersadion.

Le sergent tourna la tête vers Jennesta.

— Je ne voulais pas me montrer irrespectueux, ma dame. Mais on nous a demandé de charger de nouveau alors que nos camarades blessés gisaient encore sur le sol. Je me suis attardé assez longtemps pour arrêter l'hémorragie d'un soldat, ce qui lui a sauvé la vie. Puis j'ai obéi à l'ordre d'attaquer. C'était un retard motivé par la compassion – pas l'insubordination. Je trouve injuste la sentence prononcée contre moi !

C'était sans doute le plus long – et le plus important – discours qu'il ait jamais fait.

Il regarda la reine, plein d'espoir.

Jennesta le fit attendre trente secondes avant de prendre la parole. Elle aimait faire croire aux condamnés qu'elle envisageait de se montrer miséricordieuse.

— Les ordres sont faits pour être obéis, dit-elle enfin. Sans exception aucune, et surtout pas au nom de la compassion. (Elle cracha ce mot comme s'il lui laissait un arrière-goût désagréable dans la bouche.) Demande rejetée ! La sentence sera exécutée. Que votre sort serve d'exemple à tous.

Elle leva une main en marmonnant une incantation. Krekner se raidit.

Un rayon jaillit du bout des doigts de Jennesta, fendit l'air et vint frapper les fagots aux pieds du prisonnier.

Le bois s'embrasa aussitôt. Des flammes jaunes et orange jaillirent.

Le sergent affronta la mort courageusement. Mais sur la fin, il ne put retenir ses cris.

Impassible, Jennesta le regarda se tordre dans le brasier. En pensée, elle voyait Stryke à sa place.

Les Renards étaient prêts à partir.

Stryke avait craint qu'Haskeer ne proteste en apprenant qu'il ne les accompagnerait pas. Mais le sergent avait encaissé la nouvelle sans broncher... D'une certaine façon, ça troublait plus le capitaine que les récriminations auxquelles il l'avait habitué.

Stryke prit les autres officiers à part pour leur exposer son plan.

— Comme convenu, Coilla restera au campement avec Haskeer et Reafdaw.

— Et le pellucide ? demanda la femelle orc.

— J'ai ordonné qu'on le sorte des sacoches de selle et qu'on le rassemble dans des sacs, dit Stryke. Tu ferais bien de les charger sur deux ou trois chevaux. Comme ça, si vous avez besoin de filer en vitesse, ça vous fera gagner du temps.

— Je comprends. Et les étoiles ?

Il plongea une main dans sa sacoche.

— Tiens. À toi de décider ce que tu en feras si nous ne revenons pas.

Coilla contempla les instrumentalités, puis les glissa dans sa ceinture.

— J'espère que ce sera quelque chose que tu aurais approuvé. (Ils échangèrent un sourire.) En cas de problème, c'est quoi, le plan ?

— Tout, sauf vous lancer à notre recherche. C'est bien compris ?

— Oui... Mais...

— C'est un ordre ! insista Stryke. Si nous ne sommes pas revenus demain à la même heure, nous ne reviendrons pas du tout. Dans ce cas, je veux que vous fichiez le camp. D'ici là, profitez de votre inactivité pour vous demander où vous irez.

— Les dieux seuls le savent, soupira Coilla. Mais nous trouverons quelque chose si nous y sommes obligés. Débrouillez-vous pour que nous n'en arrivions pas là…

— Nous ferons de notre mieux. Si des trolls se montrent avant l'heure convenue, ça ne signifiera qu'une *seule* chose. Et il faudra que vous partiez.

Coilla fit oui de la tête.

— Et nous, Stryke ? demanda Alfray. Que fait-on une fois en bas ?

— Tout dépendra de ce que nous trouverons… À supposer que ce puits soit bien l'entrée du labyrinthe.

— Une mission à l'aveugle, ce n'est pas l'idéal.

— Non, mais nous en avons déjà réussi d'autres.

— Ce qui m'inquiète, avoua Jup, c'est l'idée de ne rien y voir là-dedans.

— La vision nocturne des trolls leur assure un avantage sur nous. Mais nous emportons assez de torches pour leur donner du fil à retordre le cas échéant. Et ne sous-estimez pas l'élément de surprise.

— Tout de même, c'est sacrément risqué.

— Prendre des risques est notre métier, rappela Stryke. Et je te parie que nous avons plus d'expérience en la matière que les trolls !

— Espérons-le. On ne devrait pas y aller ?

— Si. Rassemblez les soldats. N'oubliez ni les cordes ni les torches.

Jup et Alfray s'en furent exécuter les ordres.

—Je vous accompagnerai jusqu'à l'entrée, d'accord? proposa Coilla.

—Si tu veux. Mais ne traîne pas dans le coin quand nous serons descendus. Je veux que tu reviennes ici pour garder le campement et le pellucide.

L'unité laissa Haskeer avec Reafdaw et gagna la grotte. La lumière du jour faisait paraître ses entrailles encore plus sombres. Les orcs entrèrent prudemment. Arrivés au bord du puits, ils allumèrent leurs torches.

Stryke fit signe à deux soldats, qui lâchèrent des branches enflammées dans l'ouverture. Tous les regardèrent tomber. Contrairement au chiffon de Coilla, elles ne disparurent pas mais atterrirent sur quelque chose de solide... quelques dizaines de mètres plus bas.

—On devrait avoir assez de corde, estima Alfray.

La lumière des torches ne leur permettait pas de voir ce qui les attendait en bas. Mais rien ne semblait remuer.

Plusieurs soldats furent chargés de nouer trois cordes autour de rochers ou de troncs d'arbre, à l'extérieur de la grotte.

—Au cas où un piège nous attendrait en bas, on descend le plus vite possible et en force, rappela Stryke.

Torches au poing, les orcs formèrent trois groupes près des cordes. Certains avaient un couteau entre les dents.

Coilla leur souhaita bonne chance et recula.

—On y va, dit Stryke en empoignant une corde.

Il se laissa glisser dans l'ouverture.

Les autres le suivirent rapidement.

Chapitre 24

Stryke lâcha la corde et se laissa tomber sur les trois derniers mètres. Dès qu'il eut atterri, il dégaina son épée. Jup se réceptionna près de lui et l'imita. Les autres les rejoignirent sans tarder et regardèrent autour d'eux.

Ils étaient dans une caverne plus ou moins circulaire, d'un diamètre trois fois supérieur à celui du puits par où ils venaient de descendre. Deux tunnels en partaient : le plus large, droit devant eux, le plus petit, sur leur gauche.

L'endroit était aussi silencieux qu'une tombe, dont il dégageait également l'odeur de renfermé. Les orcs ne distinguèrent aucun signe de vie.

— Et maintenant ? chuchota Jup.

— On commence par assurer nos arrières. (Stryke fit signe à deux soldats.) Liffin, Bhose : vous restez ici et vous gardez l'accès. Ne bougez pas jusqu'à notre retour, ou jusqu'à l'expiration du délai convenu.

Les orcs hochèrent la tête et se mirent en position.

— Où veux-tu aller ? demanda Alfray en sondant les deux tunnels.

— Tu crois qu'on devrait se séparer pour les explorer ? lança Jup.

— J'aimerais mieux éviter. Nous sommes déjà peu nombreux.

— Alors, on joue à pile ou face ?

— Je penche pour le passage le plus large, car il doit conduire à quelque chose de plus important. Mais nous ferions mieux de jeter un coup d'œil dans l'autre pour nous assurer qu'il ne nous réserve aucune mauvaise surprise.

Stryke ordonna à Kestix et à Jad de monter la garde à l'entrée du tunnel d'en face. Puis il sélectionna Hystykk, Noskaa, Calthmon et enfin Breggin, lui fourrant un rouleau de corde dans les mains.

— Tous les quatre, vous explorerez ce passage sur la longueur de cette corde. Si vous trouvez quelque chose d'intéressant, l'un d'entre vous reviendra nous chercher. Mais ne prenez pas de risques, et battez en retraite à la première alerte.

Jup empoigna une extrémité de la corde. Breggin passa l'autre autour de son poignet, leva sa torche et passa le premier.

Le reste de l'unité patienta dans un silence nerveux, regardant la corde se dérouler.

Au bout de quelques minutes, elle se tendit.

— Et s'ils ont des ennuis ? Faudra-t-il voler à leur secours ? demanda Alfray.

— Je ne veux même pas y penser. Croisons plutôt les doigts.

Ils n'eurent pas longtemps à attendre.

— Alors ? lança Stryke aux soldats quand ils réapparurent.

— Rien d'intéressant, chef, dit Breggin. Le passage continue à s'enfoncer dans la terre. Nous n'avons pas vu de tunnels latéraux.

— Très bien. Nous nous concentrerons sur le plus grand. Et nous déroulerons la corde derrière nous, même si je doute que ça serve à grand-chose.

—Ne risque-t-elle pas de trahir notre présence? objecta Jup.

—Avec ou sans corde, une unité d'orcs qui se balade avec des torches allumées n'a aucune chance de passer inaperçue ici, dit Stryke. Si nous croisons des trolls, frappez d'abord et posez des questions ensuite. Nous ne pouvons pas nous permettre de lésiner. Restez groupés, et faites le moins de bruit possible.

Il rappela une dernière fois à Liffin et à Bhose d'ouvrir l'œil, puis s'engagea dans le tunnel principal. Alfray marchait à côté de lui, éclairant leur chemin avec sa torche.

Le passage continuait en ligne droite, mais il descendait en pente douce. Pendant que les orcs avançaient, la température baissa et de désagréables relents de moisissure leur agressèrent les narines.

Ils progressèrent ainsi pendant cinq minutes, selon l'estimation de Stryke – mais sa perception du temps était sans doute altérée par l'obscurité et le silence – avant de découvrir un tunnel latéral à peine plus large qu'une porte. Sa voûte basse et ses murs étaient humides. À la lueur de leurs torches, les Renards virent que le sol s'inclinait presque à la verticale. La taille ceinte d'une corde, un des soldats s'y faufila pour l'explorer.

—Ça débouche sur une sorte de puits, annonça-t-il quand ses camarades le hissèrent de nouveau auprès d'eux.

—Sans doute un conduit qui permet de siphonner l'eau en cas d'inondation, supposa Alfray.

Stryke en fut impressionné.

—Très ingénieux, commenta-t-il.

—Les trolls ont eu du temps pour améliorer leur habitat. Ce sont des sauvages, mais pas forcément des barbares ignorants. Nous ferions bien de nous en souvenir.

Ils reprirent l'exploration du tunnel principal, dont l'inclinaison augmenta. Trente mètres plus tard, ils atteignirent l'extrémité de la corde.

Ils l'abandonnèrent là et continuèrent à avancer.

Cinq minutes passèrent, de nouveau selon l'estimation de Stryke, avant que le passage commence à s'élargir. Un peu plus loin, il débouchait sur une seconde caverne. Les orcs s'immobilisèrent et tendirent l'oreille. Mais comme ils n'entendaient rien, et que l'endroit semblait désert, ils avancèrent prudemment.

Ils venaient d'entrer dans la grotte quand des silhouettes jaillirent de l'ombre et se jetèrent sur eux.

Les orcs réagirent aussitôt, même s'ils avaient du mal à distinguer leurs adversaires à la lueur vacillante de leurs torches. Une bataille rangée s'ensuivit, ponctuée par le fracas des lames, les grognements des combattants et leurs cris de douleur.

Une silhouette furtive bondit sur Stryke, qui leva son épée. Son adversaire para le coup. Il frappa de nouveau, et manqua encore. Par bonheur, il capta l'éclat d'une lame dirigée vers son cou. Il plongea, épée tendue devant lui, et entendit l'acier siffler au-dessus de sa tête. Puis son arme entama de la chair tendre, et son adversaire s'écroula. Stryke pivota pour en combattre un autre.

Près de lui, Alfray et Jup luttaient comme de beaux diables. Le nain fracassa un crâne ennemi au moment où le médecin enfonçait sa torche dans la figure d'un troll, qui se mit à brailler comme un âne. Alfray le fit taire en lui tranchant la gorge.

Soudain, il n'y eut plus d'adversaires. La lutte avait été aussi brève que brutale, les Renards triomphant malgré l'avantage que leur vision nocturne conférait aux trolls.

Stryke regarda autour de lui. Un autre tunnel s'ouvrait

au fond de la grotte. Il aboya un ordre. Plusieurs soldats se précipitèrent, épée en main, pour sonder l'entrée.

—Des pertes? demanda Stryke.

Il n'y avait pas de morts, et seulement des blessés légers.

—Nous avons eu de la chance, dit Alfray.

—Parce que nous étions plus nombreux qu'eux. Ça aurait pu tourner autrement. Laisse-moi voir ça…

Stryke prit la torche du médecin pour examiner un des cadavres qui jonchaient le sol.

Le troll était petit, très musclé et couvert d'une fourrure grise miteuse. Il avait le teint cireux et le physique qu'on pouvait attendre chez une race souterraine. Sa cage thoracique en forme de tonneau s'était développée à cause de la rareté de l'air. Ses membres semblaient démesurément longs, et ses mains puissantes se terminaient par des doigts griffus permettant de creuser la terre.

Bien que mort, il avait toujours les yeux ouverts : deux orbes noirs énormes, sans doute pour compenser le manque de lumière. Son museau était allongé comme celui d'un chien. Contrastant avec l'aspect délavé de sa fourrure, une touffe de cheveux orange vif se dressait sur son crâne.

—Pas le genre de créature qu'on aime croiser dans le noir, commenta Jup.

—Continuons.

Ils avancèrent dans le nouveau tunnel, redoublant de prudence.

Ce passage-là décrivait un angle aigu vers la gauche avant de repartir tout droit. Les Renards longèrent de petites alcôves vides. Puis le tunnel rétrécit à tel point qu'ils furent obligés de s'y déplacer en colonne par un. Une trentaine de mètres plus loin, ils traversèrent une zone dont les murs et le plafond étaient étayés par des troncs d'arbres.

Stryke et Alfray marchaient un peu en avant. Ils dépassèrent un épais pilier de bois...

Et constatèrent – trop tard – que celui-ci dissimulait un tunnel perpendiculaire au leur.

Un troll bondit de l'ombre et se jeta sur Alfray. L'impact déséquilibra le médecin, qui lâcha sa torche.

Stryke bondit sur l'agresseur en faisant des moulinets avec son épée. Le troll recula de deux pas pour éviter de se faire embrocher. Puis il prit son élan et plongea, décochant une série de coups que Stryke eut du mal à parer.

Le passage était trop étroit pour que le reste de l'unité puisse aider le capitaine. Impuissants, les soldats regardèrent les deux adversaires croiser le fer.

Stryke visa la poitrine de la créature. Avec une agilité surprenante, celle-ci fit un bond sur le côté et son épée s'enfonça dans une poutre au-dessus de sa tête. Un nuage de poussière s'abattit sur l'orc.

La seconde qu'il lui fallut pour dégager sa lame faillit lui coûter la vie. Le troll chargea en grognant.

Mais il avait compté sans Alfray. À quatre pattes sur le sol, à peine remis de sa chute, le vieil orc tendit un bras et saisit la cheville de leur agresseur. Cela ne suffit pas à le faire tomber, mais le ralentit suffisamment pour permettre à Stryke de frapper.

Son épée s'enfonça dans le flanc du troll, qui cria et tituba en arrière, percutant la poutre que l'orc avait à moitié tranchée.

Le bois émit un craquement de mauvais augure.

Un grondement sinistre résonna. De la terre et des cailloux tombèrent de la voûte. Le troll lâcha un cri étranglé.

Stryke prit Alfray par sa tunique et l'entraîna plus loin dans le tunnel. Du coin de l'œil, il aperçut Jup et le reste de l'unité, de l'autre côté de la section étayée.

Avec un bruit de fin du monde, le plafond s'écroula sur le troll tétanisé, l'enfouissant sous une masse de gravats. L'onde de choc projeta Stryke et Alfray à terre. Une vague de poussière déferla sur eux.

Ils restèrent allongés sur le sol, les mains plaquées sur les oreilles.

Quand le bruit mourut, l'avalanche s'arrêtant et la poussière commençant à retomber, ils se relevèrent péniblement.

Derrière eux, le tunnel était bloqué du sol au plafond par d'énormes rochers et des tonnes de débris. Alfray ramassa sa torche. Par miracle, elle ne s'était pas éteinte. Il entreprit d'examiner l'éboulis.

Il comprit très vite que Stryke et lui ne pourraient pas rebrousser chemin.

— Aucune chance, soupira-t-il en s'efforçant vainement de déloger une pierre.

— Je m'en doutais un peu, avoua Stryke.

— Tu crois que les autres ont été touchés ?

— Non, je suis à peu près certain qu'ils étaient trop loin. Mais ils n'arriveront pas plus que nous à dégager ces gravats.

— Il restait une chance que les trolls ne se soient pas aperçus de notre présence, mais plus maintenant, dit Alfray. À moins qu'ils soient tous sourds.

— Nous ne pouvons pas revenir en arrière, et pas question non plus de traîner là, au cas où le reste du plafond s'effondrerait. Ça ne nous laisse qu'une possibilité…

— Espérons que les autres trouveront un moyen de contourner cet éboulis.

— Ou que nous réussirons à les rejoindre. Mais il vaudrait mieux ne pas y compter.

— Deux orcs contre tout le royaume des trolls, se

lamenta Alfray. On ne peut pas dire que les probabilités soient en notre faveur…

Ils jetèrent un dernier coup d'œil au passage bloqué, puis se détournèrent et avancèrent vers l'inconnu.

Coilla n'avait jamais beaucoup apprécié Haskeer, mais elle devait reconnaître qu'on ne s'ennuyait jamais quand il était dans les parages.

Au moins, avant qu'il change du tout au tout.

Assis en face d'elle, à califourchon sur sa selle et les bras ballants, le sergent fixait un point invisible devant lui. Obéissant aux ordres de Coilla, Reafdaw s'occupait de charger le pellucide sur leurs montures, juste au cas où. Cela mis à part, ils ne pouvaient pas faire grand-chose, sinon attendre.

Inutile d'essayer de parler avec Haskeer : Coilla lui avait déjà demandé une demi-douzaine de fois comment il se sentait, et il lui avait répondu qu'il allait très bien, merci beaucoup. Ça ne laissait pas des tonnes de sujets de conversation, et le silence commençait à devenir pesant.

Coilla éprouva donc un mélange de soulagement et d'appréhension quand Haskeer leva les yeux, parut la voir réellement pour la première fois et lui demanda :

— Tu as les étoiles ?

— Oui.

— Je peux les regarder ?

« Innocent » était le mot le moins exact pour décrire le sergent en temps ordinaire. Mais la façon dont il posa cette question n'appelait aucun autre adjectif.

Coilla haussa les épaules.

— Pourquoi pas ?

Elle sentit qu'il la dévorait du regard pendant qu'elle

ouvrait sa sacoche de ceinture. Quand elle en sortit les instrumentalités, Haskeer tendit la main.

Coilla décida qu'elle préférait ne pas les lui donner.

— Il vaut mieux que tu les admires sans toucher. Ne le prends pas mal, ajouta-t-elle. Stryke m'a ordonné de ne les confier à personne. Pas même à toi.

C'était un mensonge, mais elle savait que son capitaine aurait approuvé.

Coilla attendit les protestations d'Haskeer, mais il ne broncha pas. Il était devenu tellement raisonnable qu'on avait presque envie de lui ficher des claques. Elle se demanda combien de temps ça durerait.

Il observait les reliques posées dans la paume ouverte de Coilla avec l'avidité d'un enfant devant un jouet tout neuf.

Après quelques minutes, la femelle orc se sentit de nouveau mal à l'aise. Haskeer pouvait gâtifier comme ça pendant des heures, pour ce qu'elle en savait, et elle avait mieux à faire que de rester plantée en face de lui... En fait, pas vraiment. Mais pas question qu'elle continue à imiter un piédestal jusqu'à la fin de la journée !

— Ça suffit pour le moment, déclara-t-elle en refermant le poing sur les étoiles.

Elle les glissa dans sa sacoche, Haskeer épiant ses gestes avec un mélange de fascination et de dépit.

Le silence retomba.

Coilla ne pouvait plus supporter ça !

— Je retourne du côté de l'entrée, annonça-t-elle. Histoire de guetter le retour des autres.

Il était encore trop tôt, mais ça l'occuperait...

Haskeer ne dit rien, se contentant de la suivre des yeux.

Coilla s'approcha de Reafdaw pour l'informer de

ce qu'elle comptait faire. Il hocha la tête et continua sa besogne.

La femelle orc monta sans hâte au sommet d'un rocher qui surplombait leur camp, et d'où elle apercevait l'entrée de la caverne. Elle voulait tuer le temps plus que repérer ses camarades.

Se retournant, elle chercha Reafdaw du regard. Comme il n'était nulle part en vue, elle supposa qu'il avait fini de charger les chevaux et avait rejoint Haskeer. Ça tombait bien : pas de raison qu'elle soit la seule à mourir d'ennui !

Coilla regarda de nouveau la caverne qui dissimulait l'entrée du royaume des trolls. Bien que la journée ne soit pas particulièrement ensoleillée – comme souvent depuis quelques saisons –, elle dut mettre une main en visière pour voir les détails.

Rien ne bougeait. Cela ne l'inquiéta pas : elle ne s'attendait pas à voir déjà revenir le reste de l'unité.

Décidant que tout vaudrait mieux que l'atmosphère pesante du camp, Coilla s'assit au sommet du rocher pour réfléchir. Elle se demandait si Stryke n'avait pas eu les yeux plus gros que le ventre. Quand l'image du puits béant où elle l'avait vu disparaître lui revint en mémoire, elle frissonna.

Puis quelque chose de lourd s'abattit sur sa nuque, et les ténèbres l'engloutirent.

Coilla reprit connaissance à cause de la douleur. On aurait dit qu'un étau lui enserrait le crâne et le haut de la colonne vertébrale. Avec difficulté, elle leva une main pour se tâter la nuque.

Quand elle la ramena devant elle, ses doigts étaient couverts de sang.

Soudain, elle comprit. Le choc la fit se redresser en sursaut. Trop rapidement sans doute, car la tête lui tourna.

Ils avaient dû être attaqués. Les trolls!

Coilla se releva maladroitement et sonda les environs. Personne. Le campement semblait désert.

Grognant et haletant, elle redescendit de son perchoir et rebroussa chemin aussi vite qu'elle le put. Combien de temps était-elle demeurée évanouie? Peut-être des heures… Mais un coup d'œil au ciel la rassura. Elle n'était pas restée inconsciente plus de quelques minutes.

De nouveau, elle porta une main à sa nuque. La blessure saignait toujours, mais pas abondamment. Elle avait eu de la chance.

Puis un détail la frappa: si son agresseur avait été un troll, elle n'aurait *jamais* repris connaissance.

Affolée, Coilla ouvrit sa sacoche.

Les étoiles avaient disparu!

Elle cracha un juron et courut malgré la douleur.

Quand elle atteignit le camp, elle ne vit aucune trace de Reafdaw ou d'Haskeer.

Elle les appela. Pas de réponse.

Elle les appela de nouveau. Cette fois, un grognement monta de l'endroit où les chevaux étaient attachés.

Coilla avança.

Reafdaw gisait sur le sol, entre les sabots de leurs montures. Ça expliquait pourquoi elle ne l'avait pas aperçu plus tôt.

Coilla s'agenouilla près de lui.

Comme elle, il avait la nuque ensanglantée et un teint d'une pâleur de cire.

—Reafdaw, dit-elle en le secouant.

Un autre grognement.

— Reafdaw ! insista-t-elle en le secouant plus fort. Que s'est-il passé ?

— Je… Il…

— Où est Haskeer ?

Le soldat parut recouvrer quelques forces en entendant ce nom.

— Haskeer… Salaud…

— Que veux-tu dire ?

Mais Coilla savait déjà la vérité.

— Juste après… que vous êtes partie… il s'est approché de moi… Il n'a rien dit… Et soudain, il s'est jeté sur moi. Il m'a presque… fendu le crâne en deux.

— Il m'a fait la même chose, le misérable ! (Elle examina la blessure de Reafdaw.) Ça pourrait être pire. Je sais que tu dois avoir très mal, mais il faut absolument que tu me racontes la suite. Où est-il allé ?

Le soldat déglutit avec peine.

— Il est… parti. Je suis resté évanoui… un moment. Quand j'ai rouvert les yeux… il était revenu. J'ai cru qu'il allait m'achever… Mais il a pris… un cheval.

— Et les étoiles, lâcha amèrement Coilla.

— Oh, dieux ! soupira Reafdaw.

— As-tu vu dans quelle direction il est allé ?

— Le nord… Je crois que c'était… vers le nord.

Elle devait se décider, et vite.

— Je vais me lancer à sa poursuite. Il faudra que tu te débrouilles seul jusqu'au retour des autres. Tu y arriveras ?

— Oui… Allez-y !

— Tout ira bien.

Coilla se releva, saisit une gourde attachée sur le dos d'un cheval et la posa près du soldat.

— Tiens. Je suis désolée, Reafdaw, mais je dois y aller.

Elle tituba jusqu'à leurs chevaux, choisit le plus rapide, le détacha et se hissa péniblement en selle.

Puis elle partit au galop vers le nord.

Chapitre 25

Jup et les autres n'avaient pas réussi à creuser jusqu'à Stryke et Alfray. Ils n'étaient même pas certains que leurs camarades aient échappé à l'éboulement.

Il ne leur restait plus qu'une solution : tourner les talons et revenir sur leurs pas.

Lorsqu'ils retrouvèrent Liffin et Bhose, qui montaient toujours la garde près du puits, une première déception les attendait. S'il gardait un espoir que les deux officiers aient trouvé un moyen de contourner les gravats pour rejoindre le point de rendez-vous, celui-ci mourut aussitôt.

Jup décida de tenter le tout pour le tout. Il prit la tête de l'unité et s'engagea dans le plus petit des deux tunnels. Mais au terme d'une longue marche, durant laquelle ils ne découvrirent que des alcôves vides et des culs-de-sac, ils aboutirent dans une impasse.

Le cœur lourd, ils rebroussèrent chemin.

Il ne servait plus à rien d'attendre. Désormais, leur seul espoir était que Stryke et Alfray aient trouvé une autre issue et regagné la surface. Jup ordonna un repli. Ils remontèrent le long des cordes et regagnèrent leur campement.

À leur arrivée, la déception de ne pas trouver leurs camarades fut vite balayée par la stupéfaction qu'ils éprouvèrent quand Reafdaw leur raconta ce qui s'était passé. Le malheureux avait réussi à s'asseoir et il se tenait la nuque en parlant.

— Et voilà, conclut-il. Haskeer s'est jeté sur nous comme un possédé. Il a volé les étoiles à Coilla, et elle s'est lancée à sa poursuite. C'est tout ce que je sais.

Jup ordonna à un soldat de panser la blessure.

Un brouhaha courut dans les rangs. Les Renards se demandaient ce qu'ils devaient faire.

— La ferme! cria Jup. Notre priorité devrait être le sauvetage de Stryke et d'Alfray. Ils ne tiendront pas longtemps seuls en bas. Mais nous ne pouvons pas laisser Haskeer s'enfuir avec les étoiles, et on dirait que Coilla n'est pas en état de le rattraper.

— Pourquoi ne pas nous séparer et faire les deux? demanda un soldat.

— Nous sommes déjà trop peu nombreux pour une mission de sauvetage, répondit Jup. Nous disperser serait une erreur. De plus, Haskeer a trop d'avance. Ce serait comme chercher une aiguille dans une meule de foin.

— Alors, on fait quoi? grogna un autre soldat avant d'ajouter: «sergent», sur un ton pas vraiment respectueux.

Son hostilité n'échappa pas davantage à Jup que celle qui se lisait sur le visage de plusieurs soldats. Le ressentiment qu'ils éprouvaient à être commandés par un nain menaçait de crever la surface.

Jup ne savait pas quoi dire. Il devait faire un choix sur-le-champ... et il serait très facile de se tromper.

Les orcs le toisaient d'un air circonspect... voire menaçant, pour certains.

Jup avait toujours été ambitieux. Mais ce n'était pas ainsi qu'il rêvait d'accéder au commandement.

Coilla eut un coup de chance une demi-heure après s'être mise en quête d'Haskeer.

Elle commençait à penser qu'elle ne le trouverait jamais, et qu'il lui faudrait rebrousser chemin couverte de honte, quand elle aperçut au loin un cavalier qui galopait le long d'une succession de collines. Elle n'en aurait pas mis sa main à couper, mais il ressemblait beaucoup à Haskeer.

Enfonçant les talons dans les flancs de sa monture, elle accéléra.

Son cheval avait l'écume à la bouche quand elle atteignit le pied des collines, mais elle ne lui accorda pas le moindre répit avant d'entamer l'ascension. Arrivée au sommet, elle marqua une pause, se redressant sur sa selle pour sonder le paysage en direction de Taklakameer. Le cavalier avait disparu, mais le terrain comptait de nombreux reliefs susceptibles de le dissimuler. Faute d'une autre option, Coilla continua à avancer.

La route la conduisit dans une vallée verdoyante piquetée d'arbres. L'orc la traversa au galop. Elle n'osait pas ralentir, même si elle savait que sa monture ne tiendrait plus très longtemps à ce rythme infernal.

Elle aperçut de nouveau le cavalier à la sortie de la vallée.

Au même moment, deux humains jaillirent d'un bosquet sur sa droite, et un autre apparut sur sa gauche. Quand l'un d'eux flanqua un coup de fouet à son cheval, Coilla fut si surprise que les rênes lui échappèrent des mains. Sa monture trébucha et tomba.

Coilla heurta le sol, roula plusieurs fois sur elle-même et s'immobilisa, le souffle coupé.

Tout tournait autour d'elle. Elle tenta de se relever, mais ne parvint qu'à s'agenouiller.

Les trois humains avaient mis pied à terre et s'approchaient d'elle. Elle les fixa sans comprendre.

Le premier, très grand et sinistre, avait un visage dur barré d'une cicatrice. Le second, petit et mince, portait un bandeau sur l'œil et avait les dents pourries. Le dernier était chauve et taillé comme un ours des montagnes, avec un nez tout cabossé.

— Tiens, tiens… Qu'avons-nous là ? fit le premier d'une voix doucereuse mais lourde de menaces.

Coilla secoua la tête pour dissiper le brouillard qui l'enveloppait. Elle tenta de se relever, mais son corps refusait de lui obéir.

Les trois humains avancèrent en dégainant leurs armes.

Pendant près d'une heure, Stryke et Alfray suivirent le tunnel sans croiser de passage latéral, de caverne ou d'alcôve. Mais sous leurs pieds, le sol s'inclinait toujours plus.

Ils débouchèrent dans une grotte, de loin la plus grande qu'ils aient vue jusque-là. Ils surent immédiatement qu'elle était vide, car des dizaines de torches fixées aux parois donnaient de la lumière. Loin au-dessus de leur tête, le plafond était constellé de stalactites.

Ils distinguèrent cinq ou six tunnels qui partaient dans des directions différentes.

La grotte n'abritait qu'un seul objet : un énorme bloc de pierre sculpté pour ressembler à un sarcophage. Des symboles inconnus couraient sur son couvercle et sur ses flancs.

— Qu'est-ce que c'est ? demanda Alfray.

— Qui peut le dire ? répondit Stryke. On raconte que les habitants des profondeurs vénèrent des dieux maléfiques. Ça empeste le sacrifice ! (Il posa une main sur la surface polie par le temps.) Nous ne le saurons sans doute jamais.

— Vous vous trompez !

Les deux orcs se retournèrent.

Un troll vêtu d'une robe dorée, le front ceint d'une couronne d'argent, venait d'entrer dans la grotte. Il était plus imposant que les membres de son espèce que les orcs avaient jamais croisés et tenait une crosse presque aussi haute que lui.

Stryke et Alfray brandirent leur épée, prêts à régler son compte à cet empêcheur de tourner en rond.

À cet instant, une multitude de trolls investirent la grotte, venant des différents tunnels. Il y en avait des centaines, et tous étaient armés.

Les deux orcs se regardèrent.

— On en emmène autant que possible avec nous? souffla Stryke.

— Compte sur moi!

— Une mauvaise idée! rugit le troll qui ressemblait à un prêtre.

Il fit signe aux soldats, qui pointèrent une forêt de lances sur les intrus.

Stryke et Alfray virent que les trolls du second rang avaient bandé leurs arcs et les visaient. Ils n'avaient aucune chance d'atteindre leurs adversaires, et encore moins de les tuer.

— Posez vos armes! ordonna le prêtre.

— Les orcs n'ont pas l'habitude de se rendre, répliqua Stryke.

— À vous de choisir. Posez vos armes ou mourez!

Les pointes des lances resserrèrent le cercle. Les cordes des arcs se tendirent un peu plus.

Alfray et Stryke échangèrent un regard, signant un pacte tacite.

Ils lâchèrent leurs épées.

Les trolls vinrent les ramasser.

Mais si les orcs s'attendaient à ce qu'ils leur tranchent la gorge sur-le-champ, ils se trompaient lourdement.

— Je suis Tannar, les informa le grand troll. Souverain du royaume intérieur et grand prêtre des dieux qui protègent notre domaine des créatures telles que vous.

Les orcs ne répondirent pas, se contentant de lever fièrement le menton.

— Vous paierez pour cette intrusion, continua Tannar. Et cela de la façon la plus bénéfique pour nos dieux !

Les soldats forcèrent Stryke et Alfray à reculer vers le bloc de pierre. Soudain, ils n'eurent plus le moindre doute sur sa fonction.

Un autel sacrificiel !

Des mains les attachèrent sans ménagement.

Puis les trolls s'écartèrent pour laisser passer leur prêtre-roi.

Approchant à pas lents, presque comme pour une procession funèbre, Tannar sortit des replis de sa cape une lame d'acier sur laquelle se refléta la lumière des torches.

Les trolls psalmodièrent dans une langue gutturale et incompréhensible.

Tannar brandit la lame.

— Le couteau, chuchota Alfray. Stryke, le couteau !

Stryke leva les yeux et comprit.

Le destin leur avait déjà joué un sale tour en leur permettant de goûter à la liberté pour la leur reprendre aussitôt. Mais ce qu'ils avaient sous les yeux…

Rien n'aurait pu être plus amer !

Car la poignée du couteau que le roi des trolls s'apprêtait à leur plonger dans le cœur portait un ornement que Stryke identifia aussitôt.

Ils avaient « trouvé » l'étoile qu'ils étaient venus chercher !

À suivre dans
La Légion du tonnerre

BRAGELONNE – MILADY, C'EST AUSSI LE CLUB :

Pour recevoir la lettre de Bragelonne – Milady annonçant nos parutions et participer à des rencontres exclusives avec les auteurs et les illustrateurs, rien de plus facile !

Faites-nous parvenir vos noms et coordonnées complètes, ainsi que votre date de naissance, à l'adresse suivante :

**Bragelonne
35, rue de la Bienfaisance
75008 Paris**

club@bragelonne.fr

Venez aussi visiter nos sites Internet :
**http://www.milady.fr
http://www.bragelonne.fr**

Vous y trouverez toutes les nouveautés, les couvertures, les biographies des auteurs et des illustrateurs, et même des textes inédits, des interviews, des liens vers d'autres sites de Fantasy et de SF, un forum et bien d'autres surprises !

Achevé d'imprimer en juillet 2008
Par Brodard & Taupin - La Flèche (France)
N° d'impression : 47960
Dépôt légal : août 2008
Imprimé en France
81120014-1